Liaoning Literature

辽宁文学

2023辽宁文学小说卷

李海岩 主编

北方联合出版传媒（集团）股份有限公司
春风文艺出版社
·沈阳·

目录 Contents ▶

| 附 |

大　地

◎聂　与

1

我看着那个在不远处弯腰干活的他，想，在这个世上，除了我儿子，再也没有一个人能让我这么牵肠挂肚盯着，那么害怕出意外了。但他是我的敌人。

刚参加工作的时候，老警告诉我说，记住，我们跟他们是敌我矛盾。老警接着又说，但又跟真正的战场不同，我们和他们不是你死我活，是我们活着他们没死。

我本来是学画画的，我爸一开始送我去学画是因为他无意中看到我胡乱画到各种本子上的画，虽然七扭八歪但很神似。他对我说，小子，你有天赋。那个时候我还不知道天赋是什么意思，但我能感觉到父亲是在夸我。从那以后我放了学就直接去画班画画，一直画了十年，然后我成了一名狱警。这个弯转得有点大，是我爸反悔的。有一天他突然对我说，画家养家糊口太难了，一个男人首先要接地气，当个警察多好啊，工资保靠支撑个家没问题，保家卫国还有社会地位。我对我爸这种突然反转还振振有词深表愤怒，但我知道大局已定，喊叫已无意义，我只能把那种屈辱隐藏在心里，伺机反击，这也许就是大家总说我有心眼的原因吧。

当我第一次深一脚浅一脚地跟在老警的身后往监区里走，看着那些或呆滞或狡黠或凶狠或退缩的眼神，我的心一抽一抽的，我想从此以后我就要跟这些人"长相厮守"在一起了，我爸为啥如此害我。

我爸也是一名狱警，就是坊间说的那种老警察。有一次，他跟我妈在厨房嘀咕我听得一清二楚，他说，咱孩子我看了，就是一普通人，踏踏实实有一份保靠的工作，守着一个家，平安过一辈子挺好。我当时眼泪都要气出来了，我没想到，我跟他认识了二十多年，也算交情不浅，他凭什么就下了这样的定论呢，是哪一件事让他对我如此绝望呢？但我没有推门与他当面对质，我觉得路还长着呢，不急。

我第一天去监狱报到回来，晚上全家人吃过了饭，我爸把我叫到书房，所谓书房就是用门帘隔的一个小角落，但从上到下的流泻，还是挺有感觉的。

我和我爸坐在一张桌子的两边，他用钢笔在一张白纸上点了一个黑点，对我说，当一名狱警，就是要永远看到这个黑点。

我拿过白纸，那个黑点似有还无，把我的眼睛累得生疼。我说，这个黑点就是他们的心吧。父亲说，是随时会消逝的命。

他们那么脆弱啊，我看着那个轻得如一粒鸟屎的黑点说。我爸说，我们的工作就是让他们在这张白纸上四处移动，就是不能掉下去。

太累了。我说。

但同时也锻炼你成为一个钢铁战士。

我扑哧一声没忍住，我觉得我爸在这个时候说出这句话特别不合时宜，又假又傻。但后来，我才知道，我爸此言不虚，当然那是二十多年以后了。

一开始，我像被我爸倒拎着腿扔进了一个老虎洞，那是一个极其复杂残酷的训练基地，那些犯人用各种稀奇古怪的手段训练我，让我脱胎换骨，具有魔性。当我终于有一天成为魔高一尺道高一丈的警察，老警才放心地让我独立工作。每个狱警包几个犯人，就像承包责任田一样，怎么插秧、播种、施肥、浇水、日照和等待，都要心里有数，精准不差。后来，我能大致知道一个犯人刷牙手腕动了多少下。因为只有精准地把握时间，才不会给他们出现任何问题的机会。时间，如同悬崖。

我把几个犯人的家庭资料抄在一张纸上，密密麻麻，像摩斯密码每天反复地背，刻在脑子里，等公交车的时候也拿出来看。他们的爱人、孩子、父母、七大姑八大姨叫什么名，在哪里上学和工作，家庭住址、联系方式都要烂熟于心。一旦出什么意外，我会第一时间联系上他们，在那些犯人心里，这是他们的最后一根救命稻草。

但这些稻草，往往消失不见。

他们或深藏海底，或闭门拒见，无论是哪种，我都有办法让他们妥协。妥协这个词过于强势了，所以，我更愿意说是感动。如果我能做到让他们感动，就好办了。但并不容易。

现在我守在距监狱380公里以外的一家乡村客栈里，等着一个人的出现，她是犯人张放的母亲。我没有贸然出现，那样只会打草惊蛇，让她瞬间逃遁，弄不好我在这个荒山野岭挨顿揍也是有可能的。

我摸了摸腰间的手铐，很多时候，它更适合抚摸。

我站在张放家的柴垛后面往屋里瞅，刚刚一个男人出来往山上走，我猜是张放母亲又找的男人，张放说过他父亲过世了。我要确定那个男人彻底消失才能出现，就像确定犯人们上厕所的时间有多久那么精准。

我看着那个男人的背影消失在一截山上，就像一道墨迹隐没在一张纸的边沿。我从柴垛后面出来，跟推门拿着鸡食盆子的张放母亲正好脸对脸，她猛地后退嗷的一声大喊："来人啊，贼，贼来了，来人啊，来人啊。"

我上前一把捂住她的嘴，我说，别吵吵，我是你儿子的队长。其实我是害怕她把邻居引来，走漏了风声，没法向隐没进山里的那个男人交代。

张放母亲手里的鸡食盆子哐当一声砸到地上，溅起一圈微尘打在我的鞋面上，我感觉挺沉。张放母亲用颤抖的声音问我，你想干什么？

我发现她还没有从我是一个坏人的惊恐中反应过来。我说，我们进屋说。她的身体在空气里像一个顿号看着我。我又强调了一声，我是警察。她这才确信了自己眼前站着的是一个什么样的人，忙不迭地哈腰往屋里做着请的姿势。

我们坐在炕沿上，屁股都勉强搭住整个身体。我说，我是张放的队长，我也姓张，你有纸吗，把我的电话记一下，以后如果有什么事情可以找我。她说没有纸。我说手纸有吗。她说没有。我说，那你去院里捡一片树叶也行。她就真的去院子里拿一片我叫不上名字的树叶回来，我写上一串数字。她笑了一下。轻蔑的笑。把我领到一个仓房里，让我蹲下去，对着一个有蜘蛛网的角落说，你把号码写那里吧。

我拿着钢笔撅着屁股把数字写上去，墨水把墙壁洇得深浅不一，数字看起来很丑。我转回头问她，你能看清楚吧。她也撅着屁股往里使劲看，念出了声，我说对。

我对她说，你很久没去探视张放了吧。其实她是一次都没有去过，我是故意那么说的，给她留点颜面。她低着头不说话。我说，最近张放的情绪波动挺大，有点事，这个时候他的内心极度脆弱，已经到了崩溃的边缘，他需要你。

也许是"他需要你"这四个字打动了一个母亲的心，她的眼圈像突然插上了电的电炉子，一下子就红了，然后大滴大滴地掉眼泪。那些泪水把她的粗布衣襟打湿成大小不一的深色圆圈，很快那些圆圈就模糊成一片了。

我说，你也别太着急，目前张放已经稳定住了，但不知道会不会再次发作，所以，我想请你去一趟监狱看看他。

张放的母亲又现出惊恐的神态，好像张放不是她儿子，而是一个魔鬼。张放确实是一个魔鬼，他把骑在自己母亲身上的男人，从背后用斧子砍了下去，倒在了他母亲的身上。那个情景想想都令人胆战。

一天值班，我把张放叫到办公室，我让他坐在椅子里，而不是站在地中间，我还给他倒了一杯温开水，说，今晚我们聊聊，你愿意吗？

他说，不想。

我递给他一根烟，他迟疑了一下，大口大口地吸。我把一盒白沙烟放在他前面的桌子上，我说，烟有的是。

他看着那盒烟，又拿起一根，抽到第五根的时候，他说，你问吧。

我问张放，那年你多大。他说，十八。我说，你父亲在你几岁的时候去世的。他说不知道，三岁吧，也许更早，反正没什么印象，我妈也没怎么说过，因为她除了种地，跟那些男人鬼混还来不及呢，哪有时间跟我说这些。

你问过吗？没有。所以说啊，有的时候并不全是你母亲的错，你说呢。

张放狠狠地吸了一口烟，问那个也没啥用。

有用啊，你如果总是抠挠地问你母亲关于父亲的事，就会唤起她对你父亲的记忆，会产生对你的依恋，那些男人来的次数也许就会少一些。会吗？他问我。也许会吧，我说。你一直都恨母亲，那是单方面的仇恨，是你想象成分更多的仇恨，里面的真相到底有多少谁也不知道。

从我记事起，我家炕上就没断过男人，不同的男人，还有那些声音，我受够了。他们的声音让你想到了什么。恶心，他们一来，我就会冲到外面大口大口地呕吐。你母亲知道你那个样子吗？不知道。你为什么不告诉她呢？我怎么告诉。

你可以说，你们小点声。

张放把嘴里的烟吐掉，瞪着布满血丝的眼睛看着我。我说，如果你们可以这样交流的话，就不至于像现在这样。你压抑太狠了，才会发生那样的结果，懂吗？

我说不出口。他说。

可是你下得了手。我定定地看着张放，他全身一下子软下来，缩进椅子里。我说喝点水吧。他一饮而尽。

2

我从张放母亲那里回来，就去医务所看躺在床上的张放，他把自己的腿往墙壁上撞成骨折，他很配合治疗，唯一的要求就是让我允许他看书。我说你要看什么书。他说什么书都行，带字的就行。

我给他拿了一套《马克思恩格斯选集》。他看得津津有味，问我可以在书上画道儿吗？我犹豫了一下说，可以。我问他能看懂吗？他说，还行。我拿过他画道儿的地方看了看，竟然还有备注，七扭八歪的胡言乱语。我说，你这是写的什么？他说，跟他俩说话挺费劲。

我说，恐怕他俩不知道你在说什么。

他说，你们不也一样吗？

我说，你这样不怕腿废了啊。他说，不要紧。我说，你终于达成躺在床上不用干活的愿望了。他说，主要是躺在床上不用干活还能看书。

你是为了看书？我惊讶地问他。

他说，在监狱里躺在床上不用干活看书。

我说，你小子这样作践自己早晚有一天会后悔的。

他说，我做之前就后悔了。

那你还做。我就是为了后悔而做的，我就想反复体验那种后悔的感觉。你是不是疯了。我很清醒。

我把张放的被子掀开，骨折的腿上绷带渗出斑斑血迹。我说，你至少可以不用干活躺在床上看书半年。他说，够用了。然后呢，你也许是个瘸子，我狠狠地说。报复他的愚蠢。那我就再撞另一条腿。又为了半年？值得吗？我问。他说，在这里，每一秒都是值得的。

我说，如果你母亲看到你这个样子，会心疼的。

张放拿着书的手一抖，眼睛没有动。

我说，你想见她吗？张放突然把书扬到空中，带着硬壳的《马克思恩格斯选集》炸弹一样落到地上，书页四处飞散，趴在地上，像一具具从文字里跳出来的尸体。我告诉所有人，谁也不许帮他捡，就让他天天躺在床上看着地上的那些书页，然后我把其他的几本选集收进怀里，抱走。

张放每天看着地上的那些书页，想着怎么能拿到手。他天天看着它们趴在地上，像看着一个个如花似玉的姑娘。后来，他把一张床单撕了，拧成一条绳子，抽打那些书页，那些书页吓得四处飞散，再后来，张放把绳子倒上水，把那些书页小心翼翼地粘起来，成功解救到自己的手里，他就天天看那些上不着天下不着地的文字，直到背得滚瓜烂熟。

同屋的病犯都觉得张放神经出了问题，但我知道，他没有，他清醒得让人感到害怕。我甚至感觉他在谋划一个巨大的阴谋。

张放母亲来的时候，我正在车间，同事喊我说，有一个犯人家属非要找我，说是我让她来的。我飞奔出去。远远就看见张放母亲拎着大包小裹地站在大墙外面的接见室里，头上围着五颜六色的纱巾，衣服也是五颜六色的，远看像一棵结了果子的树。

我说，你来怎么不给我打一个电话呢，我不是把号码给你了吗？今天不是张放监区的接见日。多亏你找我，否则白来了。

她并没听我说什么，头往大墙上看，灰色的大墙竖在那里，不知道她在看什么，但她就是一个劲往墙上看，好像要看出一个窟窿。

　　我说，跟我来吧。我把她手里的东西接过来一些。我说，拿的什么这么沉？她说，大酱，张放就愿意吃我下的大酱。我们从小门往里进。她跟着我，脚步有点跟不上，我慢下来说，想好跟张放说什么了吗？

　　她还是像没有听到一样地低着头，脚步是趔趄的，上半身往前饯，手里的东西像秤砣，保持她的平衡，否则要跌倒似的。

　　我对她说，你千万不要说刺激他的话，他现在心里很危险，但很兴奋，就像回光返照你懂吗？她抬起头，问我，他要死了吗？

　　不是，我就是打一个比方，就是人在要崩溃之前，突然无比清晰，他现在像一个侦探。

　　张放母亲明显并不知道我在说什么，只顾着低头走路，我的话也属实有些跳跃。我说，你就说一些感性的话，比如想念啊，儿时的一些事情啊，吃奶啊，对了，你可以跟他说一说你是怎么哺育他长大的，那些细节，感人的细节。

　　她说，什么叫细节？

　　我说，就是你是怎么给他洗澡，做被子，洗尿布，陪他上山下河，玩玻璃球，去邻居家串门那些事。

　　早忘了。她说。

　　你可以现编啊，他一定愿意听的，对他目前的心理是一个巨大的抚慰。她又低着头往前大步地饯着走，脚下歪歪扭扭，好像一不小心就能摔出去似的。

　　张放躺在床上，把《马克思恩格斯选集》里的几页纸举在空中，念经一样地嘟囔。我干咳了一声，让他有一个思想准备。他不理会空气中的任何东西，我的干咳就充满了好笑。当然，躺在其他床上的病犯们不敢笑出声来。

　　我走过去，一把扯开张放的被子，让鲜血触目惊心地映入他母

8

亲的眼帘。果不其然，张放母亲受到了惊吓，扔下手里的东西冲向病床，抚摸着张放的腿大声地哭起来。张放看着眼前的一切，有点没反应过来，当看到母亲再一次抬起来的脸，他才明白，原来自己的母亲已经降临眼前，他的上身一下子从床上弹起来，腿从被子里迅速往上抽离出去，母亲手里就剩下空荡荡的被子了。

张放看着我，好像我是罪魁祸首。我说，你母亲早就想来看你了，但她不会坐车。张放母亲手里抓着带着血滴的被子一个劲地点头说，是，是，是，是，好像除了说是这个字，其他字都是对我的举报。

张放的嘴一直半张着，像一只等待蚊子的青蛙。张放母亲手忙脚乱地把包裹打开，拿出一个南果梨往张放嘴里塞。张放一口咬下去，大口大口地咀嚼，把里面的核也一起咬碎，吞进肚子里，母亲又拿出一个塞进去。如果不是我拦着，真不知道张放那天会不会吃得拉稀。

那天，张放母亲就是一刻不停地摩挲张放的身体，恨不得把张放从头到脚拆下来重新安装一遍。

我在走廊把她截住，我说，你别总是忙着干活啊，说点什么。她侧身躲开，身体撞到墙壁上，露出惊恐的眼神，整得我像个打劫的。她一句话也说不出来，眼神从惊恐变成茫然。

张放躺在床上也不看马克思恩格斯的书页了，就是两只眼睛瞪着天花板，翻着白眼，任凭张放母亲蜜蜂似的在他周围无声地转着。

我对张放母亲说，回去吧，没有人像你这么探视的，因为张放的特殊情况才让你这样的。她感激地看了我一眼，这是她从进到监狱以来第一次正式地看我。

张放连一眼都没看。我对张放说，别装犊子了，你妈要走了。张放不再翻白眼，而是彻底地闭上了眼睛。张放母亲的眼泪一下子又往外涌，我抓住她的胳膊把她拉出去。走到大门口，我说，我教你的，你一点也不听。她的头低垂着，眼泪噼里啪啦地打在栏杆上，有一滴顽强地想要不落下去，挣扎了几下，还是狠狠地砸到地面上。

我把张放母亲送到监狱大门外面，对她说，时间来不及了，你自己找一家小旅店住一宿，明天一早再往回赶吧。

她给我鞠了一躬，说，谢谢你。

我说，你能大老远地来看张放，我们还要谢你呢，我们最挠头的就是像他这样没有家庭温暖、无人来探视的犯人，内心极度脆弱，反复无常，命悬一线啊。

她突然抬头问我，他会死吗？他的那条腿会不会残？这可怎么好啊？她的眼泪又流下来。我说，如果你能做到，最好是每个月接见日都来探视，这对他来说很重要。

她说，他要在里面待多长时间。

我说，他判的是死缓。

她好像一下子放松下来，长长地舒了一口气。

我说，监区里还有事，我就不远送你了，你自己注意安全啊，有什么事给我打电话。

她点了点头，转身顶着五颜六色的头巾向远处走去。

那天是2月19日，我记得很清楚，因为一早上，父亲告诉我，一定让我多穿点，说听天气预报的广播了，骤然降温，一下子降了二十多度。我在心里笑他真是夸张，一共才多少度啊，还要降到地底下去呗。

但那天，我送张放母亲出监狱大门，感觉不止降了二十多度，我冻得心都抽紧地疼，浑身上下的肌肉都仿佛冻成石头了，但张放母亲好像并不冷似的，大步流星地往前走着，我心想，还是乡下人扛劲。

3

接到张放母亲电话那天，我正在相亲，那个女孩哪都挺好，就是有一口四环素牙，本来我没太注意，但她总是似有似无地用手背遮挡自己的嘴，我这才好奇地看到了那口大黄牙，我感觉它们时而像一把有了年头的键盘，时而像一条条掉了漆的木栈道。正在我浮想联翩的时候，女孩一下子从座位上站起来，脸涨得通红说，我要回家。

我说，这么快啊。

她说，你太不尊重人了。

我心想难道她会读心术。女孩指着自己的鞋让我看，我大吃一惊，什么时候她的小白鞋已经被我的脚印蹭得面目全非。我说，这是我干的吗？

她说，你还装傻。

我一把拉住她的胳膊，说，你等等，你能确定你脚上的鞋印是我踩的吗？

她的脸涨得更红了，好像我们发生了什么不应该发生的事，事后我不承认一样。她说，不是你还有谁，我从家里出来是干净的。那你走了一路，你能确定不是别人作的案吗？

她一下子被我问住了，用想确定又有点不确定的眼神看着我，好像要看清楚我是不是在撒谎。我说，你坐下来，你说说这一路上你都走了什么路，遇到了什么人，我帮你分析分析。她说从家里出发，因为时间还早，就没有选择坐公交车而是走着来的，正因为有了这样一个细节，她才确定是我做的坏事。

我说，这一路上你有没有被什么绊得趔趄了一下，有没有被疾驰而过的猫狗闪了一下，有没有被迎面的自行车剐了一下，有没有被仰慕者盯了一下，她被逗得嘎嘎笑，这回没有捂着嘴，其实她要是不捂嘴笑挺好看的。我把自己的脚紧紧地收向自己的屁股下面。

这次我们坐下来好像就不再谈爱情了，而是开始谈哲学。我说，你看，你从家门一路向我走来，中间发生了什么事好像并不确定，这在心理学上讲叫间歇性遗忘，在哲学上讲是运动与静止，在佛家讲叫似梦幻泡影，在我这里讲叫少女怀春，因为你总是想着跟我相亲的事，满脑子都是关于对我的想象，所以神思恍惚，不胜干扰。这回她笑着用手打了我座位的靠背一下，我对她说，如果你用拳头轻轻敲打我的肩头，你就不是少女，而是少妇了。

她的脸又红了。我看看表，时间不早了，她明显不是我对手，我不想找妹妹似的老婆，当然我也不想找母老虎，我觉得还需要旗鼓相当才好。从理论上讲，势均力敌不容易得老年痴呆。

这时我的手机响了，张放母亲打来的，她说，张队长，我在监狱外面租了个平房，你能过来一下吗？

我跟女孩说，单位有点事，我得回去一趟，今天就到这里好不？女孩问我，是什么事？我说机密。她说，以后我们要是在一起，你总有机密吗？我说，是的，你能接受吗？她说，你能确定那个真的是机密吗？我突然发现眼前这个女孩很聪明，她一下子就学会了我的伎俩。我说，以后有机会，咱俩再一起分析到底算不算机密。她说，没有以后了，我不喜欢跟一个总有机密的人在一起，那样我会觉得我也是他的一个机密。

这个时候，我再定睛看她，她的眼神淡定得让我害怕，我才发现，自己被她玩了。

我老远就看见张放母亲顶着那条花围巾站在一排平房前东张西望，我快速地走过去，问她，怎么在监狱外面租房子？你什么时候决定的？

她说，我从见到张放那条受伤的腿时就决定了。我已经观察了一圈，心里大致有个数。我说，你真厉害。她说，在村里都习惯了，不一定什么时候山里的熊瞎子就下来了。我和她走进那个像要马上塌了似的破屋子，我说，这能住人吗？一个月多少钱？她说，什么都能住，二十块钱。我说你在这里租房子，是为了守着张放吧。她的眼圈又红了，说，是我害了儿子，他在里面，我在这里陪着他，他心里会好受些。我说，那你家里的房子不要了。她说，就放那儿吧，如果张放有一天出来了，还有个家能回，他还能出来吗？张放母亲问我。当然能出来了，他那么年轻。多长时间能出来？二十多年吧。那个时候，不知道我还能不能活着。你能的，你也不老。张放母亲的脸一下子红了，也许她想到了那些男人吧。

我说那你在这里靠什么生活呢？张放母亲说，干什么都能活，我什么活都能干，我会种菜卖菜，还能拉脚。我说，你要出苦力？那个不适合你。她说，我有的是力气。说完自己又觉得有点失言，忙低下头不吱声了。

我说，我回监区汇报一下你的情况，我想我们会尽量帮助你的。她说，你说的是真的吗？你们能帮我？在这里你一个人不认识，我们不帮你，你能找谁去。她的眼圈又红了。我说，你先把包放下，我们去市场先买点东西。

那天，我在前面走，张放母亲在后面跟着，我们买了一大堆生活用品，我又回办公室抱了一袋子报纸帮她把墙糊了，张放母亲看着那些报纸说，我不认字。我说，不认字没关系，只要懂道理就行，她的脸一下子又红了。我发现张放母亲挺爱脸红的。

第二天是休息日，监区除了值班的警察都去帮张放母亲盘炕，她给大家熬的小米粥，蒸的白菜馅包子，吃得我们大快朵颐。临走的时候，我说，你能给张放写封信吗？她说，我更不会写字了。我说，你说我写。她说，我说什么？我说，你想想。

回到家，我把这事跟我爸说了，我爸说好啊，你们这事做得好啊，我从警几十年还没有一个这样的母亲呢，在监狱外面租房子守着监狱里判死缓的儿子，你们帮助她是对的。如果张放知道这事，对他的改造一定有极大的促进作用。

我说爸，你先别光想着教育改造的事，你从更深的层面想想这个事。我爸说，臭小子，有深度了，你还怎么想的。

我说，你觉不觉得这个母亲是在赎罪。我爸说，这个正常，还有更深刻的没。我说，你有没有想过还有另外一种可能，她想在城里找男人。我爸正要喝茶水，一听我这样说，忙把水杯放下，说，这个我还真没有想到，如果是这样的话，这事就复杂了。我说，张放是因为她妈总跟男人睡觉才杀的人，所以，我才有这个担心。那可怎么办啊？是啊，所以这事也许并不像表面看起来那么简单。

后来，我每天下班就多了一个任务，盯着张放母亲。如果一发现她有什么不妥之处，我们就要劝其回去，因为附近的村民都知道了她是犯人的家属，我们出来进去的都穿着警服，她要真是偷摸做那事，影响太坏了。

张放躺在床上，听我给他念母亲写给她的信，当然我告诉他了，是我代笔。张放还是翻着白眼看着天花板，我念到一半，他说，不用念了，我知道她说不出来这样的话，你不是代笔，还代心。

我说，就算我有点艺术加工，但一个母亲的心你是应该了解的。她现在一个人租住在那个破屋子里挺苦的，还谁也不认识，你想想她的处境多难啊。张放说，你告诉她，回去吧，我不想再看到她，也不想再出去了，我觉得这里挺好的。我说，你不要那么绝望，二十来年，一晃就过去了，你还那么年轻，出去还不到五十岁呢。张放说，如果我五十岁再杀个人，不就又可以待上二十几年。你对外面的世界一点都不向往，一点幻想都没有？张放说，那些都没用。那什么有用？活着。

我说，你看《马克思恩格斯选集》最后就得出这样的结论吗？

张放又说了一句，我觉得这里挺好的。

但我根本就不相信张放说的话，或者说，我不会相信犯人们说的每一句话。就像我爸曾让我看到那张白纸上的黑点一样，我的任务就是要让那个像鸟屎一样的黑点粘在白纸上，永远不掉下去。

每天晚上，我下班回家吃完饭，就坐在书桌前给张放写信，当然那些事都是从张放母亲嘴里套出来的，我一遍又一遍地让张放母亲回忆张放过往的点点滴滴，张放母亲被我逼得直想撞墙，她说，我真记不起来什么了。我说不可能，你是母亲，怎么可能记不住自己孩子的事呢。后来她说，好吧，我给你说。我想后来，有很多都是她瞎编的了，但编得越来越好，越来越真切感人，有的时候，我能感觉到，张放母亲在编织那些故事的时候，把自己都感动得热泪盈眶，身上仿佛镀了一层说不出来的母性光泽。

张放终于在三个月之后，再听到我念给他的信时，出现了异样的表情，他不再翻白眼看着天花板或闭上眼睛装死，而是平视着前方，竖着耳朵，我故意念到精彩的地方戛然而止。

他会侧过脸，看着我，等我继续。

那个时候，我一般都会说，今天就到这里吧，明天再念。他狠狠地瞪我。我假装没看到。

有一天，张放说，你能把那些信给我留着吗。我说，等你把腿养好了就给你。他说，为什么。我怕你弄丢了，以后我给你订在一起，像一本书一样。他喃喃自语，像一本书一样。

4

我跟踪张放母亲很久，并没有发现她跟哪个男人有什么来往，她在后院开辟出一块地，种上了很多的家常小菜，自己吃就够了，多了就站在门口卖掉，卖不了几个钱，买点酱油醋的倒是够了。她真像自己说的那样，什么都能干，她去附近水泥厂扛水泥袋子，吭哧吭哧的，每天赚三十块钱。我去看她，她拿出那些还沾着白灰的钱说，你看，一天能赚这么多，我来这儿就对了。

我说，你攒钱要干什么。

她说，我想给张放娶个媳妇儿。我的心一疼。我说，张放听到你给他写的那些信了，他思想有转变，你的功夫没白费。张放母亲说，真的吗？下次我去看他的时候，万一他要是让我当面念给他听就完了。

我说，你放心吧，探视的时候，不允许那样。第一次是特殊情况才让你进去照顾他一下，以后不会了。

张放母亲突然担心起来，那他躺在床上，我不可能看到他了。我说是的，除非他伤好了自己站起来，随着监区整体出来探视。

张放母亲说，我想给他写封信。我坐在炕沿上拿出纸笔说，你说吧。

监狱领导找我，问张放母亲的事怎么样了，我如实汇报。领导说，张放杀了母亲的男人，就是因为张放母亲乱搞，咱们这么帮她，可别再整出什么不好的事。如果她真的是为了儿子，在监狱外面守着，这是一个好事，是伟大的母爱。我说，这个我们都想到了，放心吧，我一直密切关注张放母亲的动向，如果有什么不对的，我们立即采取行动让她搬走。

领导说，这段时间你把别的工作放一放，重点监督张放母亲。

我说，是。

我发现当一个人被跟踪监视的时候，那个人就会被放大了，包括她走路的姿势，她的发型，她向后甩头的动作，她的咳嗽，她的笑声，甚至她的痛苦，我都看得一清二楚。我看着张放母亲还是顶着那个一成不变的花围巾，但因为时间过长，已经晒得掉了颜色，变成灰不拉叽的脏色，她也从一开始有些臃肿的身体变得越来越消瘦，从而显得比原来精神，年轻了些，她的裤子已经肥大，腰间系着一条黑红色的裤腰带强硬地把裤子往中间揪，远远看去，像肚子上开出了一团子来路不明的花。我觉得挺美。

有时我想，张放母亲会不会已经知道了我在跟踪她，故意做出一副贤妻良母的样子掩人耳目，我看到有的拉货司机上前跟她套近乎，她都吓得躲开了。有一次因为过于惊慌，还趔趄地差一点摔倒在地上，那几个男人一边抽着烟一边发出淫秽的笑声。张放母亲转身快步走掉，好像他们从后面追来了似的。

我真想上前揍那几个男人，替张放，或者替一个儿子。

后来，我就隔三岔五地去跟踪了。我想也许张放母亲刚来，还有些不敢，毕竟在这里她举目无亲，而且守着监狱里的儿子，多少是个震慑，但过去了一天又一天，我还是没有发现任何的蛛丝马迹，就是每次去我都带些生活用品给张放母亲，她都会从柜子里拿出那个存折让我看上面的数字，带着兴奋和骄傲的神色对我说，看，就像看着张放的脸。她后来的想法越来越大胆，说，我想给张放买一个楼房当婚房，里面的东西我都给他备好，等他出来的时候，什么都有了，就不愁了。

我说，就靠你一袋一袋地扛水泥啊，你也不小了，身体要紧。她还是那句话，我不累。好几次我看见她累得要死，坐在地上身子一歪，靠在树上睡着了，树上的喜鹊叽叽喳喳地叫着，围着她转，她一只手耷拉在地上，一只手盖着心脏部位的衣襟，好像害怕有人会冒犯似的。但我发现她的精神状态越来越好了，虽然脸晒得又红又黑，但身体结实有力，那条破围巾下面露出一条跟她年龄不相符的又黑又粗的辫子，一甩一甩打在她饱满的臀部上，充满了欢快的节奏。

张放的病好得比预期快，他不再是病恹恹的样子，跟他的母亲一样，充满了干劲。他的腿留下丑陋的疤痕，但并没有瘸，大家在背后都说，还是年轻啊，要是我们早就完了。但我觉得不是，张放母亲的那些信就是药，让那条腿迅速地好起来，并想象奔跑。

那天是周末，本来我值班，但同监区的一个警察有事，我跟他串班了，我想反正也没事，就带着新任女朋友往单位的方向走，我一边跟她走一边做思想工作，给她讲我们的工作有多么辛苦多么忙多么机密，这个女孩是一个内向的人，她没有像上一个那样刨根问底问我到底什么是机密，只是说，跟你能有碗粥喝就行。我一下子惊住了，站在路中间仔细地看着眼前这个皮肤白白的女孩，心想，就是她了。

我们走到单位门口，我指给她看，说，这就是我的单位，我们又往前走了一百多米，走到了张放母亲租的平房门前，我说，这个是我家的一个亲属，我们买点水果去看看她吧。女孩说，好。

我们拎着水果敲门，没人。我知道，周末，水泥厂也休息。我想张放母亲也许去后院种菜去了，我跳进院墙找人，还是没有。女孩在院墙外面有些焦急，如果我不是警察，她一定急哭了。我又翻墙出来，那一刻，我的脑子第一反应就是张放母亲跟一个男人在屋里鬼混。

　　这个想法让我有一种说不出来的受伤的感觉，好像张放的母亲成了我的母亲。我脑中又浮现她扛着水泥袋子，吭哧吭哧每走一步，仿佛都要摔倒的吃力样子，我有些不能接受这么反差的猜想。女孩也许看出了我的心神不定，但她已经知道了我刚刚跟她说的机密，所以，她紧闭着嘴唇，强忍着好奇就是不问，这让我再一次坚定了她可以成为我媳妇儿的想法。

　　我对女孩说，要不你先坐公交车回家，我这边还有点事需要处理。女孩被我跳来跳去的举动吓到了，再看我一脸的郑重，知道事情重大，听话地点了点头，临走还叮嘱我说，注意安全，小心点啊。我说，你放心吧，把水果拎回去。她说什么也不拎，我硬塞进她手里，把她送到公交车站。

　　我开始沿着监狱外围的那些平房排查，以我对张放母亲的判断，她不会走太远找男人，因为她对附近不熟，而且别的地方她也搭不上人。我走累了，抽出一根烟，蹲在大树下歇会儿，但始终没看到人影。直到我想要放弃，往回走的时候，我才看见那条已经看不出什么颜色的围巾迎着风，远远地向监狱这边走来，我忙躲到一户人家的后院。

　　张放母亲手里拎着一个口袋，她打开门进屋，我从后院的窗户看到她拿起水舀子去水缸里舀水，咕咚咕咚往下灌，因为太急，水从嘴里漏出来，滴到前襟上，湿了一片，跟第一次见到她，听到张放出事了，她流出的泪水打湿了衣襟一样。她一边喝水一边紧攥着手里的口袋，然后她把门锁上，往山上走去。

　　我的心莫名其妙地怦怦乱跳，难道她约会的男人在山上等她？

一想到这，我更是说不出来是什么滋味。我甚至想象着那一定是个粗野不堪的老男人，也许是个乞丐也不一定。

我远远地跟着她，她真是从山野出来的人，脚力很好，我跟得呼哧带喘，力不从心，好几次需要扶着大树舒缓一下才能继续往上爬。我想他们还挺浪漫的，非得上那么高的地方吗，还是害怕别人看到，女人身体里的那个劲要是上来，就是上刀山下油锅都拦不住。

我跟得吃力，又害怕让她看到，本来山上就没人，更不好跟，只能利用树叶的遮挡进行跟踪。然后她终于站在了山顶上，她也累得不轻，一屁股坐在了地上，缓了一会儿，才从手中的那个口袋里掏出一个东西，我一看是一个望远镜。

那一刻，我什么都明白了。我的心又一疼。我看到她举着望远镜往监狱的方向瞭望，我知道那几乎什么也看不见，就算能看到人影，也是一片一团的，不可能看到某一个人的脸，但她看得津津有味，因为时间过长，她的手臂微微抖动，但她还是举着看着，她看得那么认真，我开始怀疑我的判断有误，也许她买的高倍望远镜，真的能看到呢。我假装往她的方向走，一边走一边唱歌，以引起她的注意，我后悔让女孩儿先走了，否则她是最好的道具。她看得特别专注，根本就没有感觉到周围的危险已经临近，她的脖颈本能地往前探着，好像那样，离张放就能近一点。那一刻，我特别想搂过她颤抖的肩膀，让那个肩膀平息下来，就像搂过自己的母亲一样。

睡 美 人

◎关璐斯

1

零点十五分，康达达松开攥在手心里的助眠仪，一鼓作气地抻着胳膊够向床头柜上的手机。将自己扔回枕头的时候，自暴自弃地想，不睡了。

康达达的面孔在手机屏幕前明明灭灭，微弱的困意若隐若现。随着右手拇指翻动，康达达跳跃在手机直播软件——狐狸花的各个直播间。

吃肘子、猛男跳舞、星座分析——这些直播间的内容雷同、台词相似，就连背景乐都惊人地一致。狐狸花平台搜集用户的爱好数据，计算出用户感兴趣的内容，再将相关直播推送给用户，用户永远待在舒适的信息茧房内，这让康达达感到既沉迷又厌倦。

康达达闭起眼睛，张大嘴巴，试图制造一个哈欠催眠自己。一阵呼噜声灌进耳朵打断她的仪式，她睁开眼睛，果然，打哈欠时，手指无意间点进一个叫舒航的直播间，直播画面一片漆黑，只听得均匀酣畅的呼噜声。

康达达盯着那片无动于衷的黑暗好一阵子，主播始终关闭着摄像头，应该是直播睡眠的主播。在狐狸花直播睡眠的主播并不在少数，康达达见过一个直播间里挤了两千多人，直播间的背景是一片下着雨的湖泊动图，配合播放着淅淅沥沥的雨声背景乐。在主播跟观众道完晚安后，屏幕上奔腾着无数个"晚安"，与其说集体睡眠，不如说是集体催眠。

眼前这个直播间只有康达达一名观众，反倒显得清净。

康达达扫了一眼主播所在地——同省不同市，那个城市并无熟识的人。

还好，免得碰到熟人怪尴尬的。

康达达揉了揉干涩的眼睛，终于打出个个长长的哈欠。

屏幕另一边的主播翻了个身，康达达也翻了个身，顺便说了句含糊不清的梦话。

当舒航被太阳烤醒时，已是下午两点钟。他眯着眼睛，抬起一只手挡着炽烈阳光，另一只手摸索到枕边的手机。正待关掉直播间，瞥见直播间的访客为1，访问痕迹显示昨晚零点四十分有个叫达达的访客进来，直到早晨七点钟才离开。

达达的头像是只胖胖的橘猫。

再往上看，手机屏幕顶端显示十六个未接来电，整齐地排列着阿东的焦急和愤怒。

打开通信软件绿泡泡，一堆消息噼里啪啦地涌进来，一半来自阿东的催促，一半来自各路大姐的招呼。

不用看舒航也知道，阿东是催他开工的。阿东在狐狸花开了一个九人语音直播间，也就是一个直播间里同时有九名主播在麦上，由于是语音直播间，主播可以不露脸，只露声音。麦上的主播们依次展示声音才艺，有的擅长弹唱，有的喜欢讲笑话，还有的会深情款款地朗诵一段情话。一旦进入直播间的观众表现出对某位主播声音的偏爱，就会被主持人阿东迅速捕捉到，在阿东的循循善诱和主播的热情哄抬下，观众会心甘情愿地为这个主播送礼物，当礼物进贡到令阿东满意的数量，该名幸运观众可以申请跟心仪的主播连线互动——或在阿东的安排下玩游戏，或让主播表演才艺。主播们极尽所能展示着声音魅力，一口一个"姐姐老板"，毕竟在这种男主播直播间里，通常观众是一水儿的女性。礼物可以通过狐狸花平台兑换成货真价实的钱，阿东拿一半，主播拿一半。

阿东自诩经纪人，召集了九个声音好听的男主播，舒航就是其中一个。阿东的直播间在下午一点开播，到深夜十二点结束，十一个小时无间断工作，舒航是最喜欢迟到的那个。

阿东在语音留言里不遗余力地骂着脏话，说有几个大姐一直等着舒航上播。

"你迟到的不是时间，是金钱！"阿东在语音条里咆哮。

阿东他们管在直播间送礼物的观众叫大姐，其实不止阿东，"大姐"所代表的角色在狐狸花平台用户中默契地达成了一致。大姐不一定是年纪大的女观众，但一定是会送礼物的女观众。这种在网络直播间里寻找快乐的成本相对低廉，不似夜店酒吧的高消费，也不如健身房、瑜伽馆来得辛苦，不管你穿着睡衣窝在被子里，还是蹲在凳子上抠脚，不管你刚给富婆做了个美甲，还是即将去电子厂打螺丝，只要肯漏一些散碎银子，就会换来在直播间里指点江山的特权，甚至捞点男主播的口头便宜。

舒航的声音低沉又富有磁性——很对一些大姐的胃口。这些大姐私下加了舒航的绿泡泡，早安午安晚安地问候着。

舒航恶趣味地给这些大姐的昵称统一备注了"肉猪"前缀。此时，"肉猪富贵花开"和"肉猪等风来"正给舒航发来消息。

舒航一边刷牙一边登录阿东的直播间，刚一进去，熟识的"肉猪们"就争先恐后地打出爱心和玫瑰的符号欢迎舒航。舒航吐掉满嘴牙膏沫子，清爽地跟大家打招呼。

他的声音在直播圈里被称为"青叔音"，指青年偏大叔的声音，实际上舒航才二十一岁，所谓"青叔音"也有刻意压低嗓音的一半功劳。

2

康达达下班后没有吃晚饭，直接换了衣服去舞蹈教室。不巧在教室门口碰到了公主冰，公主冰昂着头挺着胸脯，斜了康达达一眼，扭着腰肢走进教室。

小乐不知道从哪里冒出来，用胳膊肘撞了撞康达达，嘴里发出一连串啧啧的声音："都是一样来学舞的，她哪来的骄傲，怪不得都讽刺她公主。"

"莫名其妙。"

"你不是说她还加了你绿泡泡吗。"

"是啊，她有天主动加我绿泡泡，但线上线下完全零交流，也不知道加来干吗。她好像加了舞房很多人绿泡泡，就像攒方便面包里的水浒英雄卡一样。她在舞房线上交流群异常活跃，但是线下明明见了面也不打招呼，你看这没事还要瞪我一眼。"康达达压低声音，"有次跳舞，不小心在镜子里看到她，目露凶光仿佛要吃了我。"

"还不是因为你跳得最好。"小乐故意挑高音量，"真是妥妥线上交际花。"

疑神疑鬼的公主冰狠狠朝她们这边瞪了一眼，倒让这两人窃窃笑成一团。

康达达自读大学起就爱上了街舞，现在三十岁，工作八年整，依然坚持每天跳舞两小时。

晚上六点到八点，昔日同窗或刷剧，或辅导孩子写作业，或在酒桌上觥筹交错，只有康达达在舞房挥汗如雨。当他们在线上晒出孩子钢琴比赛的成绩、情人节老公送的花束、拖家带口的旅行时，康达达一开始是出衷地点赞祝福，直到慢慢见识了粉饰在热闹下的一地鸡毛，康达达才选择礼貌地无视，否则"她自己都会觉得尴尬"。

当然，自从无差别地忽略掉各路人马的线上空间，康达达跟很多人唯一的联系也断了，比如天南海北的同学，比如一面之缘的同行。

康达达从不在线上晒生活，她生活在两点一线里，动线极其规律稳定，一举一动都是真人秀，但跟综艺真人秀不同的是，每一天的观众都是同一批人。

零点下播后，舒航迅速冲凉换衣，经过客厅的镜子时，模仿了几个不甚标准的街舞动作。舒航喜欢街舞，也想过学习街舞。他曾经偷偷考察过一家舞蹈教室。那家舞蹈教室开在大商场里，透过教室大片的落地窗可以观摩学员上课全过程。蛙跳、蹲马步、俯卧撑等运动仅仅是热身，学员们个个热气腾腾、汗流浃背，舒航在外面站二十分钟都嫌累，更别提上一堂持续两个小时的舞蹈课。有这精力，舒航早就考上大学了，也不必在高中混了三年，高考落榜后离开家乡小镇在大城市打散工，最后才选择在狐狸花做声音主播。

所以喜欢归喜欢，舒航给自己做心理建设，在狐狸花看别人跳舞还不是一样。

零点三十分钟，舒航点开自己的直播间，将手机随手扔到床上。似乎想起什么，他再次拿起手机，系统显示零访客。

舒航将手机轻轻放在枕边，像是怕惊扰了一个梦，接着很快便进入梦乡。

手机轻哼一声，提示橘猫进来了。

3

"你看这个直播间。"小乐将耳机递给康达达，"意想不到的快乐。"

下了舞蹈课，康达达和小乐照例坐在地板上消汗。两个女生一人一只蓝牙耳机，将头凑在一起，盯着手机屏幕上正在直播的九个主播。

"摧眉折腰事权贵，使姐尽得开心颜。"康达达啧啧称奇。

"小奶狗们撒娇，小狼狗们耍酷，捏着嗓子夹出各种型号的嗓音。"小乐指着自己的胳膊，"你看，说到他们，我的鸡皮疙瘩都起来了。"

恰好有个大姐送够了礼物，在主持人的安排下跟男主播连麦互动——两个人一起读一段台词，一个扮演霸道总裁，一个扮演天真女主。

轻松赚得二十块钱礼物的男主播捏出浑厚的气泡音："我还从来没有尝试过被拒绝的滋味，女人，你已经成功引起我的注意。"

大姐掐着一把烟嗓扭捏对答："呵，男人。"

"喂喂喂，这没人管管吗。"康达达扯下耳机，一脸的嫌弃，"我的汗毛都竖起来了。"

"一个空虚寂寞冷在网上刷存在，一个懒汉想走赚钱的捷径，这不就一拍即合嘛。"小乐老成地解释，她应景地从口袋里掏出电子烟，一吸一呼间，整张脸都氤氲在喷出的烟雾里。

"一个有资金，一个有技术。"康达达戏谑道，同时不客气地从小乐嘴里拔出电子烟，"小小年纪不学好，一个不留神你还吸烟了。"

"我成年了啊。"

"那也不可以。"康达达把电子烟收进自己的口袋拍了拍，眼神坚定地盯着高中生小乐，等着她表态。

"第一次抽烟就被你没收了。"小乐嘟囔着，"本想给你展示一下的。"

"见一次没收一次，以后都不许抽烟。"康达达狠狠地戳了一下小乐的脑门儿，"否则告诉你爸妈。"

"爸妈才不管我呢，他们忙着出国打工。"小乐不以为意地撇撇嘴，"反正我饿不着也冻不着，他们在线上给我订餐，在网上给我买衣服，在家政程序找阿姨来我家打扫卫生，有时候家里的摄像头追着我转，我就知道他们下班了，有时间看我了。你说他们远吧，又仿佛在身边，你说他们近吧，又隔了十万八千里。"

康达达沉默了。她家距离父母家倒是很近，就两站路，可算算也有一个月没回去了。平时家人们就用绿泡泡聊天，好在康达达快递买得勤，从水果买到日用品。依赖快递，康达达每天都能在父母那里刷一波存在感。

"对了，我跟同学约好了，周末要去L市玩，据说那里的烧烤超级好吃。"

L市，就是那个睡眠主播舒航所在的城市吧，康达达想。

零点下播后，舒航依然要在绿泡泡上应付今晚在直播间送了礼物的两位大姐。一位大姐给倾听者舒航发去大段文字，慷慨激昂地控诉前夫的不忠，满屏触目惊心的叹号。另一位大姐隐晦地表示想跟舒航要朋友，声称自己在圈里有人，可以帮他策划流量。舒航借口陪阿东打游戏，终于在零点二十九分摆脱了她们。

零点三十，舒航准时开启睡眠直播间。

橘猫会不会来呢。主播舒航在心里揣度着，一翻身又恨恨地怪自己没出息，来了又怎样，没什么好期待的，在社会上漂泊这几年，从未建立过一寸长久的联系。

莫名的烦躁包裹着舒航，令他有些透不过气。他坐起来，在黑暗中打开窗子，又摸到窗台上的半瓶啤酒，就着北方五月的冷硬夜风仰头灌了下去。

康达达刚进直播间就听见主播如雷的鼾声。她停顿了一下，松开关小音量的手指，由他去吧。

驴肉卷饼，梨干，塔糖——康达达在睡前登录购物平台，依次下单了L市的几样特色小吃。至于"超级好吃的烧烤",等以后去L市再吃吧。

4

康达达坐了一个小时的高铁去见陶源。

大学毕业后,康达达回到老家工作,陶源选择留在大学所在的省会奋斗。两人在读书时并无往来,友谊始于两年前校友聊天群里的美食推荐,爱情开花在去年康达达参加省城的海棠音乐节。

陶源陪康达达在音乐节站了两天,待到压轴的摇滚老炮表演,一米五五的康达达被一米八三的陶源背了起来,在众人的艳羡中清楚地看完摇滚老炮弹古筝,摔吉他。

陶源对摇滚并无理解,但在背起康达达的那一刻,他清楚自己做了一件极其摇滚的事。

从音乐节出来,陶源勇敢地牵住康达达的手,康达达的手心炽热得像头狮子,却乖得像只绵羊。

只不过从此以后,陶源再也没有陪康达达去过音乐节。

康达达与陶源约定两周见一次面,大部分时间是康达达去找陶源,更准确一点,是周末去陶源的家里等陶源回家。对程序员陶源来说,周末在公司测试修改程序漏洞尚是常态,更别提日常在办公室敲代码到后半夜一点了。

同学们都说康达达和陶源的网恋奔现很成功,康达达有份稳定工作,陶源在国际大公司,两人还是同级校友,样子也都不错。只有康达达自己清楚,从音乐节那片草地走出后,冷静如期而至,热情已被浇灭。

陶源没有任何运动和文艺方面的爱好,偶尔读书也无非是盗墓、修仙网文,他最大的兴趣就是编程,且深以此为荣,自诩居家旅行必备优质男。

康达达恰好相反，喜欢街舞、弹贝斯，在空闲时间逛逛画展，或者读一读文学书籍。康达达是一个善于反省的人，她在博客里坦诚地吐露心声——对时常陷入焦虑的自己来说，跟陶源这种情绪稳定的人在一起很安心，就像把心藏了一个隐秘的洞穴，可以在行走江湖时无所顾忌。

到站已是夜里九点，康达达熟练地独自打车去陶源家。

康达达在出租车上检查了几次手机和网络，出发省城前给陶源发的消息一直没有得到回复。

车窗外的城市霓虹在康达达的眼底映照出一场不眠的派对，乘客康达达却倦意连连。

康达达觉得陶源像一只养在手机里的电子宠物，只需要程序化地在绿泡泡里互道早安、午安和晚安就能让这段异地恋得以存续，如果记得节日和生日发一发电子红包等于加了红蓝增益，视频通信互相鼓励打气那就是打了主宰了。

陶源在零点三十分才回到家里，屋子里一片漆黑，他蹑手蹑脚踱进卧室，发现康达达并没有睡觉，她的面孔映照在一片不断变换的手机荧光里。

"抱歉啊，工作太忙没看手机，下班才看见你的信息。"他扬了扬手里的餐盒，"买了你喜欢的鸭货。"

"我吃过了，你吃吧。"康达达敷着面膜，含含糊糊地回答。她的手指在屏幕上飞舞，始终没有抬头看陶源一眼。

陶源吞下好几句话，比如"你没有生气吧"，再比如"这家新开的鸭货店味道很不错，你要不要试试"。前者过于直白，容易引火烧身，后者又显得黏腻，他能想象到女友康达达一定会故作惊讶地讥诮，"你开始带货了？"于是便机智地缩小了自己，慢慢从康达达手机的光辉里退了出去。

陶源盘腿坐在厨房餐椅上，嘴里叼着一截鸭脖，不时吸一下口水。刚刚连胜六把，打破了他在射击游戏里的纪录，他兴奋地呜呜叫了几声，接下来就听见卧室门被礼貌而克制地关上了。

这是康达达今晚第六次点进舒航的线上空间，之前从未看过这个睡眠主播的视频作品——阳光帅气的男生，拥有利落的圆寸和开朗的笑容，乐于分享美食制作和重型机车骑行，甚至机械舞的一招一式都很专业。

系统显示舒航正在直播，跳动的直播标记撩拨着康达达，康达达却不能点击进入直播间的按钮。

陶源在身边细细地呼吸着，依然吵得康达达心烦意乱，她仿佛睡在夜晚的云朵上，湿漉漉的，飘飘荡荡的，危机四伏的。

康达达找不到那个隐秘的洞穴，竟一夜未眠。

省城的陶源走进家门那一刻，L市的舒航准时开启直播，他翻到昨夜的访客记录，手指在达达的空间入口徘徊良久，一个按键仿佛隔着一条长长的银河。

橘猫一直没有出现。

"习惯了。"凌晨五点，陶舒航对自己说。

他一夜未眠。

5

凌晨五点，康达达坐了最早的一趟高铁回家，出发前甚至没有叫醒熟睡中的男友陶源。

在车上，她戴上耳机，把自己融化在座位里，接着匆匆点进舒航的直播间，一片陌生的白亮扑来，这次的直播开了摄像头，观众康达达与主播舒航四目相对。

锅盖飞机头，肥腻的胖圆脸，时而摇头晃脑，时而嘟嘴作态，一声声"大姐"和故作真诚状把十几位女观众哄得心花怒放。

康达达再次确认——没错，是舒航的直播间，准确来说，应该是精神小伙舒航的直播间。

"你视频作品里的男生不是你吧。"一位大姐将问题打在屏幕上。

"我也没说过是我啊。"视频剽窃者舒航风轻云淡的态度倒显得发问的大姐多事。

"不是就不是呗！他们声音主播又不靠脸吃饭！"另一位大姐维护道，"这些只不过是正常的引流方式而已！"

"再说分享美好的事物不是很正常吗?"第三位大姐紧跟其后，"'舒坡曼'粉丝团永远支持你！'

发问的大姐连连解释自己只是随口问问，接着送了几个大手笔的礼物表示歉意。在眼花缭乱的礼物特效里，舒航终于舒展了眉毛，"你们大早晨来捧我的场，让我坏坏的心情变好，家人们，我很感动，爱你们！"

康达达悄悄退出直播间，就像早晨她从陶源家里溜出来一样蹑手蹑脚。

当天晚上零点，康达达开了个睡眠直播间，不管是否有人访问她的直播间，她都与访问的可能性建立了联系，她仿佛找到了一个温暖隐秘的洞穴，只一个翻身的工夫就睡着了。

早晨醒来后，康达达伸了个懒腰，想起昨晚关于睡美人的潦草的梦，扑哧一声笑出来："睡美人还是睡着吧，醒来就不是美人啦。"

一部书稿

◎程云海

一家省内出版社的编辑朋友和我闲聊时提出，让我半年内搞出一篇小说，他当责任编辑正式出版。像是天上掉下个馅饼砸中了我，对于一个热爱写作的人来说，出书是梦寐以求的大事，我跃跃欲试，想要圆这个梦。

搞写作的都喜欢静，我住的地方却靠近闹市区，临窗的一面还是个休闲广场，经常有吆喝着换大米、收破烂的小商贩造访，那刺耳的喇叭声，跳广场舞的乐曲声，孩子的哭闹声搅扰得我头疼，以至于睡眠质量都有些下降了。

真想逃离，奔向那"诗和远方"的境界。老伴半是讥讽半是同情地说，干脆你自己去找个安静点的地方，租间房子住上一段时间。我霎时眼前一亮：这倒是个好办法。

我是顺着电线杆子上贴的小招贴找上门的。上中介要多花中介费，我想省点。我是穷作者，就缺钱。

女主人用戒备的目光打量我——准确说是透视我，足有五分钟，似乎要压榨出我躯体中所有的劣念。看得出，她很犹豫，对于我这么一个单身中年男子来租房，心里一定会嘀咕，我在客厅里傻傻地坐了很久——卧室里一家人虽然压低了声音，但那忽高忽低的嘈杂声让我想象得出那是怎样激烈的思想斗争。当然我可以构思着这一切。

租住的单间紧临房主人一家，他们住的是三室一厅的大套。我轻手利脚搬进了位于某个森林公园附近的这栋白顶灰围的楼房。这是老楼，楼道仄仄不平，声控灯早就不亮了，夜晚上下楼很不方便。幸好我不常出去，准备的方便食品足够陪我度过一段时光。

五楼，临窗的是森林公园一角，这个公园由原来的苗圃改成的，园子特别大，游人却非常少，写累了我可以下去散步，绕公园走半圈就行。不错，我计划在这里完成我那部长篇小说《困惑》。

笃笃笃……轻缓而有节奏的敲门声。"谁敲门，除了房东，这里应该没有认识我的人啊。"我暗自思忖。

进来一位十六七岁年龄的少女，她是房主女儿，在她家见过。"妈妈让我给您送一壶开水……"她抿着嘴唇措着辞。"谢谢！"我从她白嫩的一双手中接过来。她的手指甲很干净，没有涂什么红的粉的指甲油，这让人觉得很清纯。虽然我不是很古板教条的人，当过多年老师的惯性，还是内心里对文身、涂指甲之类有些不舒服。

女孩没急着走，她是用一种好奇、新鲜的感觉琢磨我，琢磨得我窘迫起来……在这样一个女孩的目光下，我真的感到……狼狈，对，只能是这个词。喵呜一声猫叫，一只老花猫伸着懒腰，晃着款步从少女光着脚的拖鞋旁冲到我面前。"贝特，你跑来凑什么热闹？"小房主轻弯细腰，揽过老猫，轻轻拍打几下，然后一甩那刚刚洗过的长发，转过身，跋着鞋离开了我的屋，只有淡淡的洗发露味还在房间里氤氲着……

肖竹你好：

　　在我静静地离开这个世界之前，我终于可以一个人用笔和你谈话了，这也许是我最后一次的倾诉了……

　　你知道吗？我喜欢你，真的喜欢你！说不上是哪一点，你的高傲，你的脱俗气质，忧郁的眼神，常让我不由自主地关注。你知道吗？爸爸妈妈离婚后，妈妈就带着姐姐回城了，再也没有回来看过我。爸爸常出门做买卖，家里就我一个人孤零零地生活。放学回到家，除了凉锅冷炕，就那几只鸽子咕咕咕叫着陪我……

记得一次放学回家，却听不到我心爱鸽子的叫声。我屋前屋后逡巡，在后墙根发现了鸽子羽毛。走进屋子，我看到爸爸正在炕上睡觉，桌上放着空酒瓶和鸽子骨架……我的泪霎时涌出，我拼命摇晃着爸爸的腿，大声哭喊："还我鸽子，还我的小白，小灰……还我的玩伴！"

……爸爸酒醒后，向我道歉，希望我原谅他。我气得三天没理他。第四天他又去黑龙江贩土豆去了。……唉，爸爸也不容易，如今即将白发人送黑发人，孤苦伶仃一个人，日子咋过啊？

当我得知自己得了脑瘤，这瞒不住我，从医生护士的窃窃私语中，从总是喝酒的爸爸流着泪的眼睛中，我读出来了……我心惊意乱，伤心委屈，强装笑脸给爸爸，却躲进被窝一个人偷偷流泪，枕巾都湿透了……

我一边写一边抹着泪，这个情节在这篇小说中一直撞击着我的胸膛，每次想到都觉得心里憋闷……我的泪早已一次次模糊了双眼，胸口堵得像压着一座山，我停下笔，关好门，轻轻走出去。

公园甬道两侧是那种北方随处可见的白杨树，像两排忠实的哨兵向过往的行人致注目礼。树干足有一搂多粗，树冠厚密宽大如同一柄柄巨伞。两边的枝丫探伸扩展彼此相连，把一条窄窄的甬道遮得严丝合缝，下雨天在路上无须打伞，酷暑强日当头时，这里也宛如绿色长廊，别有一番滋味在心头……

这真是难得的一处城市之肺，给久住城市的人一种纯朴真实的感受……

为何不可以在我的小说中也设置一处这样的环境呢，我停下来，任轻风微拂，静静地感受着……

傍晚，我正在屋中写着小说，似乎响起了敲门声，声音不甚大，却让我有些恼火，打搅创作思路，对于作者来说不亚于把他从熟睡的热被窝中拉出来。我快快不快地打开门，那只老花猫噌地钻了进来，嘀，它倒不把我当外人。"贝特，哗哗哗，快回来！"女孩惊慌起来，脸色绯红，两只脚不自觉地往后闪。

"没关系，它来串门了。"我解嘲道，"快进来，欢迎你！"

她高挑的个头，一身洁白的纱裙，秀发轻绾，一双青春少女纯净的眼眸，浑身散发着阳光温暖的气息。

女孩站在屋中间，环视了一下。"怎么，不认识，这可是你家的屋子！"

"这么多书啊！"她没有回应我，"你整天宅着，忙些啥？"

"噢，你在写文章，你是作家？"

"文学爱好者而已。"我解释着。

"你现在写什么呢，能让我看吗？"

"这……"

"听说作家的手稿轻易不让人看，是吗？"

"不，是太乱了，你看不清。"

"给我介绍一下情节呗。"

她自来熟般坐在了我的椅子上，写作者难得遇到对你创作感兴趣的人，我就把自己的构思轻描淡写地讲给她听。

"一部校园小说。大致是一位班主任和他的学生之间的故事。"

她一声不吭地玩弄着指甲，那指甲泛着光泽，很耐看。

"完了？"

"完了！"

她笑了，露出了好看的牙齿："这么简单？"

"嗯，里面包含着许多故事，比如早恋，比如孩子之间矛盾，师生间的故事，等等。"

"你当过老师？"不待我解释，她又自顾自地说，"那你真了解学生吗？"

我挠了挠头："还算了解吧！"

她突然走上来拍了一下我的肩："还不赖。我觉得老师不了解我，连我妈都不了解我。"说完还做了一个鬼脸。

我突然觉得她应该是我创作很好的参谋，就拿起草稿："我给你读一段，你看看有什么问题。"

……………

她突然咯咯咯地笑了："这也太假了吧，不对不对。你应该这样写，'她的胸脯剧烈起伏着，脸色苍白，牙齿紧紧咬着嘴唇，冲着你大喊一声，老师，我恨你！然后转身跑出了杨树林，只剩下那树叶在冷风中瑟瑟发抖……'"

"可是，我觉得她不会喊出恨老师这样的话吧，她怎么会恨老师呢？"我辩解着。

"你不懂，恨也是爱的表现，爱恨可以交织，情感怎能说得清？"

我有点无语，有点疑惑，是我真不懂年轻人，还是不懂写作？我脑子有点乱。她是什么时候走出屋子的，都不知道。

"困惑"，这真让人困惑，小说越往下写，我越发现自己对人物内心世界的揣摩难以把握，由最初一天写几千字到一天只写出几百字，几乎快进行不下去了。

出版社编辑催了好几次，老伴也打来电话问写完没，啥时回家。我觉得自己真不是写小说的料。

小房东偶尔会敲门进来，看我柜上的书，她常会站在那里好半天，翻一些我买来就束之高阁的名著，偶尔回转身问我一些稀奇古怪的问题，有些我真答不上来，她就会露出怪异的笑容，似乎在嘲讽我的无知。每次还会催问我："写怎么样了，作家？"

"差不多了，差不多了。"我的脸有点发烧，含糊着回应。

"如果我写，我就在情节上这么处理……"她甩甩长发，讲起来。

真不错，我点点头，将她的每句话捕捉下来，心里暗喜，又可以接续一段了。

"你适合写小说，这小说该你写！"我由衷赞叹。

"你可饶了我吧，我哪有那能耐。咯咯咯……"她笑得特别甜。

日子一天天过去，突然发现，我这篇小说的后面情节走向基本都是她提供的，不知不觉中，仿佛我只是在复制她的创作构想。我试图逃开她所讲的内容，可是写出来，远没有她的更吸引人。我有点恐慌，这篇小说怎么成了我们两个人的合作，或者她好像成了第一作者。

我匆匆忙忙将小说基本上完成，要搬走了。房主说，还没到期，我说房租不用退，不能再住了，赶紧回家。几个月净吃方便食品了，亏了胃口，我得犒劳犒劳自己。

女孩看着我，有点留恋："小说出版后寄给我一本呗！"我笑着说："谢谢你的帮助，这本小说如果出版，你真应该署名。"

"咯咯咯"，她又笑了，"您真逗我，我又不是作家，就是觉得好玩，构思小说情节有意思！"

"现在网络小说挺火，你可以试试！尤其是青年人，更喜欢。"我提议。

犹豫了许久，那部书稿我到底没有送去出版社，和其他杂物一起滚到某个角落里，不知所终，也就无法实现对女孩的承诺……

友谊的小船

◎佟掌柜

程　程

　　程程和婉仪一同走出饭店，她裹紧羽绒服招手打了辆出租车，也没跟婉仪打招呼就钻进车里，坐到副驾驶的位置。车行半路，婉仪刚才的欲言又止，和说话时那种她说不好是嘲讽还是惋惜的面色，都让程程如鲠在喉。难道……她和老焦有一腿？不应该啊。哎，也说不准，老焦可说过跟她单独喝过酒。翻涌的思绪让程程有些恍惚，她将视线投向车窗外，前方饭店高高悬挂的灯箱上"喜团圆"三个大字亮闪闪的，她想起去年秋天的那个傍晚。

　　那天，她正准备下班，微信响了，是婉仪发来的信息："晚上好好捯饬捯饬，跟姐去喜团圆酒店，今晚饭局有两位文学大咖。"她一见"文学大咖"，心尖儿猛地颤了颤，语音回复："仪姐，你太牛了，文学大咖你也认识！"饭局是婉仪的朋友攒的局，文学大咖指的是老焦和老孟，他俩在省内乃至全国的文学圈都有不小的名气。桌上还有一位谈吐风趣、出手阔绰的机械集团老总。那晚，六个人都喝了不少酒，可谓是个个尽欢。聚会不久，程程主动向老焦请教散文创作，并单独请他吃饭。没承想，临了老焦把单埋了。从此，老焦那略带沧桑的微笑和睿智的小眼睛，总在她的眼前晃动。

出租车开到喜团圆门前，程程迅速拍了张照片给老焦发过去，并留言："还记得这里吗？这是开启爱的地方。"

等了好半天，微信悄无声息。程程用手指戳了下老焦的头像，然后给三个微信好友发信息："想你了，出来喝点？"发完微信，她打开迪桑娜女包，拿出紫红色大容量化妆包，照着小镜子补了补妆。出租车都到家门口了，三人中的一个回复没时间，另两个根本没回。她一赌气，找了家熟悉的串店，点了十串羊肉串，三串鸡脆骨，一瓶龙山泉白啤。无视其他客人投来的各种目光，慢悠悠地把啤酒喝完，剩下的肉串也没打包就走出饭店。

被北方二月冰冷刮脸的夜风一吹，程程不禁打个寒战，酒劲也似退却了。她缩着脖子一路小跑回到家，将卧室那两扇明黄色麻布蕾丝窗帘拉扯得严丝合缝，脸没洗牙没刷就上了床。她倚着床头，在微信里给老焦发了张颇有质感的亲吻图片，等好半天没见回音，握着手机躺下，和婉仪喝酒时的情景在脑海中又冒了出来。

今天下班，程程约婉仪喝酒。菜上齐后，她对婉仪说："仪姐，老焦说要娶我。"婉仪明显一愣，眼睛快速眨了两下，欲言又止。程程见婉仪不信，将她和老焦聊天记录的截图给婉仪看。婉仪瞟了两眼，"噢噢"两声，夹过一块骨头啃起来。程程见她不往下唠，借着酒劲讲她和老焦私下喝酒和半夜聊天的诸多细节。

六瓶老雪花很快喝见了底，程程紧盯着婉仪的眼睛问："仪姐，这回我真动心了，你说，老焦说娶我是真心话不？"

婉仪将杯中的酒一口喝尽，放下杯子，用手转着圈，说："妹子，你知道老焦有家吧？"她顿了顿，眼睛又快速眨了几下，"你要感到快乐，就当是真心话又何妨。"程程怎么都觉得这话不是滋味，她忆起和婉仪交往的最初。

她俩是在2002年，一场十多人的网友聚会上认识的。那时QQ还没普遍流行，新浪聊天室是网上交友的高端工具。女人经常进入聊天室，无论是想交友还是谈情说爱，终归要跟新面孔的男人见面。有些姿色并有防范意识的女人，很少第一次就和男网友单约。于是，网友聚会在当时很流行。那年程程二十八岁，婉仪比她大两岁。大概因两人都从事和财务有关的工作，都喜欢文学，再加上彼此不愿明说的原因，慢慢交往下来。婉仪长得瘦瘦的，中等个，宽额头大眼睛，弯弯的眉毛，一笑眼角皱纹很深，太阳穴上还有一块鲜红的胎痣。程程最初没觉得婉仪哪里特别，整天疯疯癫癫的，总跟一帮男女胡吃海塞。可后来她发现，只要有婉仪的酒局，总会有几个让女人看着顺眼、心里长草的帅哥。所以能跟婉仪混，成了很多女人都不愿明说的梗。程程深知，上网这类事对同事和同学都不能说，天知道这些人的面皮上裹了多少张面具。说不准啥时将面具撕下一层，会伤得你体无完肤。可是，那些缠缠绕绕的小心思若整天憋在心里，小心脏会爆的。所以，将与她没有任何利益瓜葛，生活中也无交集，神经大条又善解人意的婉仪作为倾诉对象，再适合不过。她往往将令她夜不能寐的痛苦和她认为值得一提的小炫耀，以探询或哀婉的语气讲给婉仪。大多时候，婉仪不置可否，偶尔也会发表点看法。可程程从没听婉仪说过什么心事，更没说过和哪个男人发生故事。程程不信她没有，可人家不说，她也确实没见过婉仪跟男人单独在一起。

程程越想越心烦，她看下时间，已经十一点四十了，老焦还是没回复信息。虽说老焦有晚睡的习惯，但今天睡得早吧，她试图宽慰自己。可又一想，不对啊，路过喜团圆时给他发过微信，那时刚过九点。程程坐起身，翻看老焦和老孟的朋友圈，没见今日有什么文学活动。她点开手机QQ，用对其隐身的方式进入婉仪的空间。

自打十多年前，程程发现她喜欢的男人喜欢婉仪，而婉仪却浑然不知般地跟他处成了"哥们"，她的内心就生出一个怪物。这个怪物时常在夜深人静时，悄悄跟她说话，唆使她不留痕地进入婉仪的

QQ空间，当看到文字中流露出感伤和痛苦时，还发出"桀桀"的笑声。她有时呵斥怪物："你赶紧离开我，我真的很讨厌你"。怪物听罢，便会隐去形迹，可过不了多久，又冒出头来，并且越长越大，那鲜红的凸嘴，偶尔还会滴两滴鲜血，使得程程总梦见它在啄食她的心脏。

婉仪的空间头像十几年都没换过，还是那张融进天青色背景，头插莲花钗，低垂着忧伤的眼眸，双掌合十的女子。程程见空间第一条还是婉仪大前天发的说说"你未曾看此花时，此花与汝心同归于寂。你来看此花时，此花颜色一时明白起来，便知此花不在你的心外"，没什么新鲜玩意，正要退出，突然跳出一篇《年根儿的晚餐》。程程粗略地浏览一遍，内心没来由一紧。这篇看似小说的文章里，描述的场景和人竟似曾相识！因老焦没回微信的烦躁情绪，倏然没了影踪。她翻到文章开头，逐字逐句细读起来：

年根儿的晚餐

龙兴集团第一分厂是个上万人的大厂。厂长老张和书记老姜搭班子的三个年头里，厂子大有起色。别看他俩平时张不离姜，姜不离张，可骨子里都不太服气，既互相担待又互相压制。

后儿个就是乙未年的除夕，一大早，老姜就来到老张的办公室，和他商量找厂里骨干聚聚。一壶大红袍喝完，参加晚餐的人和聚会的时间地点就定了下来。

傍晚五点半，公关部小赵第一个来到福临门饭店888贵宾包房。她见空荡荡的房间一个人没有，站在紧挨着门口的座椅后面环顾包房的环境。包房空间宽阔，色彩浓重的中式餐桌环绕十二个仿红木座椅，头顶的宫廷吊灯深邃雍容，复古墙面镶挂国画风花鸟鱼虫画框。小赵正思量着都请了哪路神仙，老张走了进来。他见小赵在包房里站着，眼神亮了下，走到她身边将手臂搭在她肩头说："你今天真漂亮。"

小赵忸怩了下，躲开老张搭在肩膀上的手臂："张厂长总是这样会说话，说得人家心花怒放呢。"两个人正有一句没一句地搭着讪，老姜挂着他略显沧桑的微笑走了进来。见包房里只有老张和小赵，神色古怪地说："没打扰二位吧。"小赵白了老姜一眼，笑着说："您来得正是时候。"

人陆陆续续到齐，筵席正式开始。老姜是东道主，少不了新年致辞明年展望。老张接着阐述了聚会的意义和友情的重要。大约七点，女会计小胡走了进来。小赵见她精心涂抹的遮瑕霜，遮住像一把小米散落在鼻子两侧的雀斑，两只眼睛描画的冷艳烟熏妆，颇显年轻妖媚。脱掉貂皮外套后露出的嫩粉色低领羊绒衫，让小赵内心一动，怪不得小胡来得如此晚，原来是回家换衣服。小赵招呼小胡在她旁边的空位坐下，见小胡的目光直落老姜的脸上。老姜皱了皱眉，转头和老张说话。

酒至半酣，老张端起酒杯大声说："来，小赵，咱俩喝一杯。自从你从总部调来，很多订单和售后的纠纷迎刃而解。我打心眼儿里喜欢你。"

小赵和老张几乎同时一饮而尽，然后她又倒了一杯，说："我这点成绩都得益于您和姜书记的支持，得益于在座各位的配合，借着厂长这杯酒我敬大家。"

姜书记望着小赵若有所思的眼神，让小胡很不爽，她心里暗骂小赵是"骚蹄子"。这杯酒刚喝完，老姜马上端起酒杯说："小赵啊，你得和我老姜喝一杯，你的文字功底不比咱们厂办的秘书差，可帮了我不少忙……"

还没等老姜把话说完，小胡突然站了起来："这杯酒我替赵姐姐喝。你们这些大男人干吗都跟她喝酒，想把她灌醉吗?"

小赵看一眼小胡,意味深长地笑着说:"还是妹妹好,知道疼姐姐。"她来厂没多久,就听说了小胡和老姜的事。这年月,有权力的男人对稍有姿色的女人总会产生优越感,而这种优越感一旦被女人接收,两人的关系就会迅速发酵,从而演绎出那么一段似是而非的情感故事。这不过是一部分成人给自己枯燥乏味的生活加点调剂品,就像总吃面条的人突然加个蛋一样,没有多少人会大惊小怪。老姜和小胡的暧昧明眼人都能看出来。小赵从小胡的言谈举止中不难看出,她打心眼儿里喜欢老姜,还跟别人说过,老姜要离婚娶她。

老张见老姜的面色难看,端起酒杯说:"大家别光喝酒,都说说明年的梦想。我先抛砖引玉。乙未年我一定继续努力,把工作做好、做细,让咱们厂更上一层楼,并且努力改掉浮躁的臭毛病。大家一定要监督我,尤其是你老姜。"老张说完,大家将酒一饮而尽。老姜把酒倒满,轻咳两声,见大家注意力都集中了,才说:"张厂长说的都是肺腑之言,我今天也表个态,明年首先提高职工的伙食水平,让大家不仅吃饱还要吃好;其次,要紧抓思想观,让广大干部职工树立向上为公的风气。"这两人说完,剩下的人也纷纷表态。轮到小胡,她乜斜老姜一眼说:"我……想去西藏。"话音刚落,老姜撇了撇嘴,嘴角挂着不屑问她:"为什么要去西藏?"小胡说:"就是想去看看。"老姜又问:"西藏吸引你的地方是什么?"小胡回答:"看朋友圈发的西藏照片很美。"

老姜脸上的嘲讽之意更深:"一个看别人去就要去的人,还谈什么梦想。"

小胡的脸腾地红了,语声提高半度说:"我就是小女人，我不愿意想那么多复杂的道理和事情，不行吗?!"

老姜摆弄着手里的打火机，看都没看她："我们聚会是为了展望工厂的未来，你去西藏是你个人的事，别占用大家时间。"老姜话一说完，场面顿时尴尬，其余人互相看了看，谁都不言语。这时，厂部老宋的电话很合时宜地响了。原来是宋夫人怕老宋贪杯，开车来接老宋。

老宋和大家告辞，站起身往门外走。小胡已将老宋挂在衣架上的羽绒服外套拿在手中，见老宋走过来，帮他穿上，扣好扣子，还抻了抻老宋的衣襟。

老宋走后，大家又聊了聊时事。这时窗外下起雪来，洁白的雪花像天上洒落下来的碎银，已将土地覆盖。老张看了眼手机，说："十点了，咱们散了吧。"老姜还有些意犹未尽，但老张说散了，他也不好反对。众人走出酒店，各自道别。

小胡出门后，对市场部小汤大声说："弟，我俩家近，你带我一段啊?"小汤看了眼老姜，见他正在和老张说话，并没有要和小胡一起走的意思，就同意带上她。

小赵招手打辆出租车，一个人急匆匆地走了。不大会儿，她接到老张和老姜雷同的微信信息："跑得真快，我还想送你呢……"她摇了摇头，将手机装进手提包，望着窗外越下越大的雪，脱口道："瑞雪兆丰年……"

程程翻来覆去看了几遍《年根儿的晚餐》，春节前聚会的场景就像电影的慢镜头，一幕幕跳出脑海。她越发肯定文章里的会计小胡是她，而嫌弃小胡的厂书记老姜就是老焦。"精心涂抹的遮瑕霜，遮住像一把小米散落在鼻子两侧的雀斑"，"小胡的目光直落老姜的脸上。老姜皱了皱眉，转头和老张说话"，"看别人去就要去的人，还谈什么梦想"，这样的句子像锥子，一次次扎着程程的心。她突然疯了一般，按下老焦的微信通话。可对方就像沉进深海的沙砾，杳无回音。

这一夜，氤氲着魅影的记忆碎片像魔鬼的翅膀，在黑暗中于程程的脑海纷沓盘旋。天蒙蒙亮时，刚睡着的她又梦见怪物张扬着涂满油彩的丑脸，用它细长坚韧的蛛爪勒紧她的脖颈。她拼命挣扎，却发不出一点声音。

上班后，程程烦躁莫名地给老焦发过N次微信，只收到一句"在忙"的回复。她压制着给他打电话的冲动，偷偷将《年根儿的晚餐》复制，分别发给参加春节前聚会的几个人，询问："这文章是不是写的那顿晚餐？它到底想表达什么？"可直到睡觉前，也没有一人回复她的求证。程程感觉卧室里的空气充满重量，压得她透不过气。这一夜，怪物一刻都没安稳，不仅扯断了她的几根头发，还从凸嘴里长出两颗獠牙。它恶狠狠地咒骂着婉仪和那天聚会的人，并抓住程程颤抖的手，将婉仪所有的联系方式都加入了黑名单。

婉　仪

下午，婉仪正在填写审计报表，微信响了。她打开手机一看，是老孟发来的："听说你写了一篇小说，其中有个人物的原型是我。"

婉仪心一动，回："你听谁说的啊？"

"你别管听谁说的，你就说是还是不是？"

"是也不是，不是也是……"

"你啊，下次得注意，写小说偷摸写呗，咋得罪人的你都不知道。"

"大哥，你把话说明白行不？我得罪谁了？"

"无可奉告。"

婉仪暗想："我没跟任何人说过我写小说啊，可老孟这几句莫名其妙的话不像空穴来风，这到底怎么回事？"哦，她突然想起，昨天晚上拿QQ空间当小说草纸的事。难道有人进空间了？她打开空间，见《年根儿的晚餐》没有任何浏览记录。看来老孟说的不是这个。哎，管他说的啥，还一堆报表等着呢。婉仪摇了摇头，继续跟数字战斗。快下班时，老焦发来微信："婉仪，你还真是写小说的料，一定要坚持写！"

"大哥，怎么回事啊？谁跟你们说我写小说了？"

"你们，还有谁？"

"下午孟大哥也说了几句莫名其妙的话。"

"哈哈，看来有人疯了。没事，你别管，这事跟你没关系。记住我的话，好好写！"

婉仪见老焦说有人疯了，内心一动，想起昨晚和程程喝酒的情形。

昨天快下班时，程程发来微信语音："仪姐，晚上陪我喝点呗，我有事……想听听你的意见。"婉仪听程程说"有事"时拖了长音儿，很爽快地应承下来。

两人来到离程程单位不远的"一分利春饼店"。这家店店面不大，但干净卫生。他家卖春饼有个规矩，上午卖六百张，下午卖六百张，一张都不多卖。以豆芽、菠菜、韭黄、鸡蛋为主要食材炒合菜，做得很地道，那火候掌握得恰到好处。无论什么季节，店里的十二张散座都坐满人。程程很喜欢来这儿，不仅因为东西好吃，价钱也很美丽。俩人等一桌客人走才坐下，程程轻车熟路地要了合菜、酱熏脊骨、花生米、饭盒刀鱼，还要了一提溜老雪花啤酒。一瓶啤酒还没喝完，程程神秘兮兮地对婉仪说："仪姐，老焦说……要娶我……"婉仪听完吓一跳，正要夹菜的手停住了，刚想说不可能，想想还是算了。程程好似看出她不信，把和老焦聊天记录的截图给她看。婉仪瞟了两眼，截图显示，日期是十多天前的深夜，程程说了大段让人脸红的话后问老焦："你愿意娶我吗？"老焦回了俩字："嗯嗯。"

婉仪暗自设想了下当时两人聊天的氛围和语境，觉得老焦的回复有敷衍之意。她对老焦的家庭多少了解一些，老焦和妻子的感情不错，虽说这两年妻子帮忙看外孙常住女儿家，但要因为这个离婚，不太可能。婉仪见程程紧盯着她的眼睛，便夹过一块脊骨啃起来。她觉得没必要把这个推论告诉程程，毕竟程程也是四十多岁的人了。六瓶老雪眼看见了底，程程讲完和老焦私下见面、午夜神聊的诸多细节后，问婉仪："仪姐，这次我真动心了，你说老焦说娶我是真心的不？"

　　婉仪看着程程飘红的脸蛋，暗想，这些年你"真动心"的次数也不少了。她知道这话是不能说出口的，不过觉得有必要提醒她一句。她拍了拍程程放在饭桌上握成拳的手，说："妹子，你知道老焦有家吧？"想想觉得这么说也不妥，接着又说了句，"你要感到快乐，就当是真心话又何妨。"婉仪见程程的眼神明显闪烁了两下，知道程程对这话不满意。那又如何呢？总不能骗她说，老焦肯定能娶她。

　　两人从饭店出来，婉仪见程程裹紧羽绒服，连招呼都没打就上了出租车，也招手打后面的出租车。

　　回家的路上，程程听她说"你要感到快乐，就当是真心话又何妨"时的复杂表情和眼神，让婉仪回想起这些年和程程的交往。她们刚认识时都还年轻，在婉仪心里，程程是个可以做玩伴的小妹妹。婉仪清楚得很，在聊天室结识的同性，能成为闺密的可能很小。这并不能说明彼此不真诚，而是偶尔聚聚的原因，彼此都心照不宣。婉仪有时觉得很奇怪，她不知道为什么，有不少女人愿意跟她倾诉骚动的心事。程程是其中之一。婉仪大多时只是倾听者，偶尔会说说个人看法。婉仪明白，不完全以金钱和利益为主要交友目的，希望和男人保持相对长久的情感关系的女人，能得到男网友对等情感回应的凤毛麟角。男人往往因为女人有能令他动心的一瞬，就会不吝惜花言巧语，哦，这么说不够客观和准确，不能说男人在对女人表达好感时，讲的话都是假的，但他们的话只不过是基于雄性动物的本能，就像小公狗在发情期，跟着散发气味的小母狗转一样。当年在男网友中，曾流行这样一句话："喝酒只是平台，喝好了做朋友，喝醉了做夫妻。"婉仪认为，都是成年人了无论男女，都要对自己的情感行为负责，旁人是没必要表示什么态度的。别看程程经常跟婉仪说心事，但她对自己的家庭情况闭口不谈。和在医院工作的丈夫离婚，是酒后失言。程程在银行工作，即使独自生活，经济上也不成问题，但不知是因为房子还是孩子，她离婚不离家。十几年过去了，程程没有再婚。是没找到合适的对象，还是有与前夫复合的想法，只有她自己清楚。婉仪想到这儿，不自觉地叹口气，又回想起她带着程程和老孟、老焦相识时的情景。去年秋天的一个傍晚，婉仪接到朋友电话，说给她介绍两个文学大咖。婉仪一听"文学大咖"，眼神立马亮了。对于她这种文艺女中年，这个词汇太有诱惑力了。挂断手机，她立刻给程程发语音，让程程跟她一起参加酒会。程程秒回："仪姐，你太牛了！"那天晚上，在座的人都喝了不少酒，可谓是个个尽欢。

第二天，老孟和老焦都在微信里给婉仪发来一首诗。老焦的题目为《遇见》："如果可以／我宁愿回到从前／那时，时光清浅，我还年轻／铺一纸云笺／珍藏，清白的月光。"老焦的诗只有两句："相见恨，一见钟。"自打婉仪八岁那年，第一次收到同学的示爱纸条，到如今已是半老徐娘，仍未减这类表白的发生，她早已习惯，只笑笑作罢，概不回复。后来，婉仪和程程又参加过几次有老孟和老焦的聚会。他们对文学的见解和感悟让婉仪重拾文学梦想的念头，像春风吹拂的小草，不断生长。可真动笔创作，她发现时常在内心涌动的文字，竟找不到出口。

今天程程发光的面容，讲述和老焦私下交往的细节，以及老孟老焦话里话外对程程的评价，像无数跳跃的碎片，在她脑海里盘旋碰撞，重新排列组合，竟拼凑出一幅不完整的图画。"呀！"婉仪不自觉地呼出声，这不就是很好的小说素材吗？真是踏破铁鞋无觅处！

出租车司机诧异地看了婉仪一眼，婉仪不好意思地吐了吐舌头。

回到家，她将反复在大脑中设计好的情节，借着酒劲写了出来。怕有人对号入座，还特意将小说背景写为工厂。

婉仪想到这儿，隐约感到得罪谁了。她立刻给程程发微信，发现对方已将她拉黑。婉仪很生气，如果换是她看到程程写这篇小说，心里可能会有点不舒服，但一定会想问题出在哪儿，也许过后还会感谢程程，让她拨开情感的迷雾。因为一篇小说就能拉黑的友谊，散了就散了吧。可转念一想，毕竟交往十几年，还是应该把话说开。于是，她拨打程程的手机，耳边却清晰地传来"你拨打的电话无法接通……"

那天晚上，婉仪躺在床上翻来覆去烙饼，她怎么也没想到，网上流行的那句"友谊的小船，说翻就翻"，竟然会落在她的身上。她越想越不明白翻船的原因，程程也爱好文学，难道她不懂小说只是小说，为什么非要对号入座呢？她在百度的搜索条上输入"友谊的小船说翻就翻的根源"，点回车后，链接里的一句话戳了心："正是种种看起来都自洽的逻辑、想一想都有道理的思维，共同造就友情的不确定性、人际关系的不可控性。"婉仪叹口气，念叨了句"缘聚缘散缘如水"，关掉床头柜上的紫色弓形台灯，把躺在身边已经熟睡的狗狗搂过来，将脸贴在它的后背上闭上眼睛。

婉仪没想到，三个月后，一家省级刊物竟然刊用了她反复修改的《年根儿的晚餐》。她兴奋地将这个消息告诉老孟和老焦，并请他们喝酒。她在小说园地中开垦出的第一块处女地，有他们耳濡目染的功劳。席间，婉仪对老孟老焦表达感谢之情。老焦在酒局快结束时，不知是有意还是无意地透露，他再也没回复过程程的任何信息。

鸡　架

◎费晓达

1

在老张的记忆里，他从单位领走的最后一样东西，是半只烧鸡。

那天，他去找厂里的出纳小李领钱。临走的时候，对方塞给他一个用报纸裹起的袋子，上边申奥成功的新闻还透着油花。老张接过来，用手一捏，心里犯起嘀咕——都这个时候了，好意思给半只？

"总共就剩半只了。"小李似乎有所觉察，"本来留的是整个儿的，结果早上忘告诉食堂了，给切了一半。"说着，他又向门外瞅了一眼，"这不大伙儿都有点情绪嘛，领导说谁先进来就给谁吧，起码也算个表率不是？"

老张干笑一声，把纸袋塞进劳保包，心想都已经定下来的事，签不签字能有啥区别。他穿过一排静默的厂房，顶着晌午的太阳下了班。要搁往常，能早点回去也算好事，可今天是个例外。好在老张没打算直接回家，他还得去看看厂子门口的伙计——那是他几年前从外边捡来的一条黄狗，平时就拴在门卫室旁的树上。每天上下班，老张都会顺道给它带点吃的。

同以往一样，老张把跟食堂要的剩菜倒进饭盆。不想那黄狗却没有开动，而是护着饭盆，抬头冲一旁龇牙。老张侧身瞧过去，看见厂里刘工的儿子站在几步外，抱着一个破球胆，不敢靠近。

老张招呼孩子过来，说："没事，它就是饿的，抢着呢。"

接下来的一下午，俩人在厂门口，围着那个破球胆踢了几十个来回。直到太阳落回厂子里，有人影朝这边走过来——起初是一两个，很快两个变成了四个，四个变成了八个……最后延展出黑压压的一片，人多得听不清脚步，逆着光也看不见表情。

孩子歇了脚，站在一旁问："张叔，今天咋都下班这么早呢？"

"厂子里不忙了，就下班了呗。"老张收紧了包，向对方摆摆手，"你也别踢了，赶紧回家吧。"

小孩"哦"了一声，悻悻地往回走。没走出几步，又被老张叫住："对了，回家别问你爸这事啊。"

"为啥啊？"

"免得你挨揍。"

2

老张回到家里，正好赶上晚饭——其实也说不上"正好"，他已经在门口站了好一会儿，直到天黑才掐着点敲门。老张把劳保包递给了媳妇儿，又在餐桌上拆开报纸袋，掰下鸡腿放进女儿碗里。在女儿的欢呼声中，老张媳妇儿打开包，有点不太高兴地问："都在这儿了？"

"这次又不是我一个人，我这还算多的呢。"老张有点不服气，眼看对方愠色渐起，他连忙摆了摆手，"吃饭吧。先吃饭，吃完了再说。"

虽然多了半只烧鸡，但饭也没吃得太久。女儿看完动画片，回屋去写作业了。随着关门声响起，媳妇儿把筷子往桌子上一撂，说：

"现在吃完了，说说吧。孩子才上小学，接下来咋办？"

坐在对面的老张没抬头，拿筷子摆弄着桌上的鸡骨头。

"你别不吱声。"对方逐渐没了耐心，"说话啊！"

可老张还是没说话，他放下筷子，像是想到了啥似的，用手把骨头一根根拼起来。最后，他看着桌上拼出来的鸡骨架，终于开口："要不，就它吧？"

第二天一大早，老张跑到批发市场，买了几斤鸡骨架和两瓶罐头。回到家里，他翻出电话本，联系上了曾经在厂食堂上班的师傅，接着，便拎起罐头出了门。等到晚上回来的时候，老张手里多出一个方子——后面几天，老张一起床就钻进厨房，照着配方反复试验。直到一周以后，他把刚出锅的鸡架拿给大师傅尝，对方一边嘬了着一边说："不错，不错，有那意思了。"

得到首肯的老张，跑去露天市场转悠几圈，找到了一个空地儿，又从工友那儿借来电焊，用钢管焊了个架子，把锅支起来，开始摆弄自己的营生。

老张摆摊的市场不大，好在离家不远。往西边看，还能瞅见一座冷却塔，那是他们整片厂区最高的建筑物。他想不通，工业区拆了那么多高炉和厂房，怎么就偏偏把这个市场留了下来。对于那些被厂子遣散，却不肯脱掉工装的人来说，这个地方的存在像是一种侮辱。但可惜的是，也只有这里，才能施舍给他们为数不多的活计。相比市场里其他的摊位，老张占的地儿还算方正，不多不少，前后左右各两步。"四个平方，不算小了。"老张嘀咕着。就像大街小巷中处处可见的招牌那样，他割了一块板子，又在上面漆出几个字：熏鸡架，五块钱两个。

按食堂师傅的话说，没有比鸡架更神奇的吃食了——上面那点肉要是全剔下来，还不够一个人吃上几口，附在骨架上却能对付两瓶啤酒。更重要的是，这东西每天卖出去多少暂且不论，但起码能保证家里的饭桌上有一道荤菜。而且要是自己哪天馋了，弄上一个当夜宵也谈不上多心疼。那些熏好的鸡架整齐地挂在锅口，比起外面的卤腊熟食也不遑多让。在这里，味道是可以看见的——掀开锅盖，炝煨鸡架的汤汁化作烟雾腾起，包裹住皮肉，填满了腹腔，千回百转，透骨生香。

每天，被这味道勾过来的人不在少数。他们大都在厂区上班，或是曾经在厂区上班，手里头不宽裕，往往过来瞅上两眼就走。还有个别人就算看见了价格，也要上来问一遍多少钱，再跟一句能不能便宜点——其实就算便宜了，对方也不见得会买，反倒容易在摊位前纠缠——无非是说老张卖给别人的鸡架比这个大，或者是这次买的鸡架比上次的小。起初，老张还尝试跟他们解释，后来见得多了，他就赔个笑脸，说下回一定挑个大的。虽然锅里的那些鸡架，本就没什么大小之分。

入冬以后，跑到菜市场做活儿的人越来越多了。当然，这也不是全无好处。附近的混子想收摊位费，来过两次都没成。就是因为这里的人多是厂区出身，知道抱团儿。有几个，老张甚至能说出是哪个车间的。即便是摆摊，也能看到这些人身上残存的偏执——他们坚持认为手艺好的钳工，既然螺栓可以拧得一扣不差，那他剔的骨头大概也更匀净；而焊活儿不带夹渣的焊工，用这个本领来炒饭，也一定比别人更会掌握火候。

等天儿彻底冷下来，总有几个摊主喜欢凑到一块儿显摆，他们一边哆嗦着跺脚，一边有意无意地提起"以前单位冬天发的大衣"或是"厂里那会儿发的电热毯"，仿佛只要在面子上把别人比下去，大雪就落不到自己的头上。老张还好一些，熏鸡架的锅勉强算是个热源，为了挡风，他又在上面支起了一层塑料布。附近的哥们儿挨不住了，就跑到这里缓缓。不好意思空着手的，隔三岔五，还会买上两个鸡架——虽然他们称之为"买"，但在大伙熟络了以后，通常是不用钱的，而是原始的以物易物，市场里卖啥，啥就是通货。

过来取暖的人，嘴还是闲不下，爱跟老张唠些厂子里的事。比如车间里聚积成山的图纸，比如被当作废铁卖掉的车床，比如终究还是跑了的大黄狗——来人还在假装这些事情与自己有关，尽管他们已经不可能再见到那些机器了。老张也乐得如此，他要趁着自己忘记机器的轰鸣声之前，昂着头告诉别人，自己曾经拥有怎样的手艺。否则，他在今后漫长的岁月里唯一的谈资，就只剩下了那些挂在锅沿儿上的鸡架——那一条条肋骨撑出的笼子，把他关在了这个四平方米的小店。虽然老张经常跟着别人一起，笑话这个菜市场都比不上厂房大，但他现在还不能走。因为他心里清楚，自己还得用手中的鸡架去换米面，换被服，换女儿的前程。

那个寒冷的冬天结束于一声巨响。那是个傍晚，老张同全市场的人一样，齐刷刷地望向西边——在爆破卷起的尘埃当中，那座巨大的冷却塔被落日的余晖熔化，伴随着低鸣，轰然倒地。

3

变化出现在冷却塔被破拆的三年后。那天晚上老张回到家，装作不经意地跟一旁看电视的媳妇儿说："今天，我去进货的时候，看着以前厂里的出纳小李了。"

见对方没啥反应，老张又继续说："他比我在厂里多待了半年，集资救厂没搞成，前年也出来了。"

老张媳妇儿心不在焉地应了一声，眼睛依然盯着屏幕上的"神舟六号"。

"我有个想法。"老张的声音越来越小，"我想把咱们攒的钱提出来……"

"你说啥？"对方一下子抬起头，打断了话茬儿，"你疯了？那是留着给孩子上学用的。"

"我还没说完呢，把钱取出来以后，我想把摊儿也兑出去，整个二手货车。"

"你要干啥?"

"我今天……今天跟小李唠了两句。他现在是跑车的,往关里运整鸡,回来就拉鸡骨架。跟他这么一唠,我觉得有赚头儿。你想想,我以前也帮厂子开过一段大车……"

"要是挣不着咋办?孩子不上学了?"女人抢在前面说,"这事,你别想!"

那段时间,老张常给小李打电话,说虽然家里有点阻力,但都不是啥大问题。还让小李先跟车队通通气,自己过一阵子肯定能加入——老张倒是没撒谎,依他的经验,凡是家中的重大决策,都免不了经过先争吵,再让步的过程。但这么长时间的僵持,好像还是第一次。小李也是半信半疑,直到半年后,老张把车开到大伙面前,他才确定这事算是成了。

就这样,老张终于脱离了那个四平方米的牢笼——尽管一转身的功夫,他又坐进了公路上疾驰的牢笼。虽说挡把摸着还不习惯,但比守在菜市场更有干劲。老张把一车的生鲜送进关内的时候,也是他这半辈子走得最远的一刻。几趟下来,尽管没挣得太多,倒也是个活路。跟着车队总比自己单干要靠谱,这些年国道上不太平,人多也算有个照应。到一些人生地不熟的城市,还能省下雇人领路的钱。每次沿着铁道的方向出城,老张都习惯在城郊停一下,到市集买两个鸡架,留着路上吃。手里有了鸡架,心里就有了底,踩一脚油,还能跑过拉煤的火车。

老张每天看得最多的,是一条不见尽头的公路。他沿着这条路,穿过林地,越过桥梁。到了晚上,就在车里对付一觉,一来省去了住宿费,二来能防着别人偷油。驶进关内,两侧的山丘隆起又平缓,村落多起来,人也多起来。路线的终点是一座食品加工厂,里面有两排新建的厂房,干净,敞亮。不像老张以前上班的车间,一进门就是一股子机油味儿。第一次到这的时候,他想自己要是再年轻二十岁，说不定会找机会留下来。

临近年关的一天，老张见到了食品厂的老板。对方在自家食堂的包间里，请车队的司机们吃了一次饭——准确地说，是给司机们上了一课。从为人处世的道理，到发家致富的经历，老板几杯酒下肚，就连批评都说得语重心长："你们那里啊，冰天雪地的，人都待懒了。人不能干待着，要勤劳，不勤劳怎么致富呢？"

"对，对，领导说得对。"车队长附和着，"要勤劳，不勤劳怎么能致富呢？"

"还有这个，特意给你们上的。"老板在一片恭维中喝高兴了，拿筷子戳了戳桌上的鸡架，"说实话，每次看着你们把这东西拉走，我都不明白，这有什么可吃的，没腿没肉的。反正我们是不吃，厨师都不知道怎么做……所以说，你们那个地方啊，就是想着不劳而获的人太多，才摆脱不了啃鸡骨头的生活。"

屋子里一时间沉默了，接着，老张听见小李的声音从角落里传过来："要不是我们在冰天雪地里啃鸡骨头，有你们的肉吃？"

老板愣了一下，但很快就笑了，笑得很大度。当然，自打那顿饭以后，车队里就再没有小李了。他变成了老板口中"不勤劳"的那类人，食品厂的货也没了他的份儿。老张在饭桌上没吱声，所以留了下来。

不勤劳怎么能致富呢？有道理。那勤劳怎么能不致富呢？老张这么问自己——在整间屋子都鸦雀无声的时候，在驶着笨重的车头翻山越岭的时候，在最后一次跟小李吃饭的时候——小李决定拖着自己的挂车，举家到南方寻出路去了。离开之前，在老家的小饭馆里，小李特意叫了一份鸡架。

"以后还回来吗？"老张问。

"够呛，过年的时候看看吧。"

"你在那边也没个亲戚朋友啥的，全家可都指着你一个人了。"

"这么几张嘴，我少吃几口就省出来了。"小李选中一块鸡架，上边还泛着油花，"就像你跑长途的时候，不也净拣这没腿没肉的玩意买嘛。"

"你看你又来了，其实那天忍忍也就过去了，何必置那个气呢？"

"凭啥忍着？他倒是有腿有肉，可不也是从咱们的鸡架上扒下来的吗？"

"也别怪老哥讲究你。"老张摇头，"有时候你一冲动吧，就容易犯傻。"

"张哥，你跟以前不太一样了。起码在厂里那会儿，你可没这么好说话。"

"咱们是出来挣钱嘛，不能耽误正事。"

"行，我不跟你犟。"小李轻轻抖动着筷子，从鸡架上拆下一块皮，"不过有个事，我有点想不明白。"

"想不明白啥？想不明白这鸡架为啥没有腿啊？"

"我想不明白，厂里办遣散手续那天，大伙儿都拖着不签字，你为啥要第一个进来呢？"

老张沉默了片刻，然后说："因为我听见了。"

"你听见啥了？"

"我听见工会的领导交代你，谁先进来就把东西给谁。"

"就因为这个？"

"就因为这个。"老张毫不犹豫地说，"我是咱们厂第三批被遣散的，在那之前，我们车间的电机已经半年没转过了。我知道，厂子已经救不活了，但我不能就让那点钱，把自己这半辈子工龄买断了。所以，虽然不清楚领导说的东西是啥，但是我得拿着。拿了，就不全是钱的事。"

"结果没想到，就是只烧鸡。"小李笑话对方，"就这，你还好意思说我犯傻？"

"半只，是半只烧鸡。"老张纠正道，他叹了口气，"半只就半只吧，起码还有个腿呢。"

4

　　那条国道，老张一跑就是十几年。路跑得熟了，挡把也被摸得包了浆。配货的间隙，他常常去食品加工车间的窗外，看着自己带来的肉鸡被卸到流水线上。他看着那些被拆去四肢，掏空血肉，又被丢进了冷库中的鸡架，有时会想起自己的城市，会想起那座巨大又脆弱的冷却塔。

　　即便如此，老张依旧认为相比其他职工，自己的运气还算不错——常年在外跑车虽然累，但道上没出过大的岔子，自己也没生过什么重病。从北往南，从南向北，就这么一路供着女儿读完大学，参加了工作。日子比起以前好了不少，不知不觉中，饭桌上不见了鸡架的影子。在老伴儿眼里，它们被换成了别的荤菜，而在老张眼里，它们还换来了女儿的前程。

　　窗外，曾经的工厂区已彻底没了痕迹，取而代之的，是仿佛于一夜之间长出的一片住宅。在厂子上班的那些事，也在老张的记忆里变得模糊了。直到又过了两年，刘工的儿子上门来提亲时，他才想起一些东西。比如车间里机器的轰鸣声，比如自己的新女婿小时候踢球的样子。

　　对于女儿的婚事，老张没有啥意见。小伙子实诚，适合过日子。跟女婿喝酒的时候，老张感叹道："时间过得太快了。我去菜市场买鸡架，都卖十块钱仨了。"

　　"三块多一个，架不住大伙儿买。"女婿给老张倒酒，"我还记着自己小时候，总到厂食堂吃鸡架去。"

　　"那你是没赶上好时候。厂里再早点，隔三岔五就炖一次鸡肉。"老张回忆着，"中午去食堂吃饭，我一看里边有多少肉，就知道厂子的效益咋样。那些年，我是眼瞅着鸡肉越来越少，一点点都换成鸡骨架了……要是问我，厂子是啥时候开始不行的，那就是有一天我发现，汤里捞出来的全是鸡骨头，一块肉都没了。"

"爸，我一直想问你。"女婿犹豫了一下，"当初厂子遣散那天，你为啥要放跑那条黄狗呢？"

"你咋知道的？"老张像是忽然醒了酒。

"我看见了。"女婿说，"那天下午，我把球忘在厂门口了。晚上回去找的时候，我看见你把狗放走了。"

那顿饭直到结束，老张都没有回答，只是一个劲地倒酒，一个劲地喝。

操办完孩子婚事的第二年，老张如愿抱上了自己的外孙。他总是抱怨小孩子长大的速度太快，以至于自己每次从外地回来，都很难一眼认出外孙的模样。其实老张眼里，身边的一切都在飞速变化——不知从何时起，车队已经不需要引航员了，哪怕去第一次跑货的城市，凭借一台手机就能抵达目的地；出城的火车都变成了动车，汽车再没有跑赢它们的机会，长长的车组沿着铁轨飞驰而过，一如这个年代。

5

在驾驶室里坐了二十年，足足行驶了四百万公里后，老张终于决定退休了。

这一天，老张已经等了很久。退休当日的晚上，他去了曾经摆摊的市场买菜——附近的生鲜超市多起来以后，这个旧市场已不复早年的热闹，虽然经历了几轮改建，但终归被人在墙上画了一个"拆"字。老张远远看到几副老面孔，这些人二十年都没离开过这里，不知还能不能认得自己。他犹豫了一下，最终还是没有过去打招呼。继续几步，老张来到了自己最熟悉的地方——锅口挂着五块钱一个的鸡架，旁边是不知换了几茬儿的摊主。看着自己在锅身上映出的影子，老张停下了掏钱的手。他在原地愣了一会儿，然后径直离开了。

老张推开家门的时候，手里提着半只烧鸡——正好够他和老伴两个人吃。但老张没想到，为了庆祝自己退休，女儿一家三口也赶了过来。

开饭，全家人落座。老张看着满满一桌子的菜，以及被摆在中间的鸡架，恍若隔世。老伴说这是女婿绕了远路，特意去老店买来的。女儿和女婿则一齐望向老张，等着这顿饭的主角开动。只是他们没有想到，那双筷子越过了鸡架，落在一旁的半只烧鸡上。

几乎就在同时，外孙指着老张夹起的鸡腿说："姥爷，我要吃这个。"

其实也不意外，倘若这张桌子上有两个鸡腿，小孩子多半不会想吃。现今只有一个，那他便非要不可了。老张的手僵在半空，他耐心地对外孙说："今天这个给姥爷。你想吃的话，姥爷明天再给你买啊。"

"我不，我就要吃！"在孩童的世界里，这句话通常意味着最后通牒，意味着所有人的让步。

"怎么不听话呢，桌上这么多菜，你吃别的啊。"女儿象征性地批评了孩子，接着眼神复杂地看向老张。老伴儿在一旁适时地开口："不就是个鸡腿嘛，多大个事啊，你就给他吧。"

让所有人都没料到的是，老张从口中吐出两个字："不给。"

外孙听了，忍不住大哭起来："我就要！我就要！"

老伴儿也惊讶了，她为老张夹起一块鸡架，说："来，来，你不是爱吃这个嘛，这么大岁数了，跟个孩子较啥劲啊？"

老张忽地抬起手，打掉了对方递来的鸡架。就在大家觉得桌上气氛不妙时，他毅然将鸡腿放进自己的碗里，又加大音量重复了一遍："不给！"

女儿诧异地捂着嘴，她想不明白，一点小事而已，老爷子的反应为啥这么激烈。女婿也吃了一惊，他看着眼前的老丈人——老张倔强地仰着头，死死地护着那只鸡腿，寸步不让。像是二十多年前，那一条大黄狗。

二嫂的草帽

◎京格格

二嫂家有个草帽，草帽上没有一根草，是用像草又比草有颜值的一种纤维纺织品编织的，不怕雨更不怕晒。

这草帽是二哥送给二嫂的结婚纪念品，一直挂在二嫂家客厅显眼的地方，工艺品似的陈列着，与家里博古架上的收藏品遥相呼应，一尘不染，像个大家闺秀。

二嫂直言快语，嗓门亮，人很勤快，确切地说是勤快得过分。城里人叫洁癖，地上要干净，墙上要干净，窗子要干净，厨房、卫生间要干净，连棚顶都要干干净净。二嫂有个习惯，手里常攥个抹布，见灰就擦，去她家的客人都要规规矩矩，从来不敢乱动手脚。

当年二哥二嫂的婚姻，并不被人看好。是二嫂主动追的二哥，当时二哥是个泥瓦匠。这事到啥时候都是落在小镇的一个话柄。二嫂不在乎这些，反倒觉得自豪，迎着飞舞在街头的唾沫星子，挎着二哥在集市上示威。后来，二哥带领一伙人去别的镇上盖房子，从泥巴房盖成砖瓦房。后来把房子盖到城里，一层摞一层，越来越高，盖到云彩里。

二哥再回来小镇，镇上人都叫二哥"大款"。二哥手里拿个"大哥大"，二嫂在集市上，看看这个看看那个，只要一个眼神，二哥统统收下。再有人拿二嫂当年的事说事，二嫂自嘲说，碰到自己喜欢的人不出手还等啥，幸福是争取来的。一阵嘻嘻声后，掉了一地眼珠子。

二哥是搂钱的耙子，二嫂是攒钱的匣子。二嫂拿出家里的全部积蓄，支持二哥去南方发展，在二哥成功的字典里，第一个词是"二嫂"。

二嫂一看到草帽，就夸二哥有品位，做事靠谱，说这草帽有多金贵。还说这草帽身价不菲，是漂洋过海的洋玩意，是二哥在香港花五百港币买来的呢。二嫂有一双会说话的眼睛，一眨一眨的，神秘中透着俏皮。

当年二嫂一身合体的连衣裙，配上这个草帽，在小镇可是一道风景线，一时间集市上仿制品风靡起来。当年二哥是小镇上一踩乱颤数一数二的款爷，手里握着工程，随便帮谁一把，谁就会一夜暴富。二哥有钱了，喝酒玩牌摆阔气，二嫂说多了他就玩失踪。往返于香港澳门，就像小镇人起早去了趟省城，晚上乘绿皮火车回来了。

二哥的生意做到了深圳，半年没有消息、一年没有动静都是常事。二嫂在小镇安安稳稳，自己带孩子过日子，该咋过咋过。后来，听说二哥在香港有了洋婆娘。后来，二哥带着一身病回来了，生意也落魄了，二嫂就再也不戴那草帽了。

事情过去多年了，二哥酒喝得再多也不走板，从来没提那年他去深圳发生过什么。有外人打听，二嫂就笑着说，二哥生意做大了，贼忙。

二哥二嫂的日子，在外人眼里，没有被风吹雨淋的痕迹，是惹人眼热的那种。但关上门，总有打不完的草帽官司。

再往后，二哥没了生意也没了朋友，整天闷在家里发呆，每顿都要喝二两，热辣辣的酒一下肚，脑子活泛，话就多了，絮絮叨叨不下桌。二嫂数落二哥，平时乱花钱，过紧日子时自己受憋。

二嫂不买二哥账了，只要二哥再提起草帽，二嫂就发火，三七四六疙瘩话。二哥看不出火候，还显摆那五百港币的草帽。二嫂说，谁稀罕你那破玩意，说不准是买给哪个骚娘儿们的，老娘不稀罕。二嫂再也不理那草帽了，那草帽成了墙上的陈列品。

二哥二嫂离开小镇搬去乌市的女儿家了。逢年过节二哥二嫂女儿女婿带着两个外孙，一家六口打飞机换绿皮火车，浩浩荡荡回镇上，过完正月十五再呼呼啦啦回去。

二嫂每次回来，都会带些小镇上看不到的食物分给亲戚朋友，临走时把家里收拾得干干净净才离开。

小镇不是当年的小镇了，二哥二嫂家的老院子也动迁了，高楼林立，原来的绿皮火车，被海豚样的动车所代替。

多年后的一个清明，二嫂陪着二哥回来给祖上扫墓。二嫂说，他们不走了，这里才是他们的家。

二嫂一身碎花连衣裙，仿佛回到当年，头上戴着那顶没有草的草帽出出进进。奇怪的是，那顶草帽分明被丢弃在小镇的老房子里，老房子动迁时，二嫂并没有回来，那这顶草帽是怎么保存下来的呢？

庆　祝

◎李　妍

1

老肖今年四十三岁了……

"四十三喽，四十三岁喽！"老肖轻轻叹了口气，翻过身背对那厚得像堵墙的胖媳妇儿。窗外月如银盘，皎洁恬淡，月光无声地洒落。老肖内心确似浪潮翻腾，不能平静。

最近的天气怪异得很，本是燥热的夏日晴空，突然就飘来一团乌云，闪电打光雷鸣奏乐，暴雨说来就来。老肖说好像提前到来的更年期。

今天下午，中层领导要开个会，小道儿消息说是研究部门副总经理的推介会。同事们都在嘀咕副总的人选，说老肖排在第二，没人能说排第一。

老肖在单位工作有七年了，业绩咱不说拔头筹，也算中等。老肖做事稳妥，为人热情。工作上兢兢业业，很少出岔头，做事都是有头有尾、干净利索。

昨天老肖就收到消息，急得像热锅上的蚂蚁，在办公室里直搓手。

回家后，老肖一反常态没有下厨房做饭，在客厅的橱柜里翻箱倒柜，神情专注得连胖媳妇儿走到背后都没察觉。直到一巴掌拍到后背上，老肖才惊觉，吓得一哆嗦坐到地上。"干啥呢，鬼鬼祟祟的！"

"吓死我了，我找你爸那两瓶茅台酒，你放哪了？"老肖缓了一口气说。"我爸的茅台？""对，就是你爸多年前的老战友送给他的那两瓶，我想用它办点大事。"老肖脸上写满了焦急。"那可不行，那是我爸命根子，再说你能有什么大事？"

"来，媳妇儿，我跟你说啊，你老头儿的好事来了。"老肖上扬眉毛，堆满笑意。

"你还能有什么好事，都四十多岁了，都不惑之年了，不犯啥错误，我就知足了，我还能指望你有什么好事？"老肖媳妇儿的一席话，把老肖的得意削减了一半。"媳妇儿，这回你老头儿真是熬出头了，单位要提一个副总，你老头儿我在单位的呼声很高啊，这回肯定跑不了。你就等着我好信儿吧。"

"真的？"

"那还有假！"

"哎呀，你老肖也终于有这机会了，我也算眼睛不瞎了。"老肖媳妇儿双手合十，一会儿谢天一会儿谢地，那个虔诚劲，仿佛老肖此刻已经当上副总，她就是那副总夫人一般。如此谢过之后，挽起老肖胳膊说："走，咱俩下馆子去，不在家做饭了，好好庆祝一下。"

"别，媳妇儿，媳妇儿，咱不着急啊，还是先找出那两瓶茅台啊，我打算今晚看看领导去，然后咱这事不就托底儿了吗？"老肖拉住准备出去下馆子的媳妇儿。

"这是正事，好，好！"说完俩人翻箱倒柜地将那两瓶陈酿的茅台酒找了出来，再乐呵呵跑到楼下的火儿旺饭店吃了顿饭。

饭后，将那两瓶茅台酒找个漂亮的包装袋严严实实地包好，俩人驱车前往董事长家里。

　　一路上老肖想着，家里那台电视尺寸太小了，也跟不上现在的科技，媳妇儿想看的电视剧都看不了，总得拿手机看，眼睛都看花了，该换了。家里那台老电视机还是十六年前儿子刚出生时候，老丈人一高兴给外孙子两万块钱，老肖那会儿想看世界杯足球赛，一番软磨硬泡下，媳妇儿才勉强答应给买的。儿子手机也该换了，儿子的同学都换上苹果手机13了，儿子从来不说，可儿子看到苹果手机流露出那种渴望老肖都看在眼里。老妈最近腰脱又犯了，那是小时候带孙子落下的病根儿，小时候儿子的身体不是很好，总是在老妈的怀里才能安心地睡觉。老肖想着也该给老妈换一个好一点的床垫子。自从老爸离开后，老妈一个人俭省得要命，说是不想看老肖在媳妇儿家抬不起头，更不想自己儿子太累。攒下钱留给孙子，也能稍稍解决老肖的小经济困难。老丈人的小电动车也该换了，这些年都是老丈人骑着小电动车在老肖两口子忙的时候帮忙接孩子。那次大雨，爷孙俩淋个透心凉，都感冒了。老肖盘算着那种老年人代步车好像也不贵……

　　就这样老肖和媳妇儿很快到了董事长家。董事长和夫人都很热情，把老肖和媳妇儿让到了屋里。老肖拎着那两瓶茅台酒有些忐忑地走在董事长的后面，媳妇儿却好像是和董事长夫人聊得来。

　　董事长家的屋子真大、真豪华，老肖眼里泛着光，眼睛不住地打量，想着有机会也能换上这样的大房子该多好。走到客厅，老肖被那红木的沙发震撼了。突然，老肖看到一个熟悉的面孔，那是他们销售部的徐逸波，此刻徐逸波正在低着头看着手机，老肖的心跳突地加速起来。

2

　　当抬头看见老肖的时候，徐逸波那眼里也分明写满了惊讶。"肖老师好!"徐逸波连忙恭恭敬敬地站起身来,把老肖让进沙发。老肖尴尬地笑了一下,手里的袋子异常沉重起来。有那么一瞬间,老肖有要晕倒的可能,刚刚想好和董事长沟通的话,现在一片空白,脑海里只有徐逸波那张年轻英俊的脸。

此刻,老肖的心里翻腾起伏,搞不清楚状况,嘴里的话如卡在壶里的饺子。还是老肖媳妇儿看出门道,笑呵呵说:"这不是我们老肖的得意的弟子,小徐嘛!小徐,今天也到董事长家来串门儿啊。"

"嗯。"徐逸波应声道。

"叫什么老师,叫大哥就行。"老肖媳妇儿继续说道。

徐逸波的目的应该和他一样,老肖轻轻皱了皱眉头,怕自己的想法被印证。可随即就看到在徐逸波身边有两个礼盒,老肖用余光扫了一眼,极快。好像是什么人参,这更加印证了老肖的猜测。

此刻徐逸波还是一同往常的客气,脸上有着老肖那再熟悉不过的笑容,这笑容在老肖看来是那么讽刺,那么让他心寒。

老肖的脑海里呈现以往的那一幕,画面里的徐逸波刚刚到公司,白衬衫,黑色西裤,铮亮的黑色皮鞋,脸上写满了刚毕业大学生的稚嫩。以前老肖很享受徐逸波那"老师老师"的叫,更习惯有徐逸波鞍前马后的生活。

老肖清楚记得徐逸波是〇〇后,今年年初才应聘到公司,当时董事长还指名让老肖好好带一带这个新员工。面对董事长的推荐,老肖强烈感受到被重视的欣喜,在这半年里,倾尽自己的所学,如同对待自己的孩子般从零教起,手把手地教。徐逸波也聪明、勤快,一口一个"肖老师"地叫着。半年后徐逸波迅速地成长为销售部的亚军。

老肖媳妇儿此刻盯着徐逸波的脸看着,想着也许能从徐逸波的脸上看出点什么,哪有这么巧的事情,明天定副总的人选,今天徐逸波也来到董事长家。

"啊,嫂子好,我就是今天过来看看董事长。"说完徐逸波看了看老肖，"老师，你今天也来看董事长啊？"

"啊，啊……"老肖此刻只能点点头，悄悄地将那装着两瓶茅台酒的袋子放在沙发的一侧，用腿挡上了。

"走，咱姐俩去看看我那养的花。"董事长夫人说。不知什么时候，老肖的媳妇儿已经和董事长夫人聊得这样好，找到了共同话题。

"你们姐俩去看吧，我们这里正好聊聊工作。"董事长微微一笑。"来老肖，正好你也来了，小徐正在和我谈公司的未来发展规划，有几个想法，正好一起听一听，小徐也是你一手带出来的，你也好给个意见。"

徐逸波和董事长侃侃而谈，不卑不亢，公司的三年计划、五年规划，徐逸波讲得头头是道，分析得条条有理，看着董事长认真倾听的样子和不断地点头赞同，老肖觉得此刻自己是多余的，想到自己那些倾囊相助愚蠢的行为，更深刻地应了那句老话：教会徒弟，饿死师傅。

恍惚中，老肖听到董事长问："老肖啊，你觉得小徐的想法怎么样，是不是可行？"董事长扭过头认真地看着老肖的脸。

3

老肖使劲点点头："年轻人有想法有创意，确实不错，明天到公司我们可以为此做个研究，并在可行后抓紧落实。"老肖认真地看着董事长的脸，不想漏掉一点点的变化，这足以让老肖捕捉到重要的信息。

董事长满意地点点头："我就说，老肖是个执行力非常强的人，小徐跟着你学了不少的知识。"

"小徐啊，你得好好地谢谢你的师傅啊。"董事长拍拍徐逸波的肩膀。

"后生可畏啊，后生可畏！"董事长满意之情溢于言表。

老肖的脸失去了血色，脑子一片空白，眼前也模模糊糊的一片，再唠些什么都不记得了。看着徐逸波娴熟地给董事长沏茶倒水的一幕，老肖觉得眼前那个端茶沏水的是自己，那个高高在上成功的是徐逸波。短短的半个小时仿佛过了一个世纪。突然屏幕一亮，媳妇儿的头像在闪烁。屏幕上一行字，董事长夫人说，徐逸波是她妹妹的孩子，她的亲外甥……

　　不知道过了多久，老肖媳妇儿和董事长夫人齐齐站到了客厅，示意老肖要走了。老肖机械地站起来，看着徐逸波的眼神意味深长。老肖起身和媳妇儿与董事长道别，老肖想着那两瓶茅台酒放在沙发那里，回头给董事长发个信息就算事成了。媳妇儿给老肖使了个颜色，俩人转身推门就要离开。

　　正在这时候，董事长夫人走过来，把那袋子递给老肖，嘴里说着："来看咱们就行啦，你们的心思我和董事长都明白，不要破费了，好好工作就行。"

　　回去的路上，老肖一句话没说。媳妇儿在那里也唉声叹气说着："我就说怎么有好事轮到你，咱这辈子就这样了。原本想着那瓶酒送出去也行，咱不当副总，那个小徐怎么也得看着你是他师傅的面子，不至于为难你，现在酒也被退回来了……"

　　回去的路上老肖脑子里闪现要换的新电视、儿子的新手机、老妈的乳胶床垫子，甚至都想到了要换家里的七十平方米的小房子，现在这一切的一切都化为了泡影。

　　窗外的月如银盘，老肖心里五味杂陈，起身看着放在酒柜里那没有送出去的茅台，眼里升起了团团云雾。

　　天亮了，老肖跟往常一样还是第一个到公司，泡好了今天的第一杯茶，坐到自己的位置上，轻轻擦拭桌面上的灰尘。老肖心里琢磨着怎么去和小徐相处，头疼，胃也莫名其妙跟着较劲，拧巴。也是该给年轻人让位了，更何况是董事长的亲外甥，老肖长长叹了口气。等同事们鱼贯而入地来到办公室，老肖还在冥思苦想。

拿起手机翻看天气预报，多日盘踞的坏天气终于变成全是金黄的小太阳，也许好天气能把坏的心情带走吧，老肖这样想。

　　唉，天晴了，梦该醒了。自从昨天在董事长家看见徐逸波，老肖想的是自己的副总梦就这样消逝了，干脆且利落。现在，老肖不再幻想，转头想如何面对今天上班的徐逸波。

　　办公桌上的茶冒着热气，老肖的眼睛湿润了。也许是为副总梦想的破碎，也许更是为了那些不能实现的愿望。老肖的目光一直停留在那杯刚刚沏好的茶上，八年的老白茶。按理说这个年份的白茶是个好兆头啊，可是人算不如天算。再想想家里那没送出去的茅台酒，幻想中的智能电视、手机、床垫、老年代步车……

　　老肖依然穿着普通的西裤衬衫，不过今天的衬衫特殊一点，是老婆给买的，淡蓝色的，大方得体。老肖更喜欢的是袖口上的扣子，很有特色，是一块蓝色的锆石。十七年前的今天老肖结婚了，相比十七年前皱纹多了不少，钱包依然没有鼓起来。想到这儿老肖又深深叹了口气，好像随着年龄的增长，叹气的次数也增加了呢，唉……

　　这几年都流行搞同学聚会，老肖的大学同学、高中同学、初中同学都开始张罗，电话纷纷打给老肖，老肖也盘算着该参加哪个同学会。

　　大学同学都混得不错，创业自己当经理的赚得盆满钵满；进入国企机关的意气风发，前途无量；貌似只有自己好像还有室友钱有福一般般。大学班长是现在创业最成功的韩进，一家实业公司老总，做着人人都羡慕的医药生意，赶上这几年的医疗资源匮乏，正经赚了一大笔。班花武晓晓现在是一家国际化妆品的区域总监，还真是人美工作也是让人也赏心悦目的。前几天班花武晓晓联系上了老肖，说同学们都想聚一聚，叙叙旧。武晓晓甜甜腻腻的声音如一湾清泉流进老肖的耳朵里，细细痒痒又绵延不绝。

　　大学同学聚会时间经过一番讨论定下来，就在今天，正好和老肖的结婚纪念日在一天。老肖想着先回家陪媳妇儿过纪念日,然后再去同学会简单应付一下。

老肖本想着自己能够顺利竞聘上副总的职位,也好在同学聚会上炫耀一番,这下可好,副总没竞聘上,消息却传出去了,收不回来了。本来这消息老肖只告诉了武晓晓,没想到这么多年过去武晓晓还没有改变"小喇叭"的称号,硬是把这消息散了出去,还说正好借着同学聚会给老肖办升职宴了。

一大早大学同窗的微信群里,武晓晓就发出公告:亲爱的同学们,今天我们晚上六点半在索菲特酒店三楼举行同学会,可不要迟到哟!

这会儿老肖愁眉紧锁,手上的茶杯也不自觉地攥紧了。不仅是昨天晚上董事长家遇见徐逸波的事,更是今天晚上的同学会该怎样去解释的事。忽然一阵敲门声叫醒了沉在苦闷中的老肖,轻微一抖,茶水就这样烫在了心上。

一抬头,目光对上站在门口的徐逸波。

4

徐逸波站在门口,手里拿着一个小茶罐,墨绿色金属外壳、金色铝箔纸封印,小巧却不失高贵,只要轻轻掀开,那缕缕茶香就能溢出来。老肖将目光从徐逸波手里的那罐茶移到那张英俊的脸上,马上就浮上笑容:"小徐你来了啊,有什么事啊?""师傅,我这不是买了罐新茶嘛,请师傅来给品品。"徐逸波说话就进到老肖身前,动作麻利地拿起老肖的茶具。

"小徐,你可别这么客气啊,以后师傅得仰仗你不是?这后浪的力量不可小觑啊!"老肖站起身,意味深长地拍拍徐逸波的肩膀。

"师傅,您可别这么说,我这可都是师傅您一手带出来的啊。您可不能把自己的功劳给抹杀了啊!您一日是我的师傅,就永远是我的师傅。"徐逸波一边沏茶一边说。

"师傅，这茶给您沏好了，您尝尝。"徐逸波的脸上写满了诚恳，可在老肖的眼里是那么刺眼。徐逸波每一个沏茶动作仿佛都是在给老肖上课，一再提醒老肖，徐逸波是董事长的亲外甥，你一个老肖竟敢拿这"皇亲国戚"当学徒跑腿儿的使，确实胆大包天。老肖啊老肖，白活四十多岁了，这点眼力没有了。

想到这里，老肖赶紧又堆满了笑容，接过茶，先是闭着眼睛用手轻轻扇些茶风，不住地点头，继而又端到嘴边轻啜一小口，抿住嘴，温烫的茶汤缓缓流入口中，一股脑儿暖着寒胃。

"师傅，我看您脸色不太好，是不是昨晚没休息好？"徐逸波看着老肖的脸，一眼看穿老肖的心事。

"没有的事，就是有些胃寒，不太舒服。"老肖像模像样地揉搓着胃。

"昨天晚上，我妈让我给大姨送去些刚刚买的人参，大姨最近身体不太好，需要补补。"徐逸波一边观察老肖脸上的反应变化一边回着话。

老肖稍微愣了一下，这徐逸波定不可小瞧啊！

"是这样啊。你看，我昨天才知道你是董事长的外甥，你这只字未提，隐藏很深啊，连我这师傅都不知道。"老肖话里有话，自然也有些埋怨的口气。

"小徐啊，如果以后有什么事情尽管和师傅说啊，一定尽全力支持！"老肖明确摆明了自己的态度，不能再与徐逸波争副总的位置。内心虽有些不服，但是又想还要在人家手底下工作呢，认命吧。

徐逸波嗫嚅着刚想说些什么，老肖的电话响了。老肖一看是同学钱有福，示意徐逸波他要接电话。徐逸波也轻声说："那等会儿，我再找师傅您谈点事。"转身就离开了，那个墨绿色的小罐茶留在了老肖的办公桌上。

"喂，老同学。"

"哎，我说晚上的聚会咱带点啥去不，我听说同学们都带点小礼物啥的。我这在农村，合计整点接地气的苞米碴，一人分点。你呢?"钱有福抢先把想法说了出来。

"我?"老肖一时语塞。"是啊，我拿什么呢?"老肖的胃寒又添上一层雪霜。

5

老肖这一早上的脑子根本没闲着，想着徐逸波送茶的意思。老肖轻轻哼了一声，是不是合计要给我送走啊。我在这单位带干不干的都七年了，竟然让一个黄毛小子给自己算计了。想到这里，老肖拿起那瓶小罐茶仔仔细细又打量一番，龇牙咧嘴地使出全身的劲将小罐茶的盖子拧得紧紧的，好像这点小疼痛能让这憋屈释放出去。

正这个工夫，一股刺鼻的香气钻进老肖的鼻腔。

抬头一看，一个曼妙女人出现在眼前。黑色的小香风短款上衣，下配一条黑色质地上乘的裙子，一双黑色面红色底的高跟鞋把黑丝袜下修长的双腿衬托得更加迷人。女人摘下眼镜，露出笑容。

这一笑，老肖也忘记刚刚跟徐逸波斗智斗勇的那段了，心里舒麻麻的，心跳突然漏了一拍。

"干啥呢，老同学，咋的不认识我啦?"女人紧走几步，凑到老肖面前。

"哎呀，我是说谁呢，这不是大美女校花晓晓嘛!"老肖也迎上去，伸出双手。

"你可得了吧，你当时都是叫我'大喇叭'!"武晓晓顺势打下老肖伸过来的手。

"那哪能，那哪能!"老肖尴尬地抽回了伸出去的双手，紧接着用右手在自己的头上抚摸了一圈。

"你还真行，现在这招牌动作还保留呢啊。"武晓晓打趣道。

老肖上学的时候只要遇到尴尬事件，必定用右手在脑瓜顶上转悠一圈。同学都笑称老肖被智慧占领了高地，终有一天会地中海式发型。

老肖嘿嘿一乐，随即又合上了嘴。

"啥事，老同学，你这还亲自上门了？"

"还能有啥，就是咱们晚上同学会的事情呗。同学们都准备了小礼物啥的，就连钱有福都准备了。我合计问问你准备带点啥，我这统计一下，最好咱都不重复了。"武晓晓的嘴唇一上一下蹦出的话，让老肖的胃又偷偷抽疼了一下。

干脆就把昨天晚上准备送去给董事长的那两瓶茅台带着得了，老肖牙齿之间磨出声音，心颤了一下。

"行，晓晓啊，我这有两瓶茅台酒，晚上咱就喝它！你看行不？"老肖不敢抬头直视武晓晓，只好借着给她沏茶掩饰内心的慌乱，想着武晓晓不答应才好。

"行，我看行，咱同学一醉方休！"武晓晓咯咯笑起来。

送走了武晓晓，下午的老肖没了兴致工作，早早跟董事长告假回家准备。

老肖是这样想的，今天是结婚纪念日，怎么都得回家陪媳妇儿吃点喝点，早点回去给媳妇儿做点好吃的。两人过完结婚纪念日老肖再去同学会，这样媳妇儿也不至于太生气。

老肖开着小车来到菜市场，熟练地选几样菜，又顺道去小区门口的花店买束玫瑰花，赶紧回家下厨房给媳妇儿做饭。

开门进屋，叮叮当当开始操练起来，不一会儿工夫四菜一汤就稳稳上桌。一道媳妇儿最爱吃的糖醋排骨、一道海鲜拼盘、一道红烧狮子头、一份大丰收，再配上一个小白菜汤，营养均衡啊！

正这时候，媳妇儿推门进来。老肖直接迎上去，搂着媳妇儿就在脸上亲一大口。

"干啥，干啥，老夫老妻的！"媳妇儿抹了一下被老肖亲过的脸颊。

"结婚纪念日快乐，老婆！"老肖单膝跪下，从背后又拿出刚刚买的那束玫瑰。

"还买啥花啊，真是浪费钱！"媳妇儿嘴里这么说着，却是一朵红霞飞上面庞。

"来，媳妇儿。请坐，请上座！"老肖牵着媳妇儿的手，走到餐桌旁坐下。

"媳妇儿，这些年你跟我受苦了。"老肖眼里有些湿润，说的都是肺腑之言。

"谁让咱俩是夫妻呢！"媳妇儿也顺势端起桌上的酒杯。

"来，今天咱俩喝点！"

"别，别，媳妇儿。你不能喝酒啊，一瓶酒就倒啊。"老肖赶紧上前劝。

"喝点，一会儿也不用接孩子，孩子要去姥姥家。"

"好，恭敬不如从命！"老肖眼里满是笑意。

半个小时过去，胖乎乎的媳妇儿已经两颊绯红伏在饭桌上。

"媳妇儿，媳妇儿，你看看，我说你不能喝吧，你非得喝。"

"你这体重是真不轻啊，媳妇儿！"老肖顺势想搀起媳妇儿。

"你说啥，我要揍你！"

"我说你漂亮！"老肖憋着一股劲，搀着媳妇儿回了卧室，转身收拾好饭桌，洗完碗筷，迅速地拿好藏在门口的那两瓶茅台酒，抬腿就要出家门。

"你干啥去！"

这一嗓子给老肖吓得一抖，手里的酒差点掉地上。

6

"啊，不干啥，我下楼倒垃圾！"老肖应声的同时悄悄地又把茅台酒藏在门后，轻手轻脚地走回卧室，媳妇原来说酒话呢。

老肖给媳妇儿掖掖被角，转身就要出去。媳妇儿又喊道："我还要喝酒，把我爸那茅台拿出来，今天咱俩结婚纪念，咱俩尝尝!"

"乖啊，咱不喝了啊，明儿喝啊。"

"嗯，不! 明儿喝过期了……"

"呼……"

媳妇儿的呼噜声缓缓起来。老肖轻轻喘了口气，把拖鞋拎在手里，悄悄走到门口，再次拿起酒下楼。其间手机不断涌进信息，不用看一定是同学们发来的。

同学聚会的酒店离家只隔一条街，老肖很快就到了楼下，顺着微信里的消息，找到了同学会现场。

老肖一一和同学们打招呼，几分真情，几分假意。老肖悄悄将那两瓶茅台酒放在一个不起眼的角落里。落座后，大班长韩进一声"上课，起立"打断了正在寒暄的同学们，大家一愣，掌声随着就响起来。"同学们，曾记否校园里那棵银杏树，秋天披满金黄，我们团坐树下欢声笑语……窗明几净的教室里有我轻声的呼噜。哈哈哈!"一番讲话把同学们都带回青葱学生时代，又被韩进的幽默收尾笑满全场。

"今天的同学会咱们都是 AA 制，但是请允许我表达一下此刻激动的心情。正好有老朋友给我送来二十年的茅台酒，咱们今天第一杯酒就来敬我们二十年前相遇的那个年代!"大班长韩进的一席话获得阵阵掌声。

这一下就把老肖从恍惚的校园回忆中拉出来。

武晓晓用眼角轻轻瞥一下老肖。就这一眼，老肖结结实实地收到了。在老肖看来，武晓晓眼里分明说的是，老肖你不是带酒了吗? 你那酒是多少年的陈酿?

老肖心知肚明，自己的那两瓶茅台酒是八年贮藏，和大班长韩进的没法比。

班长韩进拿起酒瓶给每人斟上一小杯。老肖举杯一仰头就干了这二十年的酒，热辣辣的酒打着滚儿闯进了胃里。

7

"老肖，你来了咋不上我旁边去呢，不够意思！"钱多福一把薅住老肖的脖领子，满口酒气吹到老肖脸上。

老肖回头就是一小拳，有些软绵，却是软中带着点狠劲。

"你小子也没告诉我，你就先到了啊！"老肖假装带着愠怒说。

"同学们好！"武晓晓端起酒杯清清嗓子开口了。

"今天特别高兴我们能相聚在这里，希望同学们幸福生活，安定健康！"武晓晓脸颊绯红，一双灵动的大眼睛更加迷人。

"另外，有个好消息刚好让我知道了，那就是……"武晓晓还故作神秘，等待同学们的目光都集中在她身上。

"我们的同学老肖，即将出任阳光集团的副总一职！"武晓晓莞尔一笑，看向正在和钱多福闲唠的老肖。

"这时候，需要掌声啊！"钱有福随声附和。

同学们的掌声一阵一阵扎进老肖的心里。

"可别这么说啊，还不一定呢。"老肖急忙站起来说。

"但是有一件事是肯定的，那就是武晓晓这声音是真甜啊！对不对，同学们？"老肖赶紧将话题引开。

"来，为我们班花干一杯，更为了我们班长的美酒，我们要开怀痛饮！"

"喝！"

"来，喝！"老肖带头又干了一杯。

推杯换盏之间，不知过了多久，同学会结束了。

老肖踩着棉花一样的脚步下楼走在马路上，飘飘忽忽。一阵凉风吹来，老肖打了个寒噤，蹲在马路边上就把刚刚同学会上的美味吐了个精光。

胃里翻江倒海过后，有那么一点清醒。

正在这个时候，儿子打来电话说："妈妈睡醒了，问你干啥去了，我说你下楼给她买水果去了，你可别忘了啊!"

老肖惊得一下子酒就醒了，转身快步跑回酒店。

红 礼 服

◎龙　广

　　楚尤香冲进地铁口，跃上电梯的一刻，她心里像跑着千军万马。她按住心口，害怕心脏会像气球一样爆掉，放眼四望，黑压压的一片人头，机器人般漠然前行。可她做不到像机器人一样对烦恼无痛无感，每天都在为一个梦想执着奔跑。

　　楚尤香选择学服装设计专业是为了姑姑，后来又梦想成为国际服装T台上的设计师，让无数人着迷她设计的衣服。为了梦想，她徘徊在北京的大街上，攥紧几张毛票山穷水尽，绝望得发狂时，一个社交平台上的招聘广告横空出世，她被很具文艺范的这则广告收了魂魄：云天制衣百年老店演绎"传奇一抹蓝"，急需收纳一名向日葵一样忠诚的服装裁剪、缝纫师，锦绣年华勿超而立，薪酬优厚。后来她才知道，这"传奇一抹蓝"是多么诡异又神秘。最要命的是，广告上展示的图片有她朝思暮想的红礼服。她最爱的姑姑结婚时特别想穿红礼服，因为太贵买不起，一直念念不忘。她承诺过姑姑，等她长大了做好多红礼服给姑姑穿。可姑姑没有等到她做的红礼服就病逝了。

　　"嗳，让一让！"一个声音打断楚尤香的回忆。她环顾匆忙的人群，暗自叹息：现实生活比想象的更难——潮冷的地下出租屋、要求苛刻的工作、老板的别有企图，如同挥之不去的雾霾，闷得她心慌气短，像在陌生海洋中的无名小鱼，胆战心惊地活着。想到那十几平方米的地下室她就浑身发痒，简直像个充满霉味和水汽的地洞。昨晚下大雨，她的卧室漏水被泡，大盆小盆到处接水、倒水，折腾到后半夜，到现在还腰酸腿疼。每当夜里惊醒，她总害怕自己会变成一条鱼或是一只老鼠。她苦等天亮，然后一路向上奔跑到地面，一分钟也不想耽搁。她喜欢看蓝色的天空，喜欢奔跑，享受飞翔的感觉。

楚尤香的手机抓狂地叫起来，是老板史云天的电话，正用零度的语调命令她："快，你又没守时！"楚尤香想解释——已经提前半小时出来了，都怪只有一条路线的公交车像个病恹恹的老牛，晚了将近一个小时才磨蹭来。这些话又被她咬紧牙关吞回肚子里，她加快了奔跑的速度。跑、小跑、快跑、奔跑、狂跑，这是楚尤香新生活的一长串节奏。

楚尤香的电话又叫了起来，是老板的再一次催促。她像一只麋鹿一样迈动长腿，逃命一般狂奔。路人纷纷避让，有人问她出了什么事，她来不及回答，自己像在赶去时间隧道穿越。这是她离梦想最近的路。

楚尤香刹住脚步，"云天制衣私人订制"的招牌终于在眼前了。这里是她每天的魔法世界，自己是小说中的哈利·波特，老板就是让人害怕的伏地魔。

她热气腾腾地跑进店里。史云天薄薄的嘴唇蹦出的每一个字都像金属落地："我已经强调过多次，不遵守时间的迟到，是一种不礼貌的挑衅。"

楚尤香抱歉地笑笑，不想解释了，挺直脊背进入工作状态。她不想被史云天的目光压低了头，压弯了腰。

楚尤香从卫生间出来时，史云天用两条长胳膊把她罩在了墙壁上，手臂在慢慢弯曲，像一座倾斜的火山带着呼啸而来的滚烫气息覆盖下来。她举起阻止的手掌撑住史云天，严肃地说："除了工作，我不适合成为谁的'私人订制'，我会尽量不迟到。"说完，她高冷地推开史云天。她在心中默念：要爱自己！没有锋芒、没有棱角的人，很难在这个粗鄙的世界里活下去，要爱自己。

楚尤香的沉默不语是很好的冷却剂。她的目光撞到墙上的一排排成衣时，不悦随即被肃然起敬取代——无论眼前的史云天有多么"变色龙"，她还是很佩服他高深又独特的审美艺术和创造力。他在法国留过学，顶着一堆服装界的头衔，他设计出来的服装总是走在国际服装潮流的前面，深得名流和各界精英的钟爱。

史云天在服装界还有独创的"降魔秘籍"，让天下爱衣人对他有圣徒般的膜拜之心——每一种新潮衣服上都会设计一块"蓝"饰品，有方形，有圆形，有三角形，有多边形，有不规则图形——是的，没错，或是拼接，或是刺绣，或是绘画到衣服上的一块蓝色——不是天空蓝，也不是海洋蓝，是天地融合的蓝，接近湖蓝色。这一小块蓝饰品，怯生生、羞答答生长在每一件衣服上，像极了长在身体上的一只纯净的蓝眼睛，闪烁着魅惑的光芒。

很多人热衷购买这种奇特的"一抹蓝"衣服，有人重金购买款式的专属版权，更有甚者，迷信这一小块蓝是护身符，会带来好运。也有一些人不敢穿这样的衣服，说是害怕这只蓝眼睛招来什么不测和祸端。有好事者盘点曝料：过去一些年，曾有报纸报道过的一些抢劫或奸杀案件，好几个目击者都说，凶手穿着有一只蓝眼睛的大衣。楚尤香并不迷信这些诡异的传说。她看过一个电影，是关于机器人"齐马蓝"的故事，那块"蓝"很像这衣服上的蓝。她说起时，史云天义正词严地说："有据可查，我的设计早于那个电影十年以上，是电影套用了我的创意，或是纯属巧合而已。"

楚尤香有时暗自庆幸遇到了史云天，这些神奇的设计理念和制作，让科班出身的她以奔跑的速度在梦想的路上前进——一个月的实践练习顶三年的寒窗苦读。

房间里响起让人暖心的钢琴曲《致爱丽丝》。史云天说，这是贝多芬送给自己爱慕的女学生的一首曲子。她"哦"了一声，瞥了一眼窗外一串串紫色的槐花，想起老家的楼下那棵粗得如虎背熊腰的老槐正开得繁盛。她打开窗，吸着醉人的芳香，感觉自己的身体也在冒着香气。

这槐花的香气让她想到了唐歌。那次唐歌来店里，引她来到窗边，拿出一本封面绘有蓝玫瑰的书，腼腆地说：这是我写的诗集，是来北京之前出版的，里面还有我原创的简笔画插图，不嫌弃就送你吧。她接到书的一刻触碰到了对方的手指，一股轻柔的感觉像电流导进她的血液，又像呼吸到清晨的第一缕槐花的香气一样清新。

史云天唤楚尤香来试穿红礼服，这让她心花怒放地陶醉。她喜欢这款红礼服，前领口和后领窝缀有洁白的珍珠，把美丽的锁骨、高傲的脖颈和香肩袒露得恰到好处，犹如抱琵琶半遮面的感觉，闪亮的金箔让小蛮腰变得更妖媚，红礼服后心处那块凤眼形的魅惑蓝让礼服更添天外来物的神秘。她情不自禁地扭起古典舞《归去来兮》的动作。史云天目光痴情，一步步走近她，极尽温柔地拥抱了她。她没有推开他，为了红礼服，她愿意像张爱玲说的"低到尘埃里去"。她现在捉襟见肘的经济还买不起，等有钱时要替姑姑买下这款红礼服。她暗自祈祷：希望谁也不要独占这款红礼服的唯一版权。

她欣赏史云天的怪癖——在制作每件衣服时，都要开启一种神圣的仪式感，一件样本服装从制图定版、裁剪到缝制的成装过程，每次开工都要焚香净手。她每当见到史云天这样庄重又神圣的操作时，敬畏感就油然而生，觉得他像闪着光芒的古希腊神话中的阿波罗。她曾和史云天说过：艺术中的你让人着迷，生活中的你很流俗。史云天高深莫测地笑笑，说没有生存，何谈艺术！是的。她后来明白了这句话时，一切都已经晚了。

随着方头高跟鞋重量级的敲击节奏，一股浓郁的玫瑰香水味先冲了进来。楚尤香不用看就知道，是带有马脸特质的制片人安妮娜来了。她高仰着头，一副俯视众生的高傲样子，整过容的脸还是无法挽救重灾区。烟熏妆的熊猫眼和猩红的嘴唇遥遥窥望，像彼此要开战火拼的敌人，让人看了为之担心，不知道哪一方会先踏着鼻梁冲过去厮杀。楚尤香看得一阵心悸，心猿意马地瞟了一眼同来的唐歌，他正一脸阳光，笑眯眯地看着她。

史云天忙着端茶倒水，曲意逢迎地夸奖安妮娜，让她脚步和笑声都发飘，高一脚，低一脚，如踏云端。当安妮娜看到那件灿若朝霞的红色礼服，眼睛直勾勾冒着绿光——食肉动物一般贪婪地逼近。突然，她爆发了"哈哈哈哈"四节拍的笑声，摇晃着手臂冲唐歌喊："唐唐快看，多完美的红礼服啊！快给这衣服付款，1的后面加赏金6个8，我买这款私人订制独一无二的专有版权。"

楚尤香惊愕地瞪大眼睛，自从这件红礼服的样本做成那一刻，就像一只熠熠闪光的红蝴蝶日夜召唤她。她买不起，但希望这宝贝能被一个美丽的女子带走，而不是被一个人独占和蹂躏。一声"不"冲出她的身体，却像醉汉一样无力。

屋子里的人都转过头看了她一眼，又向四周看看。史云天淡定地摘下那件红礼服，像捧着一件宝贝送到安妮娜面前。

一件本钱不超过两千元的衣服，卖价标了八千八，最后成交到一万八千八百八十八元八角八分，的确是个天价了。楚尤香不应该说"不"，可她快要窒息了。听到史云天对那女人言不由衷的赞美，她像吞进了苍蝇一样作呕。他在亵渎自己的作品——安妮娜穿上红礼服像一个站街的老妓女，卖弄着衰老的裸露肌肤，招揽顾客的青睐。她竟然张开双臂，跳起拉丁舞，夸张地旋转着，咚咚踏地的脚，让地板发颤，也让楚尤香的心发颤。

楚尤香不忍直视红礼服被安妮娜过盛的肥肉撑得要爆掉。她打了一个寒战——红礼服后心处那块被撑变形的魅惑蓝好像被妖魔附体，正发出魑魅魍魉的幽灵之光。楚尤香不能再忍受俗不可耐的皮囊霸占精美的艺术品，冲动地说："安老板，您换一件衣服穿吧，这款红礼服和您很不般配，那些省缝和褶裥都撑开线了，拉锁也拉不到头，穿到您身上真的不好看，即使您买了，也不要变成独占的版权好吗？让别人也有穿的权利，不要浪费了这么好的设计。"

安妮娜的脸瞬间拉长了一倍，目光像刀子一样劈过来，招招带着杀气，外翻的大红唇像爆发的火山口在颤动，喝道："你……你……乳臭未干的黄毛丫头，谁给你的权利，敢这样和我说话？"她伸出猩红指甲的手来抓楚尤香。

史云天和唐歌几乎同时一个箭步冲过来，挡在楚尤香前面。史云天抓住安妮娜彪悍的手腕，笑脸相赔道："抱歉抱歉！我代她向您赔罪了，安老板息怒，大人不记小人过，她是新来的不太会说话。这衣服是有两个地方需要换新剪片，保证安老板穿上后完美又舒坦。"

安妮娜五官扭曲的脸像在进行争斗战，她跺着脚，嚷道："不行不行不行，绝对不行，你这丫头片子必须给我跪下道歉，你要是硬气你走人！信不信，我让云天开除你！"

楚尤香心中的苦水像要决堤的洪水，她不想对野蛮的霸道屈服，可她的梦想要夭折了，就这样灰溜溜回老家去吗？有个声音在心里大喊：不，我不愿意离开！

史云天赔着笑脸过来说："安老板消消气，这件衣服我给您打对折，别和这小丫头计较了，气坏身体犯不上。"

"不行，本姑奶奶不差钱，这口恶气出不来心里不舒坦。不给我道歉，这丫头片子别想留在你这儿。"安妮娜拍着桌子叫道，五官又开始混战。

唐歌满脸堆笑，也向安妮娜求情："老板，这女孩是外地人，对您在北京的大名不熟，不知天高地厚地冒犯了您，就原谅她一次吧，算我求您了！"

安妮娜挪位的五官慢慢归位了，笑出一片诡异，她傲慢地把双脚架到桌子上，大口吐着烟圈，阴阳怪气地说："呵呵，你唐歌和她什么关系啊？竟然低三下四为她来求情。今天就是天王老子来帮她求情都不行，除非谁替她给我跪下磕个头。"

楚尤香感觉自己挺直的脊梁和膝盖在慢慢弯曲，有一种东西如千斤重压得她喘不上气来。她听到扑通一声，像块巨石落地，随后惊异地发现自己的身体还直立着，安妮娜的脚下却跪着唐歌，他飘逸的头发像被霜打过的野草倒伏下来，光洁的额头撞向沾有灰尘的地面。楚尤香的心脏像被重锤击中，痛得让她不能站立。

"好了好了，一笑泯恩仇，杀人不过头点地，安老板是有菩萨心的名媛，有博爱之心的名导，放过这些不懂事的小辈吧。"史云天扶起唐歌，打着圆场。

安妮娜斜着嘴角冷笑道："都别演戏了，退下吧。"她靠在沙发椅上闭目养神，一只翘起的脚随着音乐打着节拍。

安妮娜走后，史云天破天荒地没发火。楚尤香忍不住问："差点搞砸一单生意，还生我的气吗？"

史云天凝视楚尤香，笑道："衣服都卖出去了，和你生什么气啊，我也心疼那款红礼服被糟蹋了。有钱难买愿意，我们不能和钱有仇，不是吗？"

"我保证，要做一件比那更好的红礼服，专属于你。"楚尤香一愣，看到史云天眸光闪亮地盯着自己，眼神中有一种忧伤像梅花瓣上的那一抹清雪。她突然心慌得不知所措。

"安妮娜说唐歌的工作原则，指的什么？"楚尤香找了个话题问，转身避开了他的目光诱捕。

"安老板和那小鲜肉是情感私人订制的关系呗，这你都没看出来？不过，今天的事你要长长教训，要像唐歌一样学会为生活屈服。谁也逃不过丛林法则，同类生长，异类共赢，运用好平台法则才能更好地共同生存。知道了吧！"

楚尤香没再说什么，快速地去了卫生间。她眼前出现了唐歌笑如晨曦的面孔和安妮娜巫婆般的脸交织在一起，胃中泛起一阵恶心。唐歌那一跪让她的心好痛，他在替她受罚。他为什么要如此呢？她很想知道。她不愿相信史云天的话——一个有诗和远方、有凄美忧伤的阳光男孩，会心甘情愿陷入污浊之中吗？他应该属于美好。她望着镜子中苍白的青春脸，突然跳出个惊人的想法，她想冒险去试试。

第二天，唐歌给楚尤香发来一条短信：分享个好消息给你，安妮娜穿红礼服参加一个派对，裙摆不知被谁划开了好几道口子，气得她回来就把裙子扔进了垃圾箱。楚尤香发出一串大笑，回道：我知道是谁干的，我要感谢你！

楚尤香给唐歌打了个约见面的电话，一路奔跑向地铁站，辗转来到安妮娜公司门口。等唐歌和安妮娜出来时，她对唐歌挥着手。

安妮娜长脸上的五官开始混战。唐歌低声说了几句，安妮娜才拉着长脸上了停在一旁的车，用目光凶狠地剜着楚尤香，慢慢开过他们身边。

唐歌看着老板的车远去后，牵起楚尤香的手，一起奔跑在明亮的夕阳光辉中，像两条开心跳跃的鱼。他们跑进一片树林，双双跌倒在草地上，望着清澈的蓝天，开心地笑着。笑够了，他们深情凝视，在一阵电光石火的目光交织后，他们接吻，拥抱。

楚尤香犹豫地问："如果你的工作被我搞丢了，会生我的气吗？听我老板说你们关系……挺特别。"

"不生气，我和她之间除了工作没有其他关系和交易。"唐歌解释说。

"我最喜欢的那件红礼服被她糟蹋了，不想你也被糟蹋了。我喜欢你的诗，那些诗天天晚上和我对话，像在和你在对话。那天你代我被老妖婆羞辱，我的心真的很疼。以后不要再这样糟蹋自己的高贵，好吗？你那天为什么要帮我？"楚尤香眼中漾起晶莹的泪光。

"傻丫头，我们有一眼万年的缘分，我只愿意为你低下高贵的头，为你承受一切啊！我不希望因为她，让你的老板开除你，我知道你的梦想在那里。"楚尤香看着唐歌清澈如水的眼睛，如同寻到了几千年的等待。

楚尤香和唐歌的约会多了起来。两个人的话题从唐歌的诗集开始，像在追溯一条岁月长河的源头，每首诗歌背后都有一条溪流的故事。唐歌讲到动情处，眼中闪动泪光。楚尤香的心也化成了一汪柔软的水，她的手像温顺的绵羊，主动去温暖唐歌藏匿心底的寒凉忧伤。

唐歌深情凝望，握住楚尤香的手，说："尤香，我已经从安妮娜公司辞职了，应聘了中影集团的演员招募。我要从群众演员做起，再找机会演主角。我们相爱吧！"

"好，我们相爱吧！"楚尤香握住唐歌细长白皙的手指，弹奏起爱情之歌。

楚尤香与唐歌共同租了一间有阳光的房子。搬家那天，她躺在铺满阳光的大床上，接受了唐歌剥洋葱一般的轻柔动作，缠绵化作激流，在极致的快乐中让甘霖降落，完成灵与肉的共同飞翔。

唐歌生日这天庆祝后，楚尤香兴奋地说："史老板要侨居法国，他帮我在巴黎 Esmod 服装设计学院申请到了深造的名额，还有奖学金。我们一起去吧！"

唐歌沉默了好久，乞求道："尤香，能不走吗？我在中影集团影视基地和一家新影视公司签了约，在一部影片中争取到了很有前途的配角，和当红大明星对戏。如果这部电影获国际大奖，我也有获奖的机会。等我们有钱了，再陪你去巴黎深造，好吗？"楚尤香摇头，表示不愿意放弃自己千载难逢的机会。

唐歌还是同意了楚尤香去法国深造。临别那天，他说自己有拍摄任务，不能去机场送别。

冬日阳光下的机场，惨白得让唐歌不寒而栗。他戴着墨镜，把帽檐压得很低，跟在人群后面，远远看着楚尤香一步三回头，被一个高大的男人牵着手进了安检通道。他无力地蹲下去，抱住头，痛哭失声。

楚尤香出国两年后，唐歌收到楚尤香转来的一个视频，是法国一个服装艺术节的颁奖会。身着红色礼服的楚尤香光鲜亮丽地站在舞台上，她荣获了这次服装设计的金奖。在发表获奖感言时，她激动地哽咽道："在诗和远方的人生旅途上，是导师史云天帮助我走上了星光灿烂的服装设计之路……"

　　唐歌从开心的笑到苦笑到大笑，笑累了，他默默拿出高高摞起的给楚尤香写了几年的诗稿一页一页焚烧。火光照亮他不断落下泪珠的脸。他给楚尤香写了一封长信，诉尽两人在一起所有美好的回忆。在最后一页纸上，他提出了分手，理由是自己被一个女演员缠上了，不得不结婚。

　　楚尤香接到唐歌的来信，哭了一夜。她不停拨打唐歌的电话，却一直关机，无论她发多少短信都没有回音。

　　又过了两年，楚尤香接到国内长途电话，是一直借钱帮她完成学业的叶子打来的，哭着告诉她一个让人心碎的消息："唐歌去世了！是他一直在资助你在法国留学……"

　　此时此刻，楚尤香才知道，演戏摔断腿的唐歌被迫退出演艺圈后，得知她在法国勤工俭学，又重新振作起来，夜以继日地开出租车挣钱，定期把存款转交叶子寄给她，一再叮嘱别说是他的钱。可一场车祸夺去了他的生命。

　　楚尤香穿着红礼服，抱着一捧白玫瑰和蓝玫瑰来到唐歌墓前。她泪流满面，把一封信点燃了——那是两年前写给唐歌却没有寄出的信。她在信中告诉唐歌，一次火灾中，史云天为了救她致残，终生要坐在轮椅上，她一直在照顾他。她一直想回国和唐歌结婚，才没嫁给史云天。她啜泣着重复一句话："亲爱的，你真傻啊！留下我一个人痛苦着。人生若有轮回，我宁愿和你寸步不离，相守到白头！"

　　一阵风吹过，墓碑旁的白色和蓝色花瓣如翩翩起舞的蝴蝶，起飞，奔跑，落下，栖息在荒草间。

牛 状 元

◎杨晓峰

　　大房身乡政府二楼台阶的最后一截，张建设蒙着灰尘的旧皮鞋缓慢而结实地踏上去，他默默地想，这是第几次来乡政府了？三次，还是四次？他低头看了看自己胸前的白衬衫，靠近胸大肌绷得紧紧的料子表面已经有了浅灰的痕迹，那是洇出的汗水颜色。他只好缩了缩自己健硕的胸膛，尽量把偾张的肌肉向胸腔里面挤压，终于在衣服和身体之间留出一点空气进出的空当。他满意地长出了一口气，这才沿着二楼长廊快步向另一头走去。

　　六月的太阳还不是那么炙热，但这长长的走廊里，每一步走起来都是闷闷的，明明前后都有匆匆而行的人，张建设却感到一丝没来由的羞赧，人说近乡情怯，他这是近大场面情怯，近密集的人脸而情怯。

　　他显然不是最早来到的，走近会议室，张建设能听到里面有长短不一挪动座椅的声音，间或有短促的咳嗽，他甚至能听出来有人把咳嗽压短压低。他看了看大会议室毗邻的礼堂里面，几个年轻的矫健身影，正忙于把一面鲜红巨大的党旗挂在主席台后面的背景板上，那旗帜的颜色是如此灼热，仿佛喷薄着流淌的火焰，张建设已经感觉到血液温度在上升，然后快速在血管里流动，最后共同汇聚

88

在胸腔里，激荡着心脏也猛烈地跳动起来。他想驻足多看一会儿，想感受一下这红旗的炽热和张扬，他知道，过一会儿，自己也能站在旗帜之前，而且会离得很近，可他就想把这个时间压短，压得像晒干了的丝瓜瓢。

"同志，签到，同志……"

门里响起了招呼声，张建设才发现，自己还是站得太久了，就像一根杵在门口的拴牛桩，后来的几个人都被他宽阔的背挡住了。

"哦，叫我，啊……对不起。"张建设一边答应着，一边赶紧扭头看招呼他的人，那是一个年轻的姑娘，忙乱之中，他能看到她白白的脸面，白白的牙齿，白白的衬衫，还有白白的手掌递过来的一张白白的A4纸。他拿起一根水笔，低下头寻找自己的名字。他喃喃自语，又好像在说给别人听："啊，在这儿，老鸹窝铺村，张建设。"他认真照着前面那个铅字的"张建设"书写自己的名字，写到"建"字的时候，他先写的"廴"，后来又发现另一部分的"聿"写大了，把"廴"挤压得倒像蜷缩在墙角的瘦牛，不得已他又在"廴"的一捺上向后勾了一截，然后仔细端详端详，又在笔画的连接处描了几笔，把那一捺补成一片横卧的侧刀。

张建设缩在大会议室的一个角落里，恨不得把影子都掖进凳子的木条里，他没有坐上前面的椭圆形桌子，虽然那里并没有什么人，而是随大流地坐在摆放在靠墙的一圈木凳上。他小心移动自己的西裤，远离木凳角落耸立起来的一根钉子帽。他用大拇指上的老茧想把钉子帽按下去，然而钉子帽就在那儿坚挺地站着，仿佛一个宁折不弯的铁甲步兵，他和钉子来回斗争了几次，却都以他溃败告终，只能小心地用两根手指掐住钉子，避免裤子和铁钉的直接对抗。

他装作不经意地看着周围墙上的布置，当然他也偷偷地用眼角瞥着四周的人群，不过认识的人不多，最后还是望向了对面墙上一条横幅。与其说是横幅，其实就是一块吹塑板，上面有几个没粘好膨胀起来的气泡，以及写得很潦草的十个大字。在别人看来，张建设很会欣赏，仿佛能从那些断与不断连与不连的悬丝中读出书法三昧，然而他并没看出什么门道。他看，只是那一句诗他还认得，"世上无难事，只要肯登攀"。他看到去年那个穿着黑夹克的大领导就在这幅字的下面，用粗短的手指点着这几个字，一顿一顿地念了出来，最后，他粗短的手指握成一个拳头，在空中画了一个弧，然后目光满是期待地看着张建设。张建设当时坐在前面那个椭圆形桌子的一边，要比现在的位置庄严多了。他看着领导那略有笑意，也略显刚硬的面容，就感觉自己仿佛树枝上的某只喜鹊在眺望着远方的月亮，最后还是上首的乡党委书记化解了这段尴尬："建设，你表个态度。""我一定把牛养好，养成，养成……"低笑声中，对面传过来一句让他卸下负担的一句话——"成为养牛状元。""是，是，我要成为养牛状元。"张建设满头大汗，感觉这一句话，比刚才念他表弟给他写的三千字的养殖经验材料出的汗还多。他想解开衬衫的最上面的纽扣，发现自己的右手还在扳着钉子，他想用左手去解，却又怕在领口上面留下一个黑手印。

忽然，他感觉自己应该坐到前面去，坐在那个没有几个人坐着的椭圆形桌子后面。他去年坐的那个位置还空着，他去年能坐，今年为什么不能坐？他欠了欠身子，轻轻地站起来，装作继续打量什么似的，先看了看窗外，镶着小方块玻璃的铁窗户，把明媚的晨光和墨绿色的原野切割成一块一块的拼图，让人的心情迅速沉淀下来。张建设慢慢踱到长条桌子后面他去年坐过的地方，轻轻拉开沉重的沙发座椅，座椅腿把磨石地面蹭出不大不小的声音，后面木凳上几个人抬头诧异地看了看他，他慢慢地坐下去，轻轻把椅子拉回来，却发现旁边已经有了一个邻居，一个瘦瘦的文静的小姑娘，小姑娘身量很纤细，被高高的椅背遮挡，所以张建设刚才没有发现她。

长桌上铺着厚厚的绒布，手指尖摸上去，柔柔的，软软的，那触感倒有点像张建设家那只纯种芬兰公牛背部的短毛。张建设还是喜欢抚摸那头公牛的背部，因为他感到有一种流淌的生命的感觉在自己手掌下面蔓延，他爱摸每一头牛，甚至他可以把眼睛闭上，单靠摸着牛的脊背就能叫出牛的编号。"状元也就是这样吧。"他在电视里面看到过状元，骑着高头大马，真不如开着东方红拖拉机的自己威风。不过状元应该很聪明吧，不像自己，背《畜牧手册》《牛的疾病防治》《养牛一百问》真的很费劲啊。里面有些词语、有些曲曲弯弯的符号不认识，还得去百度。自己肯定不是养牛状元了，眼下算啥？养牛秀才？养牛举人。秀才应该是县里前几名了吧，如果那头芬兰公牛过年多养几个纯种的犊，就差不多了。

他把双肘斜起来，双手交卧，无意识地向前望去，忽然又感觉这种状态不好，于是把身体向后面靠去，让厚重的脊背和绵软的海绵深度融合，然而刚一接触，他忽然坐直了身体，小心地把从前面腰带里面抽出来的衬衫下摆掖回去。他下意识地看了看旁边的小姑娘，那小姑娘前臂交叠在一起，横着放在胸前的桌面上，看起来很文雅，倒像一个认真听课的初中生。

小姑娘仿佛感受到旁边打量她的目光，歪着头看了他一眼。他听她说："同志，您也是宣誓来的，发展对象转预备党员，还是预备党员转正？"

他赧赧地一笑："俺是参加全乡优秀共产党员颁奖。"

"您太厉害了，"小姑娘羡慕地称赞着，眼睛弯成了两道彩虹，主动和张建设攀谈了起来，"您入党有好几年了吧。"

"十年了，那年雨水勤，俺当时在坝上，刚从二道堰的决口里爬上来，老张一把抓住我，告诉我被列为发展对象了。哦，老张是咱村的村党支部书记。"

"没想到您居然是火线入党？"

"啥火线不火线的，咱也不明白，可那道围堰后面是俺们全村的河套地，如果进水，一年的收成就全没了，那水还凉还大，站五分钟腿肚子就转筋儿，咱不下去，让岁数大的下去，更危险啊。"

"您是哪个村的？"

"老鸹窝铺村的。"

"太好了，我马上就挂职去你们村，我是新考过来的选调生。"

张建设惊讶地打量打量对面的小姑娘，那小姑娘还是那么纤巧，还是那么白皙。他又摇了摇头，自己家房子外面也是这样白皙的瓷砖，三年之前刚贴的时候，比这小姑娘的皮肤还白呢，还坚固，他不止一次用指甲划过那玉一样的表面。如今，瓷砖表面像抽了五十年老旱烟的爷爷的牙齿，满是黄色的污垢了。一年里那细碎的雨，或温柔或激烈地撕扯着村里养殖大户的堆肥点，继而把黄蒙蒙黑乎乎的马粪猪粪涂鸦在村子的街街巷巷，然后大家你一脚我一脚又把涂鸦碾碎成粉末，来一阵风，又把这粉末像喷雾器似的，喷洒到挨家挨户的玻璃上，晾晒的衣服上，裸露的脸膛上。对面那小姑娘是不是也要这么嫩白地走进村子，然后她的脸慢慢从白转黄，从黄转黑。

他用两只手解开了最上面衬衫的纽扣，一股湿热的盐水味道从下颏下面涌了出来。他拼了命地摇摇头，把这所有的念头从心里赶开，又努力地笑了笑，却不知道自己应该说些什么好，他希望她来，自己不认识的字，自己不认识的那些曲曲弯弯的字母，有人告诉他，总比自己笨手笨脚在手机屏幕上划着手写输入要强。他又希望她不来，因为村里很苦，就像他的妈妈总不愿意把自己的玉兰花搬到室外去一样。

"村里蚊子多吗?"小姑娘看来还想多了解了解新的岗位。

"挺多的，夏天晚上得穿长裤子长袖衣服，院里最好点个冒烟的火堆，不过……还好。"

"蚊子碰到我，就是碰到克星了，我大学是西北农林的，学的环境，研究生是天津大学，还是环境工程。"

小姑娘倒是信心满满，张建设却听得入神了。是啊，环境工程，是不是将来整个村子也将焕然一新呢? 街上的污水、墙砖上的黄渍、衣架的灰尘、脸上的黑泥，是不是都会没有了呢? 党和政府真是想着农村，领着大家致富，还要派来会摆弄环境的大学生解决农村的环境，他不由得想起了那个"状元"的梦想，自己过年就能当上"牛秀才"了，是不是也能当"牛举人""牛状元"了。等小姑娘来到村里，他肯定会第一时间找到她，问问，该怎样当一个牛状元。

张建设使劲挺直了腰，两只手重新把自己的衬衫纽扣又扣了上去。

旧 时 光

◎赵　宇

　　小镇的阴郁景致被雪覆盖住了，我心情很糟地站在门槛上看天空中那些苍老的浮云。我妈把两根红绸带系在了我的小细辫子上，她说今天是你的生日，十二岁，本命年，一会儿我们擀长寿面吃。

　　这是一个雪天的正午，红绸带上的光泽反射到了我妈的脸上，她那少有红润的脸立刻鲜活起来，她镜片后的眼睛里放射出最普遍的母亲的慈爱。我糟糕的心绪慢慢平缓下来，某种憧憬从心底里一丝丝地流淌着，很快把灰色的冬天照亮。坐在灶台边摇鼓风机的小洛正在看一本发了黄的很厚的外国小说，她看了我一眼，像是欲言又止的样子。她说这本书上说十二是一个不吉利的数字，谁拥有它谁就要有灾难。

　　我垂下头捋着红绸带上的小绺，心绪起起伏伏地涌动了一阵，感觉有一块沉云正向我压来。121212，我在雪地上写了一长串这个数字，我被这个数字折磨得烦躁不安，我甚至想把不安呕吐在雪地上，我知道我的灾难是什么，它与北京知青白明光有关。

　　"去年你也十二，你却没有遇到灾难。"

　　吃面条时我忍不住问了小洛，小洛把鸡蛋酱中的大块鸡蛋全捡进了她自己的碗里，"去年我得病了，这不是灾难吗?"

看来我无法躲避它了，我把剩下的大半碗面条倒回饭盆里，背转过身去用双手捧住了脸。"她哭了。"小洛不失时机地把大块鸡蛋放进了嘴里。

我妈把筷子抵在洁白的牙齿上沉默了一会儿："你总是吓唬她，说什么灾难，她伤心了。"

我用手揉掉了眼里的泪水，转回脸来微笑着说："我没哭。"

这是某年的十二月一日，有一片深灰色的云正从我家乡小镇的上空缓缓地经过。

校园的傍晚很宁静，我把书包斜挎在肩，走在雪地里杂沓的脚印上。我在教室里做习题了，我想把新学的代数题都做会了，只有这样才能减免我心中的惊恐和不安，才能使美丽的白明光喜欢我进而原谅我曾做过的事情。但愿我这些虔诚的祈盼都能如愿，小洛说她酷爱教堂里的低沉音乐以及信徒们诵经时的庄严时刻，她说那些外国小说中总是不厌其烦地叙述这些："我被那些美妙的叙述迷醉了。"

小洛微闭着薄薄的眼帘仿佛超脱到另一个世界中去了，我有点羡慕她卓越的读书才能，见识的狭窄使我陷入了一种不能自拔的苦痛之中。"你痛苦的时候就去寻找点寄托。"

小洛和她的同班女友经常站在我家的房檐底下这样夸夸其谈，冬天的寒冷冻红了她们的鼻子，她们擤鼻子时手指在趟子绒棉鞋帮上擦着，之后棉鞋帮上便留下了许多灰白色的东西。我站在不远处鄙夷地看着她们，把她们的丑态记在心上，组合成恶毒的句子，准备在恰当的时候诋毁她们。

其实小洛是位与众不同的女孩，我在校园里走着时在心里悄悄地给小洛进行了一番客观的评价，她敏锐的思维和独到的见解是其他同龄的女孩子无法比拟的，我不想让她知道我忌妒她。

这时我看见了北京知青白明光，她正扭着丰满的屁股向校园外走去，她新潮的披肩发被夕阳衬成了红色。我跟随着那团引人注目的红色向前走去，直到夕阳隐尽时，她的头发才恢复成原始的黑色，我停住了，看见她拐进一个巷子里，推开了一扇破旧的木格子门，用她悦耳的声音喊出了一个名字：刘珍珍。

我心情沮丧地往家的方向走去，我知道她偏爱刘珍珍，她每次让刘珍珍回答问题时，目光都柔和得如同绵软的绸缎，我真想把那种柔和掠夺过来，她偏爱刘珍珍也许是因为刘珍珍病弱的父母和贫困的家庭。推开我家斑驳的木板房门时，我闻到了熟透的苞米楂子发出的温暖的香味。

当那些和我同龄的孩子在雪地上尽情地打雪仗或堆雪人时，我却站在教室门口，两手装在袖筒里，假装孤独地可怜巴巴地看着他们。"美丽的孤独。"小洛把孤独叫作美丽的。

上节课白明光让我到黑板前做题时，我红着脸没有做上，现在我仍然隐隐地难过着，我希望白明光能在这时看到我，看到我的孤独，且是美丽的，可是，白明光从我身边走过时并没有理我，她拍打着手上的粉笔末，径自加入打雪仗的人群里去了，她的披肩发在雪地上跳跃着从人群中脱颖而出。后来她走到刘珍珍身边，给刘珍珍紧了紧围巾，然后她们手拉手地上厕所去了。我把装在袖筒里的手取出来，跺了跺冻僵了的脚，结束了这倒霉的孤独。

我走进女厕所时，白明光正把一张叠得整齐的浅粉色卫生纸递给刘珍珍，刘珍珍看见我后脸和脖子立刻羞成了一块红布，她惊慌地躲到了白明光的身后。我也很窘，低头在角落里解手再没敢看她们。刘珍珍十三岁，我早就觉出了她身体上有了某些微小的变化，她经常鬼鬼祟祟地单独上厕所，最近她的腿变粗了，胸脯也鼓胀起来，她的脸上还罗列了许多红色的小包。王小昆说那些小包是酒刺，大女孩才长那种小包，刘珍珍纠正说不叫酒刺叫粉刺。体育委员王小昆也不喜欢刘珍珍，他说刘珍珍是个可恶的大女孩。

我走出厕所时白明光叫住了我："李兰。"我回头见白明光正用手捂着鼻子以抵挡厕所里的臭味，她大声说："你真是笨死了，下午到我办公室去补代数。"

我也学着她的样子用手捂着鼻子抬头看着她，她说我笨我并不恨她，我喜欢她说话不拐弯抹角的直率劲。每次面对着她时我都有点手足无措，我想起我妈，我妈最烦白明光，她不会让我找白明光补课，我说："我……我，老师我不想……噢，我下午可以去补课。"

我语无伦次地说着这些，心快要跳到嗓子眼了。

"看看你，像只可爱的小猫。"

白明光拍着我瘦削的肩膀哈哈地笑着向前走去，我闻到她的身上有一种芳香，我抽了抽鼻子把那种芳香牢牢地记在了心中。刘珍珍很晚才走出厕所，我知道了她的秘密，她的心里可能快要懊悔死了，她好像是一个不懂得忧伤的孩子，我真希望她也能懂得一些忧伤，这样我们才能有一些恰到好处的交流。

我妈说北京知青白明光是个坏女人，她和一个叫高深的有妇之夫搞乱爱，校长和她谈了好几次她也不思悔改，最近校长给她的单身宿舍又加进去了一个女教师，目的是监视她。前几年来这里的北京知青都已经返京了，白明光却一直不走，说是要在北大荒过一辈子。我妈说这两年她把风头都出尽了，她竟然敢在教师大会上一次次地给校长提意见，还拿出一套所谓的合理化建议，校长正在预谋把她调到乡下去。

我妈在缝纫机边咯噔咯噔地补着裤子，她抬起头对我说："不要让她给你补课，办公室里其他老师见了会以为我和白明光有什么瓜葛。"

下午我没有去补课，我妈给我留了十道题让我在家做，晚上她回来时给我判了五个对五个错，她开始为我的功课担忧，她告诉我上课时要注意听讲。

我假装看小人书看入了迷，没吱声，我不想让我妈知道我爱她也爱白明光，如果我有了不爱白明光的意念，那灾难就会降临。去年夏天，在白明光宿舍的窗台上有一块崭新的女式手表，我在那块手表前流连了很久，我想我妈的那块老式手表应该换了，她早就憧憬着有一块漂亮的新手表，她正在攒钱，当她的钱即将攒够时，小洛的那场病把她的钱又花光了，我妈泄了气，她说她不再憧憬。我很想和小洛一起分享我妈戴漂亮手表的快乐，这样想了之后，我就迅捷地把那块窗台上的手表放进了我自己的裤袋里，那手表似乎很沉重，我迎着烈日艰难地走到家门口时腿已经软了。我妈正站在院子里晾衣服，她看见我脸色苍白就问："谁欺负你了，孩子？"

我没有回答她，走到她身边时差点哭出来，我狠命地咬着嘴唇忍住了泪水。

我没有马上把手表给她，我把它藏在了抽屉的最底层。第二天白明光和所有的老师哭诉说她心爱的手表丢了，可是并没有谁同情她，有的老师甚至说她把表送给高深的妻子了，以便为她和高深继续鬼混下去创造条件。我妈纠集了几个女教师在办公室黑暗的角落里叽叽喳喳地反复地议论着这件事。

白明光站在办公室的走廊里哭诉时，我正好从那里经过。那次之后，我再也没有尝到过快乐的滋味，我很后悔，打算把表还给她。我是小偷，也许我要坐牢，这就是我意料中的灾难。

我把小细辫子拆开来，细心地把它们梳通，然后站到凳子上在镜子前自我欣赏，前前后后地端详，我希望自己的头发也能像白明光的披肩发那么漂亮。

"你像维也纳森林里的一头怪兽！"

小洛不错过任何一次挖苦我的机会，我清楚我并没有得罪过她，由于对她独特才华的过分羡慕使我总是尊重她。我猜想她对我的恨也许源于我妈对我的爱，我妈始终不经意地偏爱着我，我于是安慰她说："妈偏爱我是不经意的。"

小洛扭曲着脸冷笑道："她怎么不是经意的？她不喜欢我的早熟，早熟的孩子讨人嫌。"

我把炉钩子捅进哄哄作响的炉子里，用烧热的炉钩子烫刘海。小洛光脚坐在炕头上怪声怪气地嘲笑我，而我坚信我已经变得美丽起来了。

白明光见到我精心梳理的披肩发时，用她洁白修长的手指捂住了嘴巴，她忍俊不禁时总是这样。她笑出了声说，小孩子不要梳这样的头发，更不要烫发。

我很窘，身上蓦地耸起一批大汗毛。班级里的同学都转脸看我的头发，我觉得我的脸前升起了一团大火，烧得我透不过气来。有几个调皮男生往我头发上扔纸团子，我把头埋在课桌上哭了。我知道白明光更加不喜欢我了，我还不如让这团屈辱的大火烧死，仅留下一堆没有知觉的灰迹。

我没有坚持到放学就回家去了。在校门口我碰见了王小昆，那位细高个子的体育委员正踢着一个足球。他说："你的披肩发太美了，我喜欢。"

我觉得他肯定是在讽刺我，我没有搭腔，沉默地看着他。他接着说："等你长大了，就能梳着这样的披肩发无所顾忌地随意行走了，现在不行，那些小丑暂时还接受不了你的这种新潮。"

王小昆酷爱文学，经常写一些小文章登在学校的黑板报上。据说他讨厌刘珍珍是因为讨厌白明光引起的，他说白明光说话的声音太做作，每次听她讲课他都浑身不自在，他享受不了北京语言那种独特的韵味，他把那种韵味叫作令他不舒服的做作。刘珍珍有时也拿腔拿调地模仿白明光，真令人倒胃。

"我却喜欢白老师说话的声音。"

在这一点上我绝不与这位高傲的男生苟同。王小昆的家住在边防部队的大院里，大院里有一排楼房，他的家就住在那排楼房里，在我眼里王小昆和那排漂亮的楼房一样是不可企及的。

那间宿舍的门板上糊着许多旧报纸，我默立在冷风中心不在焉地读着上面依稀难辨的汉字，我很害怕，我不知道白明光叫我来是为了什么，偷手表？考试抄袭？拒绝补课？她叫我来是否就是为了这些倒霉的事情呢。寒冷和恐惧一齐向我袭来，我闭上眼睛把脸埋进围巾里，那些悔恨前呼后拥地踩躏着我狭小的心，我想我应该主动向她认错。

我走进房间时，白明光和刘珍珍正坐在炕桌上吃玉米面饼子和土豆，嘴里还哼哼呀呀地唱着歌，他们停止了咀嚼，同时抬起头来看我。我低头走到热乎乎的铁炉子边，伸出两只手仔细地烤，房间里整洁温暖，我早就渴望住进这样的房间里憧憬未来，我想它能使庸俗的憧憬不再庸俗。

"离炉子不要太近了，来，站到炕沿这里来，我给你梳头。"

白明光穿着一条黑红相间的格子棉裤，一件深绿色附绸棉袄，一条洁白的手绢拢住了她松散的黑发。我蹲在炉子边看她，没有动，我不想让她给我梳头，我的头发乱糟糟的，好久都没洗了，我说："我……我不梳头，我的头发里刮进了许多灰尘。"

白明光说："水快热了，一会儿我给刘珍珍你俩洗头。"

刘珍珍盘腿坐在炕上咯咯地笑，我也咧了两下嘴，但没有创造出笑的表情来。

"李兰，"白明光摇着两条黑红的格子腿叫我，"你这次期中考试代数成绩考得最好，你超过了刘珍珍，我知道你是一个自尊心很强的孩子，你一直在暗暗地加劲学习，我看出你和刘珍珍一样是班里比较聪明的学生，从今天开始，我决定教你俩高年级的课程，以便明年送你俩跳级。"

这个消息很突然，很令我激动，但是我老练地掩盖了我内心里翻涌着的激动。我竟然考得最好，这并不符合我的意愿，我仅仅是想考得好一点，让白明光满意就行了。我心里明白我的成绩并不完全真实，我耍了许多花招抄袭了两道大题。这时我觉得刘珍珍正轻蔑地看我，我担心她看穿我抄袭的丑事，我由激动转变为紧张，我用手抠着棉鞋上的雪块，满脑子里的花招全没了。我在心里恶毒地骂刘珍珍，站起身心情烦躁地跺掉了鞋帮上的雪块，看着它们在脚下融化、消失，然后我果断地走向门口，我说："我要问问我妈，她也许不让我跳级。"

白明光披了一件大衣把我送到校门口，她用手抚摸着我的脸柔声说："你妈会同意的，每天下午辅导，别忘了。"

这时高深骑着一辆破车子过来了，他的车后架上夹着许多书，他说："白老师真忙，我有几个物理问题要向你请教。"

白明光和那个男人回宿舍去了，我看着他们的背影，想起我妈说过的乱爱，我无法辨明他们是清纯还是污浊。爱情是一种神秘的东西，有时我在练习本上画一些人头像，后来我发现那些人头都有点像王小昆，长长的脸，硕大的耳朵，我便惊慌地用红笔把那些人头打了红叉，以后再见到王小昆时心里总有一种异样的苦闷。

"你是笨鸭子，还想跳级？哈哈……嘻嘻！"

小洛讨厌的薄嘴唇准确地咬住了我的痛处，她正在把一条肥裤子改成极瘦的鸡肠子，她费劲地把鸡肠子套在点缀着许多补丁的黑布棉裤上，然后她在炕上得意地走来走去，当她蹲下来收拾针线时，我听到了我正默默等待的声音——咔叽……咔叽叽，鸡肠子如愿绷裂了，我迅速地用牙齿咬住嘴唇忍住了即将喷发的笑声，小洛涨红着脸一下坐在了炕上："白明光穿的那条鸡肠子难道就不绷裂吗？"

"哈哈……嘻嘻！"我偷看着她，"谁放屁了，这么嘹亮？哈哈……嘻嘻！"

"笨鸭子还想跳级，你要是跳级肯定是跳到我们班，你千万不要跳级，我可不想让我班的男生知道又丑又黑的你是我的妹妹。"

小洛像鸡一样一丝不苟地叨着我的伤口，我妈说："不许你到白明光那里去辅导，校长和白明光是仇敌，我正在积极要求入党，我的女儿和白明光打交道，校长肯定要把我当成白明光那样的仇敌。"

我低头数着炕席上的辫子花，我妈和小洛都是浅薄的女妖，她们总是把广大的时空压缩得窄小低矮，使人压抑使人绝望。冬天的阳光洒在炕上，我平躺在暖融融的阳光里闭上眼睛，这样能使我涤尽那些正向我快速蔓延的污浊的语言。我幻想我的脉管里流淌的是疯狂的黑色的血液，从那些平凡的红色中游离出来，证明黑色的不凡。

我在我又丑又黑的脸上抹了许多雪花膏，把那块夏天偷来的手表放进裤袋里，我准备在白明光不注意的时候把表放进她的裤子底下。我越来越急于完成这个壮举，它是一块沉石，快要把我给压死了。我每晃动一下头都能闻到自己脸上散发出的香气，这香气不及白明光的香气，我想知道白明光擦的是什么样子的雪花膏。

"你真香。"刘珍珍把鼻子伸过来在我脸前嗅了嗅，我没搭理她。她脸上的小红包正此起彼伏地从她的面皮里探出尖尖的脑袋，她穿的衣服是用白明光的旧衣服改的，这一点也令我忌妒。白明光给我俩讲课时表情柔美动人，我担心白明光发现我的不聪明，我听课时心情一直是郁悒的。

高深也是白明光的学生，他们经常在一起探讨一些难度很大的习题。高深准备参加明年的高考，他聪明的头脑和洒脱的言谈使我觉得他不是个坏男人。他和白明光说话时我总是偷偷地看他们，但我一直没有发现他们之间发生什么和爱有关的事情。有一次高深的妻子给白明光送来鸡蛋，说是对白老师讲课的报答。

有一天高深领来七八个和他年龄差不多的青年，这些人都是来找白明光辅导功课的。白明光非常高兴，她说她非常愿意把自己的知识传播给别人，她说她要向校长申请办一个高考复习班，她说要想改变小镇的闭塞和落后，首先要把教育搞上去。白明光说校长的心眼像线那么细，她给他提了几次意见他就耿耿于怀，校长不同意她办辅导班。

小洛每次在学校里见到我时都把脸扭到一边去，假装没看到，尤其有男生在她身边的时候。她是学校文艺队里跳独舞的，她经常处于自我陶醉状态，以为所有的男女生都在关注着她的美丽。她经常因为要求做新衣服而和我妈发生争吵，私下里她说我妈不是她的亲妈，她说她要攒钱，然后去远方找她的亲妈去。她有时庄严地沉浸在她自己的悲哀中，仿佛她的亲妈真的在某一个远方。

当我背了书包去白明光的宿舍时，小洛在篮球架子下拦住了我，她并不看我的丑脸，她看着别处说："咱妈让我转告你，咱妈说她不许你再去白明光那里辅导了。"

她的目光很轻浮，像雪地上流动的风。我预感到我妈已由偏爱我而转向偏爱她了，我的脑袋一下子变得空空荡荡和眩晕，我用手按住额头，我发现我是那样贪婪，在我妈和白明光之间我不想失去任何一个。

"你是笨学生，跳了级你也跟不上。"

小洛进一步打击我，我固执地说我有耐力，我要拼命地跟上。

我和小洛说话时看见王小昆在远处看着我们，他的长脸和大耳朵活灵活现地在远处晃动着，我眯起眼睛来看他，我觉得他不是太丑的男生。小洛看见有一伙她的同学走过来时，她就丢下我去追他们了。

王小昆说："听说小洛是你姐姐，听说她是位非常优秀的女孩。"

我咬牙切齿地说她是一个可恶的女妖。

我妈出现在白明光的宿舍时，我正在证明一个相似三角形。我妈面无表情地走过来合上了我的本子，她说把书包收拾好出来，我找你有事。

我妈说完用鹰一样的眼睛把白明光的房间巡视了一遍，她的眼睛在白明光和她弟弟的合影前停顿了一下，然后嘴角挂着冷笑先出去了。她没有和白明光说话，白明光也没理她。白明光说："李兰，你回去吧，别忘了做我给你留的那几道题，你告诉你妈不会影响她入党的。"

我收拾东西走出来，白明光将一大把炒苞米花放进我的裤袋里。

我妈推了自行车在外面等我，她让我坐到后架上去。这时高深领着一伙他的朋友来了，白明光跑过去迎接他们，我妈说，和这些男人搅在一起，真放肆。

我没有搭理我妈，晚饭后我高高地噘着嘴巴，脸上挂着一触即发的坏表情。我妈说从今天开始她给我辅导功课，我咧了咧嘴然后疯狂地叫道："我不跳级了，我不跳级了还不行吗？"

然后我趴在炕上呜呜地大哭起来，小洛在窄小的房间里练习着她新学的舞蹈，我妈很耐心地指点着她的缺点，她们之间的鸿沟正在日渐地缩小，我知道孤独覆盖了我。

上课时我不敢抬头看白明光，我的跳级梦被我妈撕碎了，我辜负了白明光对我的期望。

"李兰，抬起头来听课，看你那缩头缩脑的蠢样子，不会有多大的出息。"

我把头埋得更低了，眼里噙满了泪水，手指在棉裤上来回地揉着。那块手表仍然放在我的裤袋里，我一直没有找到合适的机会把它放回到白明光那里去。

白明光要办高考复习班的建议被校长拒绝了，紧接着她接到了一个去乡下教书的调令。白明光哭了，她说尽管这样，她仍然爱着北大荒，她已经说过了她要在这里扎根，她说她不会更改这个誓言。

她往乡下搬家那天，我把那块手表偷偷地塞进了她的行李。送她的人很多，许多同学都哭了，高深没有来送她，可能怕给她带来更多的闲话。当人们将她的行李扔上汽车时我清楚地看到那块手表被甩了出来，那手表在空中画了一个优美的弧线，然后迅速地掉在了汽车前面的雪地上，除了我以外没有人看到这个细节，汽车走了，等人群散尽后，我急切地跑了过去，我无比痛心地看到那块表已被车轮碾碎了。我望着雪天相连的远方，汽车已载了白明光不见了踪影，我眼里噙满了泪水。我知道我永远失去了偶像白明光。

当天夜里我病了，烧得很重，一个月后才慢慢好起来。从那以后我更加刻苦地学习，几年后考上了一所不错的大学。

以后我再也没有见到过白明光，也没有听到过她的任何消息，有人说她仍然在北大荒，也有人说她回北京了。小镇上的人们在各种各样的猜测中，渐渐地把白明光这个名字忘记了。而我却时常能想起她来。

荞　麦

◎张淑清

1

荞麦从镇子回来的时候，棒槌沟的太阳还挂在西边天上，路旁的杨柳一树蝉鸣。地里的苞米苗蔫头耷脑的，旱了，棒槌沟自进入五月份，半个月没落一滴雨。晚上露滋润着，庄稼苗还有点精气神儿，白昼日头像个大火球炙烤着，猫儿狗儿能躲树荫里，苗苗不行，躲不了。荞麦家的一亩稻田，地表裂纹了，淤泥燥得像石块，砸人脑壳能砸个大窟窿。禾苗发黄，一根一根像被烤焦了，再不下雨，棒槌沟今年要绝收。荞麦急得嗓子冒烟，舌头生出两个燎泡，吞东西都疼。一拓说别上火，不是还有我吗？

正月初六那天，一拓的老板开着宝马车来了。一拓跟着张老板干了八年，一开始，一拓本本分分做木匠活，干着干着，张老板让他管工地十几个木匠。一拓成了木匠们的头儿，当了小领导，情况就不一样了。一拓想抽烟，有人递来，或者买一条放在一拓的床上。想喝酒，下了工，一块到工地附近的小酒馆撮一顿。一拓不糊涂，农民工的钱不能拿，更不好占人便宜。谁买烟给他，一五一十，分毫不差给钱。吃饭喝酒，一拓埋单。原则问题，一拓拿捏得恰到好处。工地一百多双眼睛看着，一不小心就跌入万丈深渊，人设崩塌一切就完了。

张老板来，拎着一箱大樱桃，一箱浏阳河酒，一盒高级点心。荞麦不知道张老板喜欢吃什么。张老板说，小嫂子，你就简单一点，我开车也喝不了酒。一拓说，张老板爱吃杀猪菜。正月里，上哪弄杀猪菜？棒槌沟的人家，年前几乎全撂倒了圈内的猪。一拓常年不在家，他不清楚哪里买得到杀猪菜。荞麦一拍脑壳，想起镇上小两口饭店，他家一定有杀猪菜。荞麦每次去邮局寄信时，碰到紧挨着邮局的小两口饭店，门口一棵梧桐树下，摆一张方桌杀猪，有时是一只羊，有时是一头牛。那回，荞麦来邮局取订阅的杂志，小两口饭店正在杀牛，一头黄牛，身体老迈，不叫也不喊，就那么被屠夫宰割。荞麦发誓再也不吃牛肉，荞麦想起自家养过的黑花牛，帮家里耕地劳作，老了老了，父亲没舍得卖，最后老死在房后的一块沙地上。日子穷巴巴的，父亲想埋了老牛，二叔不让，二叔找人劈扒了老牛，卖了肉，把钱给父亲了。小两口饭店为招揽生意，杀活羊活牛活狗活猪。荞麦恨他们，也阻止不了什么。一拓的衣食父母来了，荞麦不好好打点哪行。荞麦看看手机，上午八点多，骑自行车到镇上要半小时。一拓陪张老板，脱不开身。荞麦梳洗了一下，涂了大宝，擦了口红，推出搁在厦子里的自行车，擦了擦灰尘，穿上蓝色羽绒服，上路了。

说来也巧，小两口饭店初六有一家孩子过十二岁生日，在他店里大摆筵席。杀活猪是必不可少的一个环节，荞麦去的时候，一头猪已经被肢解，有人往店里拎猪身上的肉，荞麦之前见过小两口，虽然没说过话。荞麦进了店，一女服务员问荞麦想吃饭还是啥，荞麦说，我找你们老板有点事。女服务员说，有事你直说，老板忙着呢。荞麦心想，一个伺候人看人脸色挣钱的，牛气啥？嘴上却说，我想买点肉和骨头、血肠。我家来客人了……不卖！这是人家订好的，怎么说卖就卖了？荞麦说，我买不了多少，你就告诉老板一声，行个方便呗！女服务员说，你这人咋那样，不卖就是不卖，啰唆什么？没看我们在忙。荞麦不放弃，走了七八里路，两手空空回去没法向一拓交代。嘈杂声引来小两口饭店男掌柜的，他倒是和气。荞麦说，我家一拓的老板来了，从大连开车几百里来的，他就喜欢吃杀猪菜，大正月的上哪弄杀猪菜？我就想到你们饭店，王老板，帮个忙吧！也许是众目睽睽之下，也许是喜庆的日子，王老板不想扫大伙的兴，就答应了。荞麦不仅买到两块猪腿骨头，一根灌好血的猪大肠，还有一块猪皮！荞麦抹了额头的汗，突然觉得，小两口饭店杀活牛活羊活狗不可恨了，牛羊猪活着不就是给人消费的！荞麦这样想着，心里就轻松多了。

荞麦回家后，捞出缸里腌渍的酸菜，切成丝，生火，把昨个自己劈好的柴火抱进灶屋，架着火，炖杀猪菜。一拓和张老板坐在炕上，聊工程的事。荞麦插不上嘴，也不想打扰他们。男人的事，荞麦基本不掺和，每年一拓去南方或者在北方做工程，她大多保留自己的意见。夫妻之间，有时候也不能干涉大了，都是成年人，具备自己的思想和行为方式。荞麦不阻拦，不代表不关心不爱一拓。当初，一拓跟着张老板干，两人用的是诺基亚手机，过了年，一拓一走，就用诺基亚打打电话，交流几句完事。荞麦说不想一拓是假的，攒了一肚子的话，等手机响了，和一拓接通后，两人居然没话说了，一拓问家里的母猪生了没？地里的谷物长啥样？儿子乐乐成绩如何？荞麦一一答复，然后，就沉默了，荞麦话到嘴边，又咽下。一拓说，没啥事，我就撂了。荞麦就发现自己很蠢，想一拓又不丢人，也不是想别的男人。荞麦想得急了，就写字，写小说。把说不出口，不能对人说的话，全写在文章里。荞麦不管自己写的字发不发表，就是写。像种地一样，荞麦稀罕种地。她和一拓、乐乐，一家三口有六亩责任田。一个果园，栽了上百棵梨树桃树。一拓在家那几年，乐乐小，果园兴旺着，两人打理果园，种几块地，一拓在附近打打零工。老婆孩子热炕头的日子，挺幸福的。棒槌沟出去的刘老四，开着面包车回来招人，招瓦匠木匠，供吃供住，一个月三千，一拓红眼了，不去在家受穷，果园规模也小，种地收获的粮食卖不了几个人民币。刘老四就是个例子，他出去后召集泥腿子，组织一个基建队，南征北战，没少划拉钱，在城里买楼了，家里的五间房子也重新翻修了。谁不羡慕？刘老四说了，不会木工瓦工有现成师傅教，怕个啥。刘老四坐在荞麦家的炕沿上，劈头盖脸说了一大通，一拓还吸拉嘴。刘老四说，咋？放不下荞麦？要不带上荞麦？省得搁家长草儿。一拓红了脸，瞎叭叭啥。我去！刘老四收拾了一车青壮劳力，去了南方。刘老四是二包头，大包头就是一拓现在的张老板。

一拓从出去做工程后，人干净了，吃穿也讲究了，不像在家种地那会儿，饭菜咸淡，吃饱了就成。一拓的裤子，裤线笔直，哪天衣服裤子有褶子，他晚走也得给抻平整了。荞麦大大咧咧惯了，乡下的日子本是粗枝大叶，大碗大盆可着劲造，一拓讲究起来，令荞麦心烦。大碗一律不用了，一拓亲自去镇上门市部，选花边白瓷碗，二号的碗。盘子，要有形状的，三角形，四方形，圆形，选好碗盘，还要选筷子。原来用的是木头筷子，一拓说配不上花边碗和盘子，精挑细选，选了竹筷子，白色的竹筷子，搭配着精致的碗盘。喝水的杯子、茶壶，也是配套的。一拓的世界精致起来，什么东西与精致靠拢，就琐碎，荞麦没招儿，荞麦眼睁睁看着一拓将他们用过的碗筷杯子塞进碗橱下面不闻不问，就像把之前那些一起走过的日子，统统处理掉似的。荞麦有些难受，又不好说什么，荞麦就写小说，写了很多很多。

张老板正月初六，在荞麦家狠狠吃了一顿杀猪菜，边吃边啧啧称赞荞麦的厨艺。张老板说，小嫂子，工地缺个做饭的，你做吧。反正，乐乐读高中住校，到了月末，你俩往他卡里打钱就是。荞麦不是没想过和一拓夫唱妇随。荞麦就是不想离开棒槌沟，她认为棒槌沟是她写字的理想地方。不能走，一走就回不来了。那天，张老板提到了刘老四，刘老四换车了，自己做大包头，刘老四不但换车，也将他同甘共苦的老婆换了。荞麦听了后，心沉了一下，又一下。一拓说，这不稀奇。一拓说不稀奇？荞麦感到意外。一拓以前对这种人义愤填膺，恨不得拿刀剐了对方。一拓怎么说出这样不负责任的话！荞麦想不通，想不通一拓说的话。

　　一拓是初六这天坐张老板的车去的广州。他们走高速也快，一拓走的时候，留下他用过的三星手机，让荞麦用，荞麦的诺基亚才光荣下岗。荞麦打开一拓的手机，见通讯录和所有的聊天记录删掉了，删得很彻底。荞麦笑了笑，想干什么呢？自己和一拓同床共枕这么多年，不足够了解他吗？不够爱吗？

2

　　一拓一走快半年了，荞麦和一拓的电话越来越少，也没什么说的。倒是乐乐每周末回来一趟，陪荞麦过个愉快的星期天。荞麦放下手里的活，给乐乐做红烧排骨、糖醋鱼，烙茄盒子，包水饺。园子里有一铺炕大的韭菜，天旱不打紧，幸亏有眼老井。荞麦的菜园子，从来都翁郁着，不枯竭。东边一畦辣椒茄子，一架黄瓜，一藤芸豆，几垄土豆，几株西红柿。墙根活着几十棵苞米苗，半个世纪的老枣树，也抽出嫩叶了。西边园是生菜、小葱、胡萝卜、小白菜，墙上攀几只倭瓜苗。有老井水喂养，荞麦的菜园生机勃勃。这是荞麦最自豪的事了，比荞麦写的小说好多了。荞麦的小说，寄出去之后，石沉大海，偶尔打个水漂的是某杂志编辑的退稿信。就片言只语的退稿信，也会令荞麦兴奋好几天，梦里都是那编辑手写的字，墨香四溢。荞麦也有过伤心，小说最后被扔进废纸篓当垃圾处理了。日子细细碎碎，从早起做饭，喂鸡喂猪，喂了自己，扛着家什下田干活，出一身臭汗。晌歪歪了，回来吃一口早上的凉饭，眯一觉，打个盹，接着干农活。棒槌沟夏天的夜来得晚，七点以后黑天。吃

110

了饭，人们有的到棒槌沟三德子的日杂店门口歇凉。买一根冰棍哑，称一两瓜子嗑着，拉拉瞎话。三德子会来事，日头没下去，搬出板凳、木椅子，大柳树底立一音响，把门口那一疙瘩地儿，打扫得一尘不染，让乡亲们来歇脚。实则，卖他的货。地里旱，没法子。有人说，求菩萨保佑，下一场雨。有人接茬，泥菩萨过河，自身难保，能保佑你？说归说，该怎么活还是外甥打灯笼，照旧。急有什么用？半下午的时候，天上过来一丢丢乌云，年长的说，雨不远了。不远有多远，哪天下雨？对方捋捋白胡子说，也就三两天，最慢四五天。都笑，不笑，哭给谁看？去年的粮食尚有剩余，人也就不太急。男人女人聚在三德子日杂店，随着音乐跳舞，那种舞荞麦见过，在电视里，叫什么曳舞，对，曳舞。物以类聚，人以群分。荞麦不跳舞，也不会跳。他们跳舞唱歌，拉呱，荞麦就借着月光，写小说，把对一拓的思念写在小说里。她不想让一拓知道，自己想他。一拓从来不看荞麦写的字，一拓说荞麦的字，和尚都嫌弃，臭。荞麦想，一拓不看也是好事，免得他对号入座。说荞麦朝秦暮楚什么的，一拓的智能手机，荞麦不会用。乐乐耐心地教荞麦怎么上网，如何加好友微信，又教荞麦网上传稿子，不必一趟一趟去镇上邮局。荞麦读过高中，不笨，乐乐一点拨就会。学会网上投稿后，荞麦高兴了几天，就又怀恋骑自行车去镇上邮局寄信的快乐。一个人的云淡风轻，稍稍打扮一下，穿一条麻纱褐色连衣裙，白皮革凉鞋，长发绾在头顶，清清爽爽的，踩着一路鸟语花香，上路。经过三德子日杂店门口，有人会问，荞麦又写书了？荞麦发表几篇了？荞麦是不是镇上有相好的？荞麦，你家一拓你可看住了……荞麦点点头，表示一下，继续骑车。

一拓不反对荞麦写小说，他也没时间管荞麦，工地上的事多，一波一波的。一拓不来电话荞麦慢慢也习以为常了，男人忙。南方的钱不好赚，一拓说过，有一次他带着人上混凝土桥墩，水泥和沙子的比例没协调好，前半夜上好的，结果下半夜桥墩塌方，一下子损失好几万。一拓是代工，不找他找谁？好在张老板讲究，把责任担过去了，罚款的钱，他出。张老板讲究，一拓不能属屎壳郎子，也掏了一笔钱。至于多少钱，一拓没说，荞麦也没问。一拓就是这样，他想说的，不用荞麦问。他不想说的，荞麦抠也抠不出来。上周乐乐在家时，问过荞麦，一拓的工资卡在谁手里？荞麦打个眼，臭小子，你怎么突然问这个？乐乐低沉地说，老娘，现在的女人，最精明的做法，就是把控男人的工资袋。三尺门里是丈夫，三尺门外，就不知是谁的丈夫了。乐乐提出的问题，在荞麦这还真是一个问题。一拓头几年在外打拼时，腊月回来把藏在内衣里的一沓钱，朝炕上一甩，喏，荞麦，收好，别丢了。想买啥，出门坐客车到县城买。别人有的，你也要有。荞麦捏着钱，能捏出水，怎么会大手大脚花？一拓打工太不容易了。荞麦看着棒槌沟的女人，这个戴金项链，那个戴金耳环、金戒指。荞麦什么也没戴，荞麦要下地干活，要上山砍柴，要跳进猪圈起粪，给猪羔子喂奶，荞麦一天到晚和泥土，和牲畜打交道，戴金戴银，弄丢了咋办？荞麦就像她的名字一样，好养活，好对付。荞麦，一到五月初，棒槌沟的人，腾出一块坡地，不用下粪，将荞麦种子撒在翻过的地块，覆上一层薄土，搁几日，就出了苗。再过一段时间，开出洁白的小花，有一股淡淡的清香。待结籽了，任鸟儿啄，风儿吹，泼实，自然成熟。不及芍药花高贵，比那些只有欣赏价值的花，要实用一百倍。荞麦是父亲给起的名字，生荞麦时，也是五月，荞麦的父亲，捧着一个葫芦瓢，瓢里盛着黑乎乎的荞麦种，打算去房后那片黄泥地撒种。接生婆，吴妈报喜说，是丫头。荞麦的父亲瞅了一眼襁褓里的荞麦，就叫荞麦得了，转身拉开门出去了。荞麦明白，父亲对她的到来不满意。棒槌沟的人，老少辈重男轻女的多。父亲也不例外，荞麦不怪父亲。父亲好赖还供她读完高中，是荞麦自己不复读了，不怨父亲。

　　一拓有了银行卡，密码什么的，荞麦不知道，一拓也没告诉她。腊月底来家，到正月末，也就一两个月时间一拓是属于荞麦的，其他月份是一拓的自由空间。他随心所欲地挥霍，荞麦眼不见，心不烦。有人善意提醒过，男人生理需要强烈，一拓年轻，不找地儿泄出去还不憋坏了？荞麦嗯嗯呀呀应付，说不出什么。眼见为实耳听为虚。有人说，一拓工资多少，有外捞，荞麦知道不？荞麦说，当然知道，我的男人我能不知?！实际上，荞麦不知道，有了银行卡之后，一拓回来，荞麦一分钱看不着。一拓说，钱在卡里，用钱时，我自然去取。说是这么说，家里的日常花销，都是荞麦卖猪羔子，卖苹果，卖鸡蛋鸭蛋换来的。就连乐乐读书的钱，也是荞麦一笔一笔，省吃俭用攒的。一拓振振有词，一家人分什么你我。花谁的不行？荞麦一年的收入，也就够支撑家里花费的，攒不了钱。一拓的卡里究竟有多少存款，荞麦不知道，一拓说十几万，后来又说七八万。荞麦越不计较，一拓越理所当然了。

有一拓在，荞麦也踏实，他说，稻子旱了，绝收，有我呢。一拓说话对荞麦来说，很有分量的。一拓是家里的顶梁柱，荞麦再坚强，伟岸，也是女人。荞麦嫁给一拓不就是找个依靠？

荞麦去镇里，不是上邮局，她是接到一个匿名电话，打电话的是一个男人，北方口音，荞麦查了一下是广州那边的公用电话。那个男人说，荞麦，你是荞麦吧？不要问我是谁，你最好查一查你丈夫的通话记录。荞麦说，为什么查这个？你诈骗？男人说，我咋骗你，你有钱吗？如果我诈骗你，早直接诈你了，和你废话干吗？荞麦想想也是，那你到底何意？你认识我丈夫？电话那头，冷笑了一声，岂止认识？梁一拓，他左前胸有一个黄豆粒大的黑痣，额头有块指甲盖大的胎记，睡觉爱磨牙，打呼噜，放屁。你查不查是你的事，再见。

一拓在广州不假，这个匿名电话也是在广州，对一拓身体和生理的明显特征也了如指掌，看来是比较熟悉一拓的人。

荞麦把自行车支在移动通信公司门前，进了屋，这看看，那瞧瞧，硬是没好意思张嘴。营业员问了三遍，大姐想买手机，还是办理其他业务？荞麦说，看看。女孩就没再搭理荞麦，坐在椅子上摆弄手机去了。荞麦磨蹭了一圈，看柜台里各种型能的手机，看来看去，都是很贵的机子，也就没得看了。女孩起来烧水，又问了一句，需要什么服务？荞麦咬着嘴唇，吭哧瘪肚说，查一部电话。女孩皱了皱眉头，查电话？电话带来没？荞麦摸摸后脑勺，没带。给你们号码，能查出来不？女孩冷漠地回敬，查不出来，我们也没这项业务！女孩拿起拖把，拖地。荞麦一看，下逐客令了。赶紧出来了，一拓的手机号码她记得很清楚，末尾数字是3456，好记。这样也好，一旦查出一些阴暗面的东西，荞麦的心情会很糟糕的，还不如糊涂一点好，郑板桥不是说过，难得糊涂嘛。

荞麦想到这，不禁庆幸自己没查一拓的电话，该感谢移动通信公司的那个女孩。

荞麦到烤面包的店，买了一包刚出炉的面包，又去门市部给自己选了一支粉色的发卡，一条质地柔软、做工考究的胸罩，割了一坨瘦肉，二斤荔枝，明天就是周末了，乐乐爱吃荔枝，包一顿酸菜猪肉馅饺子犒劳犒劳他，来年就高考了。人生的转折点，不能含糊。

3

荞麦想了很久，也没想通，那个匿名电话想让她知道什么？一拓有故事了？或者，这些年，一拓自己保管着工资卡，另有隐情？荞麦想到那天，刘老四开着大吉普车，回棒槌沟，他左手上戴着好几个金戒指，偎依在他身边的女人，又换了一张新面孔。一个比一个年轻，珠光宝气的，挽着刘老四的胳膊，就像父女俩。刘老四回棒槌沟这次不是显摆，他要出资为棒槌沟修路，修了路，他将在棒槌沟搞一个旅游景点。棒槌沟群山环绕，有一大片桃树林，杏树林，林子里有一处温泉，棒槌沟的人，几代人都用这泉水洗澡，洗衣服。一年四季从地底往上喷涌清澈的泉水，久而久之，形成一个深潭。

水安静地流向下游的河。刘老四说，可惜了泉水，前些年就琢磨开发利用。没钱谈不了开发。眼下，刘老四想让棒槌沟的人都富起来。旅游景区搞起来，这里的人都会受益，刘老四说，请一拓监工，盖一幢复古的四合院，在桃林、杏林深处。如此一来，春暖花开时，桃花灼灼，杏花烂漫，一片远离喧嚣和市井的世外桃源。四合院里有人间烟火，有火炕、火炉，有石磨、石碾、石臼，有毛驴、牛羊、兔子。刘老四回来后，就没走。镇里主管经济的海书记，以及棒槌沟的马村主任，鞍前马后陪着刘老四考察、调研。

荞麦想，刘老四这是衣锦还乡，回报棒槌沟人？他一个一个换女人，怎么就没人嚼舌根子？有人戳在三德子日杂店门口，说，刘老四这是能耐，有钱能使鬼推磨，没钱能使磨推鬼。尿泥汉子，讨不上一个老婆。吃不到葡萄怨葡萄酸，人翻脸比脱裤子还快，忘了，几秒钟前，大讲特讲刘老四抛妻弃子，不道德。

荞麦想不明白，就不想了。荞麦就把匿名电话的事说给乐乐听了，乐乐说，查电话号码？放着现成的人不用，颠儿颠儿跑镇上，真愿意动弹。乐乐就出去了，也没说去哪儿，乐乐是午饭后走的，回来的时候，天擦黑了。荞麦焖好了红豆米饭，炖了一条黄花鱼。荞麦说，去哪儿了？乐乐说，回了趟学校。荞麦说，吃饭吧。

乐乐夹了一只鱼眼睛放嘴里，嚼着。妈，你怎么不问我干什么去了？

荞麦说，你想说就说了，不用问。

乐乐扑哧笑了，老娘，我做了一次侦探，哈哈，老爷子说什么也不会知道，他的底细被查个精光。哎，娘啊，你可要保守秘密，不然，这查个人隐私的事，犯法呢。

荞麦的手哆嗦了一下，饭碗险些扣在桌子上。

乐乐说，别紧张，老娘，老爷子目前还算正常，你就把心放在肚子里吧。

荞麦一个劲地给乐乐夹鱼，乐乐嘴里塞得满满的，娘，你想撑坏我啊？荞麦不知怎么，就是开心，浑身像卸下几千斤重的巨石。

铲车，吊车，翻耕机，轰隆隆开进棒槌沟的那个上午，荞麦端着一盆衣服，去那条温泉洗衣服，很多穿橘黄色工作服的人，围在桃树林杏树林边缘，商讨着什么。荞麦看见棒槌沟的马村主任，和刘老四站在队伍中间，比比画画的。荞麦像做了一场梦，真的要搞旅游开发？刘老四来真的了。荞麦衣服也不洗了，凑在棒槌沟的男女老少后面，看西洋镜。

刘老四眼尖瞥到了荞麦，他扯着嗓子喊，荞麦，荞麦，你家一拓电话给我，我联系他。

荞麦想说，你们原先不是在一块干过工程？有钱后，把一拓这泥腿子拉黑了？刘老四说，你磨叽啥子？我换了手机，把一拓号码忘了。

一拓好像没同意刘老四，刘老四也不是省油的灯，他立即把电话递给镇政府的海书记，搬一座泰山压着一拓，面子问题。一拓松了口，说先跟张老板商量商量，毕竟，广州的工程还没竣工。海书记微笑着说，那随时保持联系。

刘老四的旅游景点，马上动工。棒槌沟热闹起来，荞麦是在月亮爬上柳树梢时，接到一拓打来的电话，他说，荞麦，快端午了，我想吃你做的荞麦凉粉了。

荞麦撂下电话，打开电脑文档，月色清凉，门前坡地上的荞麦开花了，玉白的花朵，被风一吹，满山遍野的香气。荞麦很流畅地敲完这篇小说。关了电脑，荞麦洗了个澡，躺在床上，她在想，明天去镇里把稿子打印出来，投给一家大杂志试试，但愿荞麦的《荞麦花开》在杂志上开出惊艳的花朵。

归　来

◎于洪涛

多日不见徐武。曲金红打听大队刘书记，才知道徐武回城了，已经在518拖拉机厂上班。她做梦没有想到怎么会这样，回家哭了半宿。

第二天，她一不做二不休，乘坐大客车进城找人。鼻子底下有张嘴，不信找不到他。

好容易找到518拖拉机厂，门卫不让进，还问她："找谁?"

"俺找徐武。"

"他是你什么人?"

"俺是他……不是，是他表妹。"

"厂子有规定，上班时间不准找人。"

"俺有急事。"

"没有领导批准，谁也不放。"

曲金红被挡在门外。没关系，只要确定他在这里上班，她不愁等。

下班了。曲金红从匆忙的人群里看到徐武，虽然激动，但没上前喊他，而是留了个心眼，跟在他后面。七拐八拐，走进一片密集的平房区。再经过一段狭长的胡同，在一座低矮的小房跟前停住。

徐武开门时，她出现在他面前。吓他一跳，愣眼看她，回身堵在门口，问："怎么会是你？"曲金红眼含泪花，说："兴你连个招呼都不打，就不兴俺来，是你不讲究……"

徐武为自己辩解，说："妹子，你是农村户口，咱俩不合适，你还是回去吧。"

正这时，走来一位挎包老太太，冷着脸看她。曲金红从面相上猜出是他母亲，主动迎上去，拉住老太太的手，说："伯母你好。"老太太略显迟疑，问道；"你是谁？""俺叫曲金红，是你儿子对象。"她实话实说。

老太太望眼身后，说："姑娘别激动，有话进屋说。"进屋后，徐武这才缓和语气，说："妹子人长得漂亮，人又善良，但是咱成不了，你对我的好都记在心里，以后还你。"曲金红说："现在说这些有用吗？早知如此何必当初，俺也没逼你。"徐武又说："俺家这条件你都看见了，我送你上车，给你买票。"曲金红说："这么晚了，你让俺往哪儿走。"

曲金红这才注意到房子的拥挤，两间屋子，灶房放不开一张桌子，卧室除了炕没地方。娘俩睡一铺炕，中间挡着帘子。没发现卫生间，上厕所得去外面。一旦结婚，确实没地方住，但动摇不了她。

晚上没走，曲金红和老太太睡炕，徐武在灶房打地铺。

这才知道徐武父亲去世得早，老太太在一家工厂当会计。曲金红以为凭借自己是公认的村花，人长得漂亮的先决条件，会打通老太太，结果她错了。老太太开导她，你落不上城市户口，安排不了工作，婚后没法生活。曲金红说，只要能嫁给徐武，受苦受累哪怕要饭俺都认。

车轱辘话说到天亮还是不行。曲金红这才说："你问你儿子他都做了些什么，用不用一起到医院检查。"老太太听出话外之音，为儿子开脱，说："可也是，你们年轻人做事不计后果，不像我们那时候。"把曲金红说哭了。

曲金红没有走的意思，白天他娘俩上班，她一个人在家。徐武晚上不回家，在厂子凑合。

　　曲金红到厂子找他，门卫把她挡在外面不让进。曲金红就在外面等他，一连几天都这样。

　　那天她从厂子回来，碰见徐武从家里出来。她很纳闷，明明在厂门口盯着，难道是长翅膀飞回来的？曲金红堵住他，不让他走。徐武心急，告诉她，我母亲心脏病犯了，住院了，我是回来拿衣服的。还把包里的衣服拿给她看。她这才信了。老太太说话和和气气，没和她动过态度，住院有可能和自己有关，她很自责，想跟徐武去医院探望。徐武塞给她一百块钱，说你还是回去吧，母亲见你会格外上火。徐武是坐车走的，跟不上他。

　　几天不见徐武和老太太。又找不到医院，曲金红又来到工厂。门卫以为是来闹事的，找来两位身穿制服的人，其中的一位，门卫称他李科长。

　　李科长告诉她，准备和当地政府取得联系，让大队干部接你回去。这一招果然好使，所有这些都背着家人，不想在他们面前暴露，名声比什么都重要。曲金红很快妥协，答应马上回去。

　　出了厂区门口，她想了想，又去了徐武家，结果是锁头看门。她在外面转悠一会儿，从破烂堆里找到一个铅笔头和一张纸，歪歪扭扭写下一行字：徐武哥，既然咱俩没有原（缘）分也就算了，钱我收下，全（权）当路费了。祝伯母早日康复。曲金红。然后将纸条从门缝塞进去。

　　离开徐家时，眼角滚出两行泪水。

　　其实，又老又丑的徐武和她并不般配，还不是因为他城市户口的魅力。遭遇这次挫折，即便是这样，依她现在的想法，起码找个吃商品粮的。找徐武之前，她就是这么想的。

　　这码事过了不长时间，媒人介绍在公社拖拉机站上班的林成久，她想分散一下注意力，答应见面。林成久被曲金红的美丽所打动，他这头没有问题。

曲金红也可能是和徐武赌气，也可能基于林成久不在生产队挣工分，按月开支，和吃商品粮的国营职工差不多。鬼使神差，她答应了这门亲事，

从认识到结婚不足两个月，曲金红除了要台自行车，没要彩礼，林成久等于白捡个俊媳妇，高兴劲就别提了。

曲金红虽然没嫁到城里，为了追求完美，对男人要求过高。男人不爱看书，硬逼他看《钢铁是怎样炼成的》，肚子里要有墨水。男人不讲究打扮，硬逼他做头型，抹头油，形象上要帅气。男人不爱惜自行车，硬逼他勤洗勤擦，骑出去要有气派。每天要叮嘱三遍，挑三拣四，简直快把林成久逼疯了。

这等于揠苗助长，经过一段时间，她感到心有余而力不足，根本不可能实现。重要的是不尽如人意的地方太多，婆家条件太差。林成久排行老二，结婚不久便分家另过。老人的五间房，林成久和大哥各得一间，大哥老丈人出钱在外面买了三间房，林成久的两间房有大哥一间。另外三间房老三和老人住在一起。公公是公社干部，退休后老三接班，安排在粮库上班。

曲金红有所不知，林成久现在的差事，也是他父亲为了平衡老二，找公社一把手办的，可见老人的良苦用心。曲金红不这么看，为什么是老三接班，而不是林成久，说明老人偏心。因为两者的含金量不一样，老三吃商品粮，端的是"铁饭碗"，林成久农民身份没变，端的是"泥饭碗"。

还有，曲金红他们分家时，除了有数的瓢瓢罐罐和几块咸腊肉，基本没有什么大件。这不，咸腊肉坛子又要见底，她支派林成久找母亲要。

林成久把咸腊肉要回来，还有苹果和糖块。曲金红却不知足，嫌给得太少，还不够塞牙缝的。

听说苹果是公公和老三赶上元旦分的，曲金红嘟嘟囔囔，说：

"同样在单位上班，你怎么没有？"

林成久说拖拉机站比不了国营单位，没有这个先例。

曲金红气不打一处来，说："你还有脸说，当初真是瞎了狗眼。"林成久搞不明白，为什么现在她说出的话像刀子，和婚前判若两人，总往他身上扎？

老三媳妇儿找林成久，问他有没有工夫，老三捎信来，去粮库拿东西。我衣服没洗完，没工夫去。

老三在粮库当化验员，比当官的还有实权。收粮定等，全凭化验员一张嘴。哪个生产队都不敢怠慢，纷纷和化验员套近乎，一到这个时候，送礼的人应接不暇。

一听说到粮库拿东西，曲金红当然支持。老三媳妇儿还说，不管什么东西，拿回来，你们自己留着。

林成久找老三拿完东西，见他身边没人，便说："最近又和你二嫂闹别扭，嫌我没分东西。"老三说："这好办，明天你过来，我给你点东西，就说是你单位分的。"林成久当然愿意，看来还是兄弟，关键时刻管用。

第二天，老三不知从哪儿弄来面和油。林成久带回家，谎称是单位分的。曲金红果然高兴，脸儿也晴了。

乱泥头生产队送粮检不上等，生产队长老胡找曲金红帮忙。曲金红答应试试，坐上他们的手扶拖拉机，来到粮库。

两个人来到大门口，看到老三忙得不可开交，正拎着铁锥子捅麻袋，把稻粒放在嘴里，咬出嘎嘣声。每辆车都是这套娴熟的动作。送粮的人围在他身边，后面拖着长长的尾巴，眼巴巴瞅着管生管死的老三。

老三那里插不上话，她和老胡来到后场，看到装粮的麻袋包都卸在地上。老胡告诉她，老三说水分超标，建议拉回去晾晒几天。咱生产队以种植业为主，主打产品就是水稻。一个等级相差二三分钱，全生产队近千亩水田，平均亩产七百多斤，也能卖个二三百吨。

每斤少卖三分钱，也能少卖万八的，并不是小数目。大伙忙活一年，白瞎那么多，谁不心疼。

又回到大门口，曲金红瞅空和老三打个照面，老三弄明白怎么回事，示意他们等会儿。曲金红告诉老胡，老胡说不急，不过这下他心里有底。

曲金红头戴绿色头巾，身穿粉红色棉袄，站在门口简直是一道风景，广受瞩目。

曲金红特羡慕老三，甚至在想，凭她的相貌，想当初找对象怎么没遇上小叔子这样的，看来人这辈子有时候就是命，命八尺难求一丈。还是老三媳妇儿有福，不愁吃不愁穿，甩手掌柜，坐享其成。

老胡告诉她，手扶车缺油，准备去加油站。曲金红说正好我也想去。

拖拉机站进入曲金红的视线。老远望见林成久提着油桶，站在院子里左顾右盼，身后是灰突突的厕所，挨着是挂着一排铁锹、扫帚、灭火器、耙子之类的黑铁架子，农机配件商店少有人走动。和热闹的粮库相比，拖拉机站是另一块境地，显得无精打采。

因媳妇儿在身边，林成久显得热情不足，紧张有余。用油手握住老胡，油桶里的油溅到老胡身上。这等于打了曲金红的脸，原本她是想在老胡面前显卖一把，意思是，徐家哪都有人。这可好，油钱分文没少，老胡还赚了一身油，让她哭笑不得，白来一趟。

曲金红他们回来的时候，老三还在捅麻袋。直到天快黑了，剩下的送粮车不多。老三才把嫂子和老胡叫到跟前，来到后院，拎起铁锥子，捅几下，咬了咬稻粒，说："这次你们就不用拉回去晒了，正常情况，应当定在三等以下。看在二嫂的面上，定一等吧。"老胡可高兴了，拉住老三的手，一个劲说谢谢。

为什么让她和老胡等到现在，曲金红到现在才明白，可见老三的良苦用心，没想到平时闷头不响的他，心机不少，令人佩服。

老胡派人送来两只大公鸡和三十个鸡蛋、三十个鸭蛋，四条活鲤鱼。意外收获，让曲金红有了惊喜，正好补补身子。

曲金红的肚子越来越大，结婚五个月孩子出怀。婆婆没想到会是这样，又不好意思问。

那天林成久下班回家，曲金红让他到婆婆家要萝卜。

母亲包菜饼子，本想给儿子送去。林成久来了正好，把菜饼子端上来。等儿子吃完了，母亲这才说："不知你媳妇儿临产期是哪天，我觉得月份不对，外面说什么的都有。"林成久早就怀疑，但他没问，也问不出来，面对母亲，他唉声叹气说不出话。

母亲心疼儿子，说："外面说什么咱不管，咱过咱的日子。"母亲生就一副菩萨心肠，这方面，林成久遗传母亲，又容不得别人说他戴绿帽，半天才说："曲金红追过下乡知青徐武，后来听说去城里找过他。"母亲说："他俩的事咱说不清楚，这都是命。"林成久说："总感觉窝囊，抬不起头，这事摞我身上，摞别人早就出头了！"母亲劝儿子，说："咱不干傻事，人家不会承认，俗语说得好，让人三分欺，过后找便宜，更何况，孩子是无辜的。"

林成久把萝卜拿回家，还和往常一样对待媳妇儿，看不出两样，连他自己都佩服。真是内心惊涛骇浪，面上风平浪静，都是母亲调教的结果。晚上睡觉，曲金红要他看肚子，搂着她睡。林成久经不住撩拨，翻身趴到她身上。

只是婆婆来的趟数少了，少了些嘘寒问暖。那天婆婆送两棵白菜，看了眼曲金红的肚子，刚想走，却被曲金红拉住，要她做婴儿衣服。婆婆回说："我老眼昏花，一天不如一天。"曲金红没有强求，说："为难的话，现成的也能对付，俺不嫌弃。"婆婆说："凑合做吧，剩布剩料还有，还是新的好。"

曲金红知道，嫁给了林成久，等于是屈就，没有达到人生的理想境界，可这又能怪谁呢？走到哪步说哪步话，现在这个样子，起码犯不上得罪婆婆，需要她的地方多了。

曲金红闹胎，呕吐得厉害，干不了活需要人照顾。林成久有时下班不及时，常遭曲金红数落："人都这样没有人管，这日子没法过。"林成久这才发现她憔悴了许多，心生怜悯，忍气吞声听她吩咐。曲金红质问他："好些日子没拿钱回家，你都干吗去了？"林成久实话实说："拖拉机站的工资改为年底一次性开，我也说了不算。"曲金红流泪了，说："家里一分钱没有，找了个假工人，活该点背，我受骗上当啦。"林成久听出来，除了要钱，曲金红还要自尊，不过，那点工资确实不够花。

林成久明白，当务之急是解决经济危机。没办法只好求助老三。老三说："钱我可以借给你，但我不想让你弟妹知道，这样吧，有个两全齐美的办法，我一次性借给你二百，然后每个月借给你五十，就说你预支的工资，和国营单位职工一样按月开。"

林成久当然愿意，还存有顾虑，怕瞒不住让曲金红知道。老三说："知道咱再想办法，办法总比困难多。"

得了钱的曲金红不在这方面计较，这码事算过去。老三那二百块钱他没交，存在手里，以便应急所需。

曲金红想到公社医院做 B 超，检查一下胎位，看看是男孩女孩。林成久想用自行车驮她，曲金红不同意。林成久又求到老三。老三找辆手扶拖拉机拉她。公社医院也是老三托人托脸。曲金红佩服老三的神通广大。

结果出来，林成久得知怀的是男孩，他小有兴奋。从医院回来，对她关爱有加。

生孩子若依婆婆，想找庙后的家贵老婆接生，因为在当地小有名望，手法不错。这种想法和曲金红有所分歧，她相信医院。最终以曲金红的意见主导，钱不够不要紧，林成久把老三的二百块钱拿出来，告诉媳妇儿和老三借的。不足部分找母亲筹。

在医院生完孩子回来，婆婆第一时间登门探望，随身带来鸡蛋和小孩衣服。扫了眼孩子，发现孩子随曲金红，长得白白净净，天生美男子。曲金红感受到婆婆的冷淡，笑说："妈，又给你添个孙子，多了个接户口本的。"婆婆说："儿子难得慌，你看我，一辈子操劳。"

从曲金红家出来，婆婆忍不住流泪了。当初林成久和曲金红成亲时，就担心林成久驾驭不了漂亮媳妇儿，结果照道来了，不听老人言吃亏在眼前。

月子还是婆婆伺候的，一个月很快过去。婆婆无微不至的关怀，打动了曲金红，坐完月子想给婆婆买件衣服。毕竟婆婆经历的事多，以后还要靠她。

多一口人，多一分开销，林成久微薄的工资捉襟见肘。早不想在加油站干了，想找点别的活多挣点。可曲金红不同意，依她的想法，以后没钱和你妈要，你父亲有退休金。

有一次孩子生病住院，又拉下饥荒。曲金红哭着说："简直不是人过的日子，经常这样不是办法。"林成久最怕曲金红说这种话，当真离婚，凭她现在的姿色，找个小伙有人信。林成久没办法，只能哄她，劝她。

曲金红一般很少回娘家，刚结婚时，林成久骑着崭新的自行车驮着她，周围邻居都羡慕她找个好婆家。过段时间，她没脸回去，主要是她过得不尽如人意。林成久是社办企业职工，不吃商品粮，她怕暴露了，面子上过不去。

问题是孩子大了，花销也多，不能总靠借钱过日子。那时刚兴开饭店，老三粮库开的。集体经营，用工都是内部职工，人手不够，想招一个临时工。老三媳妇儿问她想不想去。其实巴不得她去，挣点钱好还饥荒。曲金红也想挣点钱补贴家用，顾虑在孩子身上。老三媳妇儿说，这好办，咱有婆婆。曲金红想想也是，除了婆婆再没有第二人选，让林成久去问。婆婆不糊涂，满心不愿意，为了儿子只能勉强答应。

就这样，曲金红去粮库饭店上班，镇上离家五公里。上下班由林成久接送。

曲金红生完孩子以后，皮肤更显光鲜，少妇丰韵犹存，给饭店增色不少。不过活也挺累，端盘子、抹桌子、拖地，样样不得清闲。后来饭店虽然照顾，却也少不了忙碌，疲劳的她，回家拱到炕上就想睡。问题是，婆婆把孩子送回来，虽然不再给孩子喂奶，总要给孩子整点吃的，哄他睡觉。

　　林成久习惯和她睡在一个被窝，不在她身上用点力气他睡不着。但曲金红没有心情，她要求分睡。林成久拿她没有办法，只能依她，一天早晨，林成久实在憋不住，拱进她的被窝，撕扯她的衣服。曲金红手挠脚刨，阻挠他的进攻。林成久收敛了自己，败下阵来。

　　这除了男人没钱，还因为到饭店上班以后，看到有钱人大手脚消费，说话办事落落大方，派头十足。再反观自己的男人，简直是蚂蚁勒豆腐，提不得，曲金红越发看不起他。

　　有一次走冰雪道，林成久差点把曲金红摔了。曲金红下车，干脆独自行走。

　　林成久无奈，推车跟在后面。看到曲金红高挑的身材，优美的曲线，那两步简直就是模特步。林成久这才感觉相差悬殊，配不上她，担心在酒店节外生枝。不让她干不行，家里还有饥荒。胡思乱想之际，后面来辆胶轮车，司机好像认识她，把她拽上去。看到渐行渐远的胶轮车，加剧了他的失落感。

　　下午下班，林成久去饭店接曲金红。前厅没有，问她同事，说没看到，一个女服务员告诉他，跟一个男的出去了。

　　原来曲金红早晨上班的时候，一进饭店的门，看到一个人正在吃饺子，感觉面熟。等那个人抬头时，才发现是徐武。两个人都感到意外。

　　曲金红对徐武有一肚子怨气，本不想搭理他。是徐武主动和她说话，两个人才有了接触。徐武这才知道她在这里上班。告诉她，工作才调整，我在单位管供销，拖拉机站配件商店欠我们钱，快到年底了，我是来算账的，昨天来的。

胡子拉碴的他，城里口音没变，还有磁性。人最怕接触，内心深处那个结还没解开，见了面却消去大半。徐武又要了盘花生米、一盘猪耳朵和一杯酒，要曲金红陪他坐会儿。毕竟是曾经的恋人，难免勾起对往事的回忆，曲金红坐下来。

　　交谈中，得知徐武结婚了，因女方有外遇，两个人离婚，育有一个女儿，孩子归女方，现在他和老妈相依为命。房子也换成大房。曲金红说到自己时落泪了。因为对面这个男人，是孩子的亲生父亲，徐武可能还蒙在鼓里。为了是否生下他，她犹豫过，最终还是硬着头皮生了。她在考虑该不该告诉他，鉴于他喝了酒，感觉时机还不成熟。

　　徐武感叹自己的人生，说："我庆幸当过知青，是没下过乡的人体会不到的，农村贫困，不代表农村不好，忘不了善良朴实的农村人。回想起来，那段经历拿多少金子都换不来。"

　　曲金红说："你真是这样想的吗？可是心里话……"她说不下去，眼里闪着泪花。

　　徐武想抱她，基于这里是她工作的地方，怕别人看到，于是他选择回避，去了趟卫生间。在外面逗留一会儿，这才回来。

　　徐武问她男人叫什么名字，干什么的，曲金红一句话搪塞过去。其实农机配件商店和加油站一个院子，只是她不想说。

　　曲金红擦干眼角上的泪水，坐在那里不吱声。徐武要了壶热水，给曲金红倒上，说："我愿意吃大铁锅烀地瓜，尤其锅底烧干了，烤出的地瓜特别好吃。"

　　曲金红笑了，说："你就那点出息，改天我给你烀，保证能烀出你想要的效果，没事看看孩子，可讨人喜欢了……"

　　徐武说："是吗，瞅时间看看，我特喜欢小孩，是儿子吗？"

　　曲金红不无自豪地说："儿子，不过……"

　　"不过什么？你可别说孩子像我。"

　　"这话当真，如果真像你咋办？"

"不可能。这样，我一定去看看。"

她越这样说，徐武越想去。

曲金红转了话题，问他："今天走不走？"徐武说："钱没要回来一时走不了。"完后给了她二十块钱，说是给孩子的。曲金红不要，他硬塞给她。

两天不见徐武，你说怪不？她特想见他，可能知道他还独身，她那颗受伤的心又死灰复燃，有些话还没说完。曲金红后悔分手时没问他住哪儿。住旅店的可能性较大，镇上只有供销社一家旅店，离粮库饭店不远，几步远的路程。于是她去了。

屋子里很暗，一位老年妇女坐在那里织毛衣。见她却非常冷漠。曲金红主动打招呼，问："姐，想问下，有个叫徐武的在这住店吗？"老年妇女这才抬眼，上下打量她一番，说："没有。"曲金红还不甘心，又说："是小个子男人，城市口音，人挺黑的。"老年妇女拧紧眉头，说："我都和你说过了，没有。"曲金红往走廊瞅了瞅，希望徐武立马显身。见她还戳在那里，老年妇女问："你是他什么人？""表妹。"老年妇女斜她一眼，把桌子上的破夹子打开，翻了翻，说："妹子，我真没骗你，没有这个人。"

回来时，老远就看到林成久在饭店门口翘望。她头没抬眼没睁，林成久却笑脸相迎。进屋后，林成久伸手烤炉子。曲金红用热水洗了把脸，坐在椅子上一声不吭。

林成久站起来，停在她身后。曲金红气不打一处来，说："滚远点。"林成久嘿嘿笑着，说："天快黑了，咱俩走吧。"曲金红嚷起来："要走你自己走，不用管我！"

曲金红和林成久刚进家门，婆婆便告诉孩子病了，不愿吃东西，有点低烧，有可能是戒奶戒的。曲金红不愿意听，再加上心情不好，便说："和戒奶无关，是不是冻感冒了。"婆婆待了会儿想走。林成久同情母亲，想劝两句，但他插不上话，没法说。

母亲临走时说："饭都做好了，吃完饭，去卫生所找赵大夫看看，不能拖了，孩子没假病。"

这时候天快黑了。俩人本来又冻又饿，回家又赶上孩子生病，别提有多闹心，曲金红抱着孩子，在屋子里来回走。可能是感受到母亲的体温，孩子温顺得像小羊羔。林成久心里着急，插不上手。

林成久把锅里的饭端出来，两个人简单吃点。给孩子喂几口饭，曲金红盯着孩子红彤彤的脸蛋，说："咱去卫生所吧。"用厚被把孩子包好，两个人一前一后走出家门。

天完全黑下来，视线有些模糊，林成久把灯笼拿来。曲金红不让拎。林成久知道她嫌寒碜，灯笼比不上手电，但他们家没有，没办法，不让拎就不拎吧。

赵大夫测量体温果然低烧，扎了一针，又开了些药。赵大夫做赤脚医生多年，治常见病比较拿手。嘱咐他们明天观察一天，不见好转再来。

孩子服药后果然有效，在爸妈跟前撒娇。婆婆不放心，一早就来看孙子。曲金红想上班把孩子交给她。林成久和婆婆都不大同意。

挨到第三天，孩子见好。曲金红还想上班，要林成久把孩子送给婆婆。林成久不想这样，说："过两天吧，饭店那头我去说。"曲金红却说："没必要，要不再等一天。"林成久拧不过她，不再坚持。

曲金红到农机配件商店打听徐武，得知他还没走。又来到供销社旅店，这回她动了心思，买了瓶档次稍高点的雪花膏。这一招果然管用。老年妇女一反常态，主动和她搭话。又问了问徐武的长相之类。这才说出实话："你说的这个人，是宁主任的关系，只住了一宿。"

也许是找人心切，曲金红去供销社宁主任办公室。果然发现徐武在这儿，人还没走。这才知道宁主任也是知青，和一位农村姑娘结婚，后来安排在供销社上班，几年后提职为主任。由于两个人是同学，关系不错，徐武到农机配件商店催款受阻，怕回去交不了差，找宁主任帮忙。宁主任联系拖拉机站农机配件商店王经理，王经理出门，答应回来处理。徐武一时走不了，在供销社旅店住了一宿，之后便睡在宁主任办公室。

曲金红问他："你是不是躲我，咱不是说好了第二天见面吗？"徐武说："不是这样，主要是钱要不回来顾不上。"

曲金红说："上次你甩了我，我不知哭了多少回，好容易见面，有些话还没说完。"想说孩子是他的亲生骨肉，话到嘴边又收回去。

徐武说："咱这不是见面了吗，没关系，咱有的是时间，以后可以常来常往，到时候，你可别嫌弃我啊。"刚想拉她的手。曲金红脸一红，打了他一下。忽听门响，是宁主任回来了，徐武赶紧把曲金红介绍给他，虽没直说，但聪明的宁主任马上猜得八九不离十。

宁主任告诉徐武："王经理答应下个月给钱，小家子气，想抹点零角，我没表态，这样吧，你和领导商量一下，给我回个话。"

徐武起身想走。宁主任说："你现在走也行，正好我有车到市里进货，晚上回来，饭咱以后再吃，别忘了带上妹子。"

曲金红一听说有车，就想借机出去散心，这段时间太憋屈了，说："俺想沾个光，想跟车去趟市里，几年没去了，晚上再跟车回来。"

宁主任说："装货需要时间，不能着急。"曲金红说："那样更好，我去江边看看光景，再到动物园看看动物。"其实，还有更深层次的原因，只不过……她还没想好。徐武赶紧说："我给你当向导，费用我全包。"

饭店那头曲金红请了假。林成久不用打招呼，反正晚上回来。

和徐武坐在一起，有说有笑，又不耽误看外面的光景，感到心情特别愉悦。

他俩在车站下车，和司机约定好会合的时间，货车到指定地点上货。

车站这地方几年没来，感到既熟悉又陌生。曲金红看到主楼上的大钟，回想起几年前，也是在这个广场，狼狈不堪的她叫天天不应叫地地不灵的场景，还不是为了身边这个男人……

车站广场人很多，她下意识拉住徐武的胳膊。被他甩掉，往前小跑起来，她跟在后面，想喊他，看到一位妇人从人群那边斜插过来，一副恋人般的笑容，小鸟似的迎向徐武。她紧跑几步，小声问他，那女的是谁？他没有吱声，示意她离远点。

既然搞不清楚那位妇人是谁，还不能鲁莽地跟下去，只能放缓脚步，保持距离，但仍在视线之内，好在那位妇人没有发现她。目标越来越近，那位妇人扑到他的怀里，他推她一把，斜睨身后。

曲金红看不下去，回身跑到购票大厅。

她不等货车了。买完车票，便坐上回返的大客车。路旁的田地、树木、房屋……所有的一切的一切，包括既熟悉又陌生的那座城市，渐次抛向后方，不留半点痕迹。感觉自己飘向高处，站高望远，极力寻找远方的那座城市，但她寻觅不到目标，问谁谁都不知，反问她那座城市是谁？急得她大喊大叫。

旁边的人推她，问她喊什么，小点声！她说："我喊我的儿子，儿子，儿子你别跑，等等我……"

铁　条

◎薛　雪

那天铁条来找我，让我做二东的律师。他比以前更瘦也更黑了，头脸和露在衣服外面的手、胳膊黑中泛黄，像一根生了锈的铁条戳在我面前，屋里顿时暗了几分。

说完了案情，我留铁条吃饭，他坚持要走，从怀里掏出一沓钱放到桌子上，说，我知道你现在是大律师，这点钱你看不上，就是个意思吧。我把钱塞给他，说，你儿子的官司我免费给打。他用水汪汪的露风眼看着我笑了下，露出了满嘴白牙。

铁条曾是我老家黄村三小队队长，因为他长得又黑又瘦，像烧红了冷却后变得青黑的铁棍子，个子又细高，叫棍子显粗，就得了个铁条的外号。他不避讳人们叫他的外号，比他年长的、辈分大的直呼他铁条，小年轻的喊他铁队长，他都乐呵呵地答应。

我十八岁时，高中停课，我回村参加劳动。刚好赶上秋收，大队组织我们这些学生娃观摩三小队社员劳动场景，我第一次见识了铁条在农田里的气派。

秋日的暖阳照射金黄的玉米地，三十出头的铁条队长一马当先领着社员割玉米，只见他瘦高的身子起起伏伏，一手揽着玉米秸秆，一手挥镰，突突突，唰唰唰，那些站立的玉米秸秆就在他身后躺倒了一大片。我们这些从校门里出来的小年轻，刚领教过这累腰累胯能把手磨出血泡的活，想想心里都打怵，但是看铁条干得这么轻松，那些齐刷刷站立的秸秆就像等着他来一样，他的手一伸，秸秆便前赴后继地倒下。跟在他后面的人似乎一直在追赶他，却总和他差着一米多距离。割一会儿，他直起腰回头，黝黑的脸在阳光下闪闪发光，他龇着白牙一笑，挥舞着镰刀，拉长了音吆喝，加油啊！同志们。

领我们去的大队书记梁棒子一手叉腰一手往田里一指，大声说，看见没？这就是铁条队长，你们年轻人啥时候能跟他一样，就是一个合格的壮劳力了。

我心里对铁条很佩服，几百米长的四根垄他不坐不歇一口气割到头，他细高挑的身子里该积蓄着多少取之不尽用之不竭的力量啊。

我还见识过铁条驯马的手段。那是队里新分到的一匹烈马，几个车老板帮着他费劲巴力把马套进一驾马车，那马又蹦又跳还专往路边河沟里奔，只见铁条稳稳地站在车耳板上，一手拉着车闸，一手握着鞭子，车底下制动的横木磨得车轱辘钢圈吱嘎作响，伴随着铁条"吁吁"的吆喝，他握鞭子的手一挥，只听啪的一声，蛇一样弯曲的鞭子像一根僵硬的铁棍子落在了马的耳根上，那马前腿一软一下子跪在地上，众人惊呼，以为铁条会被晃摔到车前去，没想到他就势一跳跳到马头前面，迅速转身，双手握鞭，大喊一声，鞭子带着啸声啪的一声抽在马的另一边耳根上。那马挣扎着站立起来，四腿发抖通身冒汗，像水洗了似的。以后我再见到这马时，它已经成了一匹脚力强劲干好活的辕马。

在我高傲的心里，村里只有极少几个人令我佩服，铁条算是一个。

我和铁条的深交是从干仗开始的。

我因为在一场救火中表现积极，保护了国家财产，被火线提拔为黄村大队副大队长。尽管是排在最后一名的副大队长，但也是大队干部。大队干部都要到小队蹲点，和广大社员群众同吃同住同劳动。因为心里对铁条队长有了钦佩，我就主动要求到三小队去。

对我的到来，铁条虽然黑脸上挂着笑，龇着白牙说欢迎欢迎，但我总觉得他的笑和话都有些假。我家在一小队，离三小队差不多有四里地，为了好好表现，方便工作，我要求住在三小队。铁条看了我一眼，大概是觉得我年纪轻轻的却腿脚懒，不愿意起早贪黑来回跑。但他什么也没说，把我安排到他家东里屋，外屋住着他的老爹老妈和他的两个儿子大东和二东。他和老婆住在隔着一个厨房的西屋。我不回家的时候就吃住在他家，和他一起上工下工。虽然是大队下来蹲点的干部，但我啥也管不了，也不会管，派活儿派工都是他说的算，谁干什么，车去拉啥，由他一手指派。他也不给我派活，让我跟着他，或者让我去队部跟着饲养员喂牲口。我本来想好好表现再弄个先进啥的，好招工进城，或者调到公社也行。可是在这里我浑身有劲使不上。没有正经活干，我就常往家跑，有时候晚上不回铁条家住。

这期间我和大队书记梁棒子的女儿金玲谈起了恋爱。我和金玲从小学到高中一直都是同学，在学校谁都不看谁一眼，看也是横眉冷对表现得一身正气的样子。没想到停课在家彼此间却有了好感。

那天我从队部出来，没去找铁条，自己在三小队的范围内转悠着。到这蹲点一个多月了，哪块地是三小队的，又都种的什么，我竟然不知道。闲着也是闲着，不如认认地盘。出了村子往西走，眼前是一条土路。这是一条机耕路，路两边是成片的玉米，叶子都已泛黄，斜插在秸秆上的玉米棒子顶着红胡须，鼓胀胀的，散发着成熟的味道。刚下过一场秋雨，路泥泞不堪，鞋子几次陷在泥里拔不出来，我干脆脱了鞋光着脚挑比较硬的地方走。这条路前面是铁路，铁路的那面是王村，隶属于另一个公社。我沿着路往前走，想到路基上转转。

驾，驾！吆喝声夹杂着响亮的鞭声由远而近，车轮碾开泥泞黏滞而水淋淋的声响从我身后传来。我急忙闪到道边，三驾马车从我身边依次而过，马蹄溅起的泥浆和车轮驶过挤漾出来的泥水喷了我一身。我使劲跺跺脚，冲赶车人的背影喊，喂，怎么赶的车？不会慢点？三个车老板一起回头，人人嘴角都叼着旱烟卷，他们稳坐在车耳板上，后背靠着车厢板，手握长鞭，使劲晃荡着双腿，冲我一笑，扬起鞭子齐齐甩了个鞭花，催动着马车疾驶而去，在被雨水泡得松软的土路上留下两条长长深深的车辙。

这三辆车应该是王村的，他们怎么走到这儿了？眼看着就要秋收了，雨后的机耕路不能走车，保持平坦晾晒干了，马车运送粮食、秸秆才不能误车。可是这条路让他们碾压出这么深的两条车辙，咱秋收时还咋走？不行，这事得赶紧跟铁条说，让他派人看着，再不能让那些马车从这条路上过了。

晚上，我去了铁条家，把这事跟铁条说了，没想到他淡淡一笑，说，两个村紧挨着，谁能碰不到谁，走就走呗。

我问，他们为啥要从这走，难道没有别的路了？他说，有倒是有，但是进城得绕挺大一圈，走这条路近，能省不少时间。我说，他们是把时间省了，可咱的路不祸祸完了吗？他不咸不淡地说，割地的时候组织社员把路平一下，不耽误。

听他这么说，我心里的火就上来了，不高兴地说，凭啥呀，他们把咱的路压坏了，咱还得自己出工修？

他看看我，许是被凉风呛到了，一双眼睛水汪汪的，他喘口粗气说，不早了，赶紧洗脚睡觉吧。说完，他转身进屋，把我晾在了外面。

心里憋闷，晚上就睡不着，我琢磨得把这事解决了，到半夜的时候我有了主意。你铁条不是不管吗？我管。

第二天一早，我找了几个年轻人，掐准了时间，在路上堵着。果然，我们刚到了一会儿，那三驾马车就耀武扬威地从西边过来了。

眼见着马车驶近了，我们分成两伙儿站在路的两边，手拿着铁锹，虎视眈眈，我站到路中央，抬起手臂示意马车停下。快速行驶的马车虽然放慢了速度，但没有停下来的意思。眼看着离我很近了，我大喊着停下，可是赶车的人不为所动，既没拉闸也没喊"吁"，任由马车继续往前走。我跳到路边，从一个伙伴手里夺过来一把铁锹，既不能往人身上拍也不能拍马，慌急之中把锹塞到车轮下，立起锹刃想要别住车辐辘，车轮毫不费力地把锹碾倒，压了过去，我抽出锹又塞，依然无济于事。这时几个伙伴手拿着铁锹一起站到了马头前面，车老板这才大喊"吁，吁"，拉动车闸让车停了下来。三个车老板纷纷跳下车，走在前面的是个四十多岁精干的男人，留着一抹小胡子，他笑眯眯地看着我，问，干吗啊，哥们，好好的拦什么车啊？我气喘吁吁地拄着铁锹，厉声说，我是副大队长，现在向你们提出严正警告，从今天开始，这条路不许你们走了。

"小胡子"一愣，瞅瞅我，又瞅瞅他身后的两个同伴，转过头问我，为啥啊？这走得好好的，为啥就不让走了？我说，你看你们把路都压成啥样了？咱还怎么拉秋？

"小胡子"挠挠头看看路，又看看我，说，是铁条队长让走的，不信你问他去。我没好气地说，我谁也不问，这条路以后你们就别走了。没想到他冷笑着说，那可差着点，一扭身冲两个同伴一摆手，大声说，上车，走！

三个人相继上车，"小胡子"坐在车上松开了车闸，大鞭子使劲耍了个花，炸出一粒脆响，他嘴里大喊一声："驾！"套上的马咴咴叫着，猫着腰就往前走。

我心里的火噌地就蹿到了脑门子，对着伙伴们大喊一声："上！"这帮小子早就等得不耐烦了，叫骂着举起了手里的铁锹。

"住手！"从我们身后传来一声喊叫，这声音盖过了我们的吵嚷声，我回头一看，只见铁条在泥水里一边向这边跑，一边使劲挥舞着手臂。他跑到我们跟前，顾不上喘匀乎气，就把我拉到旁边，急切地说，可不敢动武啊，出了事可咋整。我脖子一扭说，我还没见过这么横的，今天看他们走一个试试？看不拍扁他！铁条泛着汗水的黑脸油光锃亮，像刚跟沥青里捞出来似的，他水淋淋的目光盯着大伙儿，说，千万别动手。又转过头压低声音跟我说，你怎么这么鲁莽呢？别忘了你可是副大队长，前途无量啊，可别为了这点事毁了前途。听他这么说，我才冷静下来，冲站在路中央的伙伴们摆摆手，大家闪到了路边。铁条跟我说，先让马车走吧。我不解地问他，干吗就得让他们从这走呢？路压成这样，你不心疼？铁条叹口气说，这事我会跟你解释。

我和铁条一起去了大队部。因为铁条说他收了车老板的东西才让他们走的。这能行吗？我觉得自己发现了什么新动向，没听他往深了说，拽着他就走。他倒也不挣扎，乖乖地跟着我走。

听说我为这事检举铁条，梁棒子哈哈大笑，说，铁队长拿路换东西这事我知道，我同意他这么做的。

我愣住了。听我爸说，梁棒子上过朝鲜战场，为了照顾老爹老妈主动要求转业回来的，因为他脾气倔不徇私情，所以才得了个梁棒子的外号。我很奇怪，这样的一个人怎么能支持铁条干这种事呢？

梁棒子看出了我的疑虑，笑着说，王村沙土地多，出产地瓜，每年起完地瓜都给铁条送去一些，条件就是让他们的马车走那条近路。铁条收到地瓜后就分发给村里的几个五保户，贴补他们的粮食不足。你说，副大队长，这样的事我该不该支持？

我很意外，说，原来是这样啊，他也不跟我说明白啊。铁条龇着白牙笑嘻嘻地说，你也不容我细说啊。梁书记说，这事不能张扬，咱心里知道就行了。

事说开了，我倒有些不好意思了，就有心不在铁条家住了。他看出了我的心思，拉着我就出了大队部。

后来有个哥们跟我说，咱都被梁棒子和铁条蒙了，听说那个跟咱较劲的"小胡子"妹妹跟铁条搞过对象，不知道为啥没成。我那时和金玲私下处得越来越黏糊（我怕金玲她爸看不上我，再加上我俩都没到二十岁，就偷着好），顾不上深究到底有没有这事。

金玲偶尔会到铁条家找我，有一次她来的时候，铁条一家人出去串门了。我和金玲肆无忌惮，一不小心就睡到了一起。

一天上工的时候，铁条提醒我说，年轻人搞对象要有深浅，金玲可是书记闺女，千万别出什么问题，出了问题你的前途就没了。我嘴上答应着，心里却很不以为然，一个小队长，成天把前途挂在嘴上。我想问他，你和铁道西那个对象没成，是怕影响前途？话到嘴边我咽了下去，毕竟是传的瞎话，不知道真假。

三个月以后，金玲紧张地跟我说，可能是怀孕了。我一听头发根子发炸，这还了得，如果她怀孕的事被别人知道，咱俩这脸往哪搁？梁棒子还不得剥了我的皮？还什么前途，一切都毁了。

县医院妇产科大夫是我高中同学的姐姐，我和金玲偷偷进城，找她给看看，确定金玲已经怀孕两个月了。我俩当时就慌了，求同学姐姐给做人流，可人家说啥也不干，说没有手续没人敢给做，还是想别的办法吧。

我俩垂头丧气地回到黄村。我整天吃不下饭睡不着觉，金玲也不敢来找我了。铁条发觉了我的变化，一天晚上把我叫出屋外，问，是不是出事了？我开始不承认，挤出笑容连连摇头。他死盯着我看，屋内橘黄色的灯光透过窗户照在他的黑脸上，使他看起来很怪异。我在他水汪汪的目光注视下，轻轻点了点头。他在原地打着磨磨，像一根黑棒子搅着一缸酱油。他在我身前站定，问我，是真心的不？我脱口而出，当然，这事能扯淡吗？他点点头说，嗯，是真心的就好，但是现在这孩子也不能留。你别着急，我给你想办法。

三天后，他又把我叫到屋外，告诉我说事妥了，邻县一个乡卫生院院长是他亲戚，答应帮忙。

我谢过他，就偷偷把金玲叫出来，把这事跟她说了，谁知她说啥也不去了，说就算宁可被她爸打死也要留下孩子。我磨破了嘴皮子给她摆事实讲道理，她就是抹眼泪不说话。没办法，我只能回去跟铁条把情况说了。他黑着脸不说话，转身进屋，半天才出来，说，你去把金玲找来，让你嫂子做做她工作。

后来金玲跟我说，铁条两口子连哄带劝吓唬她，她才答应了。很长时间她都挺恨他们的，不过后来又想，要不是人家热心帮忙，咱俩这命运不知道会是啥样呢。她说自己拿不准是该感激他们还是该恨他们。

后来梁棒子托人给金玲找了个民办教师的工作，转正后又调到了县交通局。我因为年轻有为，又立过功，被招工进了轧钢厂。我一边工作一边自学，准备司法考试。我说不清自己为啥想学法律，反正学得很努力，几年后取得了律师资格证，就和别人合伙开了一家律师事务所。

我父母走得早，他们不在我就很少回村了。金玲倒是常回去，回来就说一些黄村和铁条的事，说黄村的玉米地大多都改成了水田，铁条在旱改水的过程中，被评为了县劳模，但不知为啥还是三小队队长。我的脑海里出现了他细瘦而有韧性的身影，黑又亮的脸上那双水汪汪的眼睛笑眯眯地望着我。我想，抽空得回黄村看看，又不远，几十里地。

却一直都没能回去。

转眼又是十几年过去了。自从我岳父岳母不在了以后，金玲也好几年没回黄村了。突然有一天，铁条来找我。铁条比以前瘦了，脖筋鼓凸，手掌筋骨毕现，不过他的精神头很足，眼神活泛，完全不像六十多岁的人。我和他开玩笑说，现在生活好了，你咋还那么瘦？他嘿嘿笑着说，我就算天天吃鲍鱼海参也不胖，就这体格，没办法。

玩笑开完了，铁条说，现在黄村已经成了大棚西瓜专业村，原来的土地上不再打一粒粮食，全种了西瓜。村里的主路都修成了水泥路，但是那条通向王村的土路，不在指标内，一直没修。现在不是马车运输的年代了，来拉瓜菜的都是能装几十吨的大卡车，又窄又泥泞的机耕路根本进不去，瓜菜只能用小推车往出推，累死个人不说，还耽误时间。卡车司机和货主急得火上房，说时间就是效益，你们耽误的是金钱呢，这路得赶紧修，再不修咱可不来了。

铁条说，梁书记要是活着，修路这事还能显着我？我这是被乡亲们鼓动着，赶鸭子上架，不来不行啊，大家伙都知道咱俩关系好啊。

我知道他的心思，偏笑着说，打官司找我行，修路我可帮不上忙。铁条笑眯眯地看着我说，弟妹不是在交通局工作吗，让她帮着想想办法，怎么说她也是黄村人，人不亲土还亲呢。这是她爸不在了，要在，还说啥哩。说完，直拿眼睛瞅我。

我说，我跟她说说看，你先回去等信吧，不一定成。笑容把他脸上的皱纹聚拢到一起，说，别不成啊，让弟妹费费口舌，怎么也得把这事促成了。我心里没底，没敢表态。

送铁条走的时候，我问他，听说当初旱改水的时候你没少出力，后来又把水田改成了瓜地，你舍得吗？他两手握在一起揉搓着说，开始可不舍得嘛，总说以粮为纲，这不种粮食种起了瓜，心里绕不过这个弯。但你叔我不是个迂腐人，能跟上形势，知道咱已经不缺粮食了，缺的是钱。我不仅把自家地都扣上了大棚，还在王村租了地。现在咱村人的大棚啊，都扣到铁道西去了。

我说，行啊，队长不当了倒成了种瓜大户。他嘿嘿笑着，说，都啥年代了，哪还有什么队长，再说我也不是当官的料，就领着大伙儿干活行。

晚上回家，我和金玲说了铁条让她帮助协调修路的事，她吃惊地看着我，说，这么大的事你也敢答应人家？别忘了，我只是一个后勤科长。再说修路有政策，哪条路该修哪条路不该修就连局长也不能自己就定了。我说，你就把情况跟领导反映反映，能行更好，不行拉倒。

说完了，这事也就算过去了。我总觉得金玲对黄村的事，特别是铁条的事不积极，就没再催她。催她也没用，像她说的，她不过是个小小的后勤科长。

没想到一个月后，金玲突然跟我说，局里正好有计划，要把一些连接两个村子的土路修筑成水泥路，不过需要村里出一部分钱。你告诉铁条，让他们找镇里往上打报告吧。金玲说完，瞥了我一眼，又说，在老家的时候，听兰子她们说铁条在王村有个相好的，他这路到底是为啥修的，你知道吗？我笑着说，你也太八卦了吧，就算他有相好的跟修路有啥关系。金玲笑笑不再说话了。

我赶紧给铁条打电话把情况说了。听得出来他很兴奋，连声感谢，叮嘱我一定要把谢意转达给金玲。

三年前的一天，我正走在街上，突然听见有人喊我的名字，我回头，一个四十多岁男人笑嘻嘻地冲我直摆手，一边快步走上来，一张脸闪着黝黑的光泽。我恍然大悟，二东，是你？他笑着点点头，告诉我他是来看设备的，没想到在街上遇到了我。我拉他进了街边的一个小饭店，叫好了酒菜，我俩边吃边聊。二东是铁条的二儿子，小时候就能说会道，脑子快，调皮，现在四十出头，人变得更精明了。我问他，你看啥设备？他说，想开个小厂子。我说，出息了，要成企业家了。他笑笑说，八字还没一撇呢。

吃喝了一阵，我问他，那条路修了吗？他很快反应过来，说，啊，你说通往王村的那条路啊，早就修完了。别提了，修那条路费老鼻子劲了。先是我爸跟村干部挨家收钱，那真是一步一个坎啊。人就是这样，路不好走发狠狼言说要修路，一动真格的，一家三头二百的，却都不愿意往外拿了。我爸配合村干部挨家求爷爷告奶奶，总算是赖巴巴把钱凑齐了。人家交通局来规划，说原有的路才三米宽，太窄了，最低也得修条四米宽的路，加上旁边的排水沟，一扑腾，怎么也得有七八米宽的地方。我说，我记得那条路旁有条排水沟啊。二东笑着说，叔你是不知道啊，一家家的扣棚子都扣疯了，挨着排水沟的干脆把沟平了扣上了大棚，挨着路的也都或多或少地往外延伸。现在地长钱哩，金贵了，是能占点就占点啊。

我在村里那会儿，村里常有两家为小园地夹杖子闹矛盾的。拉着线刨沟，歪一寸都不行——你想拱我的地头儿，没门。

我笑着说，那这路还咋修？二东也笑了，说，可不没法修了咋的。扣上大棚了地就成了他家的，谁也不扒棚子，我爸他们磨破了嘴皮子也没用，还有人风言风语说我爸争着抢着修路另有目的。叔你说气人不？把我爸气得不管了。可也对得起，第二年端午节前下了一场大雨，没有排水沟疏通，积水就漫进了棚子里，把就要成熟的瓜泡了。这还不算。那条路你知道，下完雨多少日子进不了车，瓜熟了也运不出去，很多瓜就烂在了地里。这下好，下秋的时候，没等我爸去找，那些人都拥到咱家，主动提出来扒棚子倒地方，说这路还得铁条张罗着给修起来。这路也才算终于修上了。

　　二东一边说着，一边颤悠悠地晃着脑袋。他长得很像他爸，脸上却多了一些我说不上来的神情。

　　那天回家，我把铁条托我打官司的事跟金玲说了，说他给我钱我没要。金玲淡淡地说，你多余做那个好人，人家又不差钱。我说，我知道他不差钱，可是凭我和他的交情，能收他钱吗？金玲看看我，冷笑着不说话。

　　隔了几天，铁条又到办公室来找我，却不问案子的进展，坐在沙发上唉声叹气，连我给他倒的茶都不喝。我劝解着他。他抬起头，水汪汪的眼睛望着我，莫名其妙地问了句，我是不是老了？

　　他确实老了，黑瘦的脸皱成了干巴巴的橘子皮，乱蓬蓬的头发几乎全白了。我问，你过七十了吧？他点点头。我说这事过去了，你就别干了，在家养老吧。他看看我，苦笑着摇摇头，没接我的话茬，连连说，这事怪我，怪我，怪我啊！

　　见我奇怪地看着他，他说，我是怪自个儿没把那块地让给二东开厂子，那块地就在你拦马车的那条路旁边，路修得又宽又平坦，来回走车很方便，倒是适合开厂。但我不赞成二东开什么厂，地种得好好的，开的什么厂呢？多好的土地呀，都建了厂子，咱这辈子是把钱赚了，子孙后代吃啥喝啥？二东却说我老脑筋，有了钱想吃啥没有，子孙后代是大家的，儿子孙子才是自己的，多给儿子孙子攒钱才是真格的。我到底还是没把地让给他。他就去王村租地建起了厂。没想到厂刚建好，就被人举报占用基本农田，结果厂子被强拆了，本就损失了一大笔钱，地的主人让他把地恢复原貌，恢复完原貌又跟他要损失，他一气之下与对方起了争执，一冲动就捅了人。你说这是不是怪我？我要是硬不让他建厂，或者让他在自家地建厂，就不会出这事了。他叹口气接着说，我要是不赌气，去他的厂里看看，就能早点知道二东租的是他家的地。

我问他，地的主人你认识？他的面皮抖动了几下，说，我也是才知道，他捅的人是宋老大妹子的儿子。我反问，宋老大？他说，就是差点跟你干起来的车老板，你叫"小胡子"的那人，唉，你说这不是作孽吗？

往事在脑子里排山倒海，夹杂着铁条和小胡子妹子的传闻。我又能说什么呢，只能好言安慰他。他说，我也想开了，二东把人伤了，对方有啥要求，就答应了吧。说完便起身告辞。我送他出门，他的腰弯着，像一根铁棍在中间打了个弯。想着他以前虽然也瘦，但是腰板挺拔有弹性，我的心里很不是滋味。

二东的案子很简单。因为铁条积极做了赔偿，得到了家属的谅解，我又在法庭上尽力辩护，二东被判了三年。

从法庭出来，铁条脸上难得有了些轻松的神情，腰板也比以前直了些。我又重提让他养老的话题，他叹口气说，现在还不能养老啊，二东这次败了不少钱，家里拉了饥荒，得赚钱供孙子念书，再把饥荒还上，拢着媳妇儿不走家不散，等他出来才不能灰心丧气。我说，有你铁条这样的爹，二东肯定不能差，放心吧。

一阵凉风打着旋刮过来，他使劲眨眨浑浊的眼睛，蒙着一层水汽的目光看着我，黑脸在阳光下泛着光。他一本正经地说，我都土埋到脖颈子了，以后别再叫我铁条了，我大名叫徐启亮。

我想问他，你真跟小胡子妹子相好过吗？他已经转身走了。

柳树村往事

◎侯佳林

下午放学，一到家，我便在炕沿上写起作业来，这是极少见的。因为我一贯是放学之后，定要在外面疯够了，直到精疲力竭之时才转回家中。母亲很是纳罕，问我怎么回事。我谎称老师留了作文，明早须上交。

我在纸上胡乱地写着，心里想着日里发生的事。我们下午参加了一场劳动，在校田地里收玉米。报酬是每人分到两穗玉米。回来的路上，我们都把玉米装进书包，让书包鼓起来，沉甸甸地背着。红玉是女孩子，不肯把玉米装进书包，而是用手拿着。我和毛秃、小臭和四奎走在前面，红玉、宏伟和虎林走在后面。我们一路说笑打闹地往回走。我偶然一回头，突然看见红玉的粉色书包居然挂在了虎林的肩上！

我登时失了兴致，不再说话。毛秃、小臭和四奎这几个呆子没注意这个情况，还在叽叽喳喳。红玉怎么会让脏兮兮的虎林背她的书包呢？他身上和家里一样，有一种怪味。他皮肤煞白，头发略显黄色，我们背地里叫他"黄毛子"。我从未见过他刷牙，吃完饭也不漱口，一张嘴，就会看见主食副食都嵌在牙缝里。他似乎一年四季只有一件衣服，即使"打铁"了也不洗。他的鞋子似乎没有适合的，非大即小，大了就趿拉着，小了就踩着后帮。我们都知道他是个穷小子，总是捡家里人的鞋穿。他很会踢毽子，毽子在他的脚上可以持续十分钟不落在地上，当然，鞋子和毽子一起飞起来是常有的事。我很讨厌他，但是班主任徐老师很照顾他。我看见放学后徐老师在办公室给他补习过功课，还给过他一个馒头。他学习成绩不好，可是很会干活。兼不怕脏，于是班上遇到活计，他都冲在最前面，诸如春季里侍弄花坛啦，夏季给房子加土啦，秋天给后窗砌墙啦，冬季里准备过冬的木柴啦，等等等等，为此徐老师还曾当众夸赞他心灵手巧。我对虎林的讨厌，如今因为红玉的缘故，又加上了憎恨。

他是在三年级的时候来到我们班上的。他家以前在黑龙江，听说他爸爸和哥哥都在山里放木。哥哥在一次放木时倚在树下睡着了，没听见喊山的声音，树倒时躲避不及，被砸碎了脚面骨，走路有些吃力。后来娶了山下的一个寡妇，就留在了那里。他爸爸过了五十岁，不适合山里的放木生活，就来到我们的柳树村，想靠种地过活，因为柳树村有他们的亲戚。

红玉家住在我家隔壁。她爸爸在城里做着事，只是脸上没有笑容，我们都不敢去她家里。她妈妈是个干净体面的女人，据说读过中学，说话温声细语的，她不去地里干活，也很少在村子里走动。在我们村，经常会有男人喝了酒打媳妇儿或者孩子的事，她们家没有。红玉的衣服鞋子总是干干净净的，辫子梳得一丝不苟，皮肤白白的，让人看了舒服。红玉和她妈妈一样文文静静的。小时候她总是跟在我屁股后面，不停地喊："地缸哥哥你去哪啊？""地缸哥哥，你等着我啊！"大人们总是调侃我说："地缸，早点把红玉娶回家里吧！"弄得我很难堪。于是我有时故意把她气哭。如今红玉是班上成绩最好的，是学习委员，大家都很喜欢她。我觉得日后能把她娶回家做媳妇儿也不错，就逐渐对她好起来。

班上还有一个成绩好的男生，就是宏伟。他爸爸是我们学校的老师。我很讨厌他们父子俩。我在办公室被罚站的时候，他爸爸说我是个"没出息的人"，眼里满是鄙夷，这极大伤害了我的自尊心。我讨厌宏伟是因为他身上的优点太多了。他放学后居然先去挖野菜，回来喂鸭子，又把院子打扫干净，然后再去写作业，九点一到准时躺下睡觉。他的这些习惯令我们难以接受。学习成绩当然很好，又是极有教养的，他家墙上贴着一排奖状。别人评价他是"文质彬彬"。因为他，我没少挨爸爸的鞋底子。老师批评我的时候总是以宏伟和红玉为例，让我抬不起头来。

我和我的那几个伙伴都不是乖孩子，我们不知道人为什么要去学校里读书，也不喜欢读书。我们每天除了上学，还有很多重要的事要做。毛秃是个麻秆儿，小时候体弱多病，大人担心他会死去，就起了个好养活的名字。他喜欢偷西瓜，一次被看瓜的擒获，他被逼着吃了整个西瓜——对，包括西瓜皮，这是他最不愿意被提起的灰暗的经历。他还擅长掏鸟窝，他自己说曾经在鸟窝里掏出一条尺把长的蛇来，我们都认为他在吹嘘。他看见谁家墙头上探出来的倭瓜长到人头那么大，就会把很多木棍插进去，形成一个刺猬，不久，倭瓜就会烂掉。

小臭因为一次在课堂上把屎拉到裤裆里而得名。他本名李伟，是最机灵而又善于思考的人。他擅长"穿蛤蟆"。就是把自行车车条磨得尖尖的，绑在长竹竿顶上，在水里刺青蛙，青蛙往往会被刺中下颌。扯下大腿，撒上盐，放在火上烤，味道很好。一次，他看见过年时秧歌队里有人踩高跷，便深受启发，于是开始在鸭子身上做实验。在给鸭子绑"高跷"时掰断了一条鸭子腿。鸭子没命地喊叫，虽然是自家的鸭子，他已经被吓得失了魂魄。他趁人不备，把鸭子丢进房后的一个沟里，自己躲了起来。吃了晚饭，天空现出了星星，小臭还没回家。家里人开始四处寻找，随着他妈妈叫喊的声音越来越凄惨，帮着寻的人也越来越多。一个时辰过去了，整个村子翻了个底朝上，受伤的鸭子找到了，人还是不见踪影。大家泄了气，有人就说小臭被拍花的拍走了。小臭妈听了昏了过去。就在人们打着哈气想要散去的时候，他家猪圈里传出了声音："妈，我饿了——"

后来大家一算，他和几头猪在一起和平共处了五个钟头。

四奎没有外号，名字就叫四奎。他是个机械师。他善于摆弄各种工具，尤擅用刀。他能把一个不起眼的木片削成各种逼真的物件。他计划给我们几个每人削一件兵器，分别是刀、枪、剑、戟。其实我更喜欢秦琼的双锏。

建军，开始拥有这个名字的时候我很是满足，时间一长才意识到这是多么大众化的名字。后来读中学时，我从岑参的"山回路转不见君"诗句里取了"见君"二字做名字，才觉得文雅了一些。因为长得矮且胖，大人们都叫我"地缸"，我不觉得难为情。我在学校里总是挨批评，因为成绩不好，还没有教养，在家里更是看不见好脸色。我爸爸喝完酒，他的脸一变成猪肝颜色，我就会遭殃。所以我很少待在家里，而是喜欢在田野里游走，我的理想是骑一匹黄骠马在田野里游走。我觉得生不逢时，真希望自己生长在隋末唐初那个英雄辈出的年代，过跨马提枪、劫富济贫、行侠仗义、快意恩仇的生活。我们村头住着一户刘姓人家，被划过地主成分，看见他家那个佝偻着身子、拥有瘦削的阴险的长脸和细长手指的老头，都会引发我的仇恨。我无数次地把他家种在门口的花秧子拔去，我曾经组织人员趁着夜色把点燃的爆竹扔进他家的院子里。现在想来确实有些小家子气，非好汉所为。

我写完作业，一个人走进房子后面的柳树林里。柳树枝干屈曲盘旋，垂下浓密的枝条，宛若女人的秀发。村里人对柳树情有独钟，或者已经把柳树当作神树，就像印度人对待大象。无论哪里生出一棵柳树苗，人们都会善待它，于是房前屋后、沟沿地头到处生长着柳树。柳树村和村旁的柳河的名字也许都源于此。

红玉在干什么呢？也许在吃晚饭吧。想起她，我的心里无法平静，她的小辫子一直在我的眼前甩来甩去。她皮肤白皙，是贤妻良母型的，可以做我的压寨夫人。自从上了学，她开始对我爱搭不理的，也许我的成绩太差了吧，也许我坏事做得太多了吧。我不喜欢读书，她肯定瞧不起我。可是一个男人整天读"春天来了，风轻轻地吹着"有什么用？她为什么让虎林背书包？难道我还比不上那个脏兮兮的穷小子？我开始恨她，更恨虎林。我觉得应该做点什么了。

几天后，我们几个把虎林骗到学校旁边的树林里。我们手里都握起一根柳条，把他围在当中。他起初有些害怕，问我们想干什么。我说你埋里埋汰的少和我班女生套近乎，听见了吗？他梗了梗脖子，不服气的样子。我举起柳条在他的肩上打了一下。他疼得咧了一下嘴，脚步没动，也没求饶。我向那几个人使了个眼色，四根柳条一起落在他的身上。他咬着嘴唇，身子一动不动，眼睛里却藏着怒火。我们都被他震慑了，手不敢再举起。这时上课铃声响起，我们丢下柳条奔向教室。虎林挨了打，没有告诉老师，也没有告诉家里，事情就这样悄无声息地过去了。

虎林在学校里很少说话，自从挨了我们的打，话更少了，回到家就像个大人一样屋里屋外地做事。他家里的话都让他妈妈一个人说了。他家经常传出他妈妈的抱怨声、哭闹声和骂人声。他妈妈非常后悔从黑龙江搬到这里，分到几分土地收成少得可怜，还比不上山里的日子。说他爸爸是成事不足败事有余的窝囊废，甚至撺掇他一头碰死算了。她有哮喘病，干不了地里的活计，只是在院子里种些菜、养几只鸭子而已。她总是盘腿坐在炕上抽旱烟。我曾经看见她找不到一张纸，就从墙上扯下一片糊上去的报纸，放一把烟叶，卷了个粗大的喇叭口，吸上一口，人一下子被烟雾笼罩起来，于是咳嗽不止。她总是用手去擤鼻涕，然后把鼻涕抹在鞋底子上。

有一天傍晚，他家又传出了女人的骂声："出去找哇，没用的玩意儿，迟了连毛都不见了，准是哪个黑心馋嘴的给偷去炖了！"原来他家仅有的两只鸭子不见了。虎林和爸爸在怒吼声中再次出去寻找，可是依然空手而归。妈妈接着骂将起来，嗓音再次拔高："看你个窝囊样，谁都看你都不顺眼，都骑到脖颈上拉屎了！"

太阳落下去了，鸭子还没有回来。她把一张小凳子搬到街上的一棵柳树下，坐在上面，拿着一条脏抹布，一把鼻涕一把泪，冲着全村人骂起来，骂声响彻村子上空："我们一家三口清清白白做人，没招过灾没惹过祸，哪承想处处受人欺负。你们整个村子没一个好人！你们这大人不像大人，小孩不像小孩，都是有人养没人教的玩意儿，来到你们这我倒了八辈子血霉！哪个黑心馋嘴的偷了我的鸭子，卖了钱你也得摔断腿，吃了肉你浑身长毛，断子绝孙，不得好死！偷我家的鸭子，你有血光之灾，等着看吧！老天爷啊，谁给我做主啊，这样受人欺负，我还活个什么劲啊！"村里的妇人们纷纷上去相劝，她根本不理睬，后来连劝阻的也一起骂上。人们纷纷躲避，村子成了她的舞台。哭泣、谩骂、呼号、哀告，辅助以捶胸顿足、以头抢地、撒泼打滚。夜深人静，骂声停止，人和小凳都进了屋。

第二天早上，她像去公司上班一样来到街上，带着昨天的小凳和脏抹布。除了中午回去吃饭的时间，她又骂了一整天。内容和上一天一样，还是从"我们一家三口清清白白做人"开始，只是嗓子变得沙哑，眼里布满血丝。第三天，她只骂了半天，因为鸭子找到了。

那天早上上学，我们离开家的时候，小臭偷偷问我："不会饿死吧，都三天了！"我赶紧捂住他的嘴巴，四处望了望，压低声音说："小点声，小心隔墙有耳！"真是世事难料，爸爸此时正藏在豆角架里摘豆角，听到了我们的谈话，立即跳出墙来——事情发生得太突然了，我们俩没来得及做出反应——将我俩按住了。结果我们没用过堂就和盘托出。

利用一个中午大人们午休的时间，我派小臭抓来了虎林家仅有的两只鸭子。四奎和毛秃摁着，我用两根一匝长的竹签将两只鸭子的嘴支撑起来，鸭子再也不能呱呱叫了，任凭它们怎么甩动，也不能摆脱。竹签足够长，都刺进肉里了！我把鸭子塞进猪圈的石头缝里，在缝隙处垒砌几块石头，再用几根木杆遮掩住——

鸭子找到了，没死。撤去嘴里的竹签，还能呱呱叫。虎林妈不再哭闹，收起眼泪和骂声抱着鸭子回去了。全村人皆大欢喜，没有过度追究我们的责任，这几天大家够累的了。不几天虎林妈又微笑着走进人群里去了。有人提起这件事，她就会很大度地说："小孩子嘛，哪有不淘气的，算了，算了——"

看见我们吓得够呛，爸爸也没有责罚我，只是说了句下不为例，这让我很意外。不过，过了些日子，爸爸还是找了个理由把我胖揍了一顿，我知道他不会轻易放过我的。

确实，在柳树村我们干了很多坏事。那时候，我们没有想过未来，因为每天都很快乐，以为人生就是这样的。整个柳树村都是我们的，将来我们会成为村里的"四大金刚"。我们整天在一起，就像一块铁板。还试图桃园结义，歃血为盟，永结同心，生死与共。我们的书包像我们的未来一样轻飘飘的。

上了五年级，爸爸说："你明年考不上初中，就去放猪吧！"

我打了个寒噤。

我意识到问题很严重，开始认真学习，和那几个伙伴渐渐疏远。一年后我考上了初中，三年后我上了一所中专，后来还在县城混了份稳定的工作。毛秃开了一个养猪场，听说过得不错。四奎开了一个农机修理厂，小臭四处打工，混得最惨。我们几个由于各自忙于生计，只是偶尔通通电话，二十多年没有见面。宏伟一直成绩优异，考上了北京的一所大学，早就没了联系。

红玉也考上了一所大学，我给她写过几封信，人家还是爱理不理的，我最终放弃了娶她做压寨夫人的计划。我一直没告诉红玉当年我们支鸭子嘴是为了惩治虎林，因为他背了她的粉色书包。

有一次我在街上遇见了进城拉饲料的毛秃，提起虎林。他告诉我说，虎林已经不在柳树村了。十年前他妈妈得了疯病，整天哭闹。

因为有个疯妈，虎林一直没娶上媳妇儿，前年他爸爸也病死了。后来虎林领着疯妈走了，据说去了黑龙江虎林市，因为他是在那里出生的。毛秃还说，红玉和宏伟有过一段恋爱经历，后来不知为什么俩人又分道扬镳了。还有，当年虎林一家来咱们村投靠的亲戚就是红玉家。

破嘴老翟

◎齐　林

1

熟悉老翟的人都说，凭老翟的水平，绝对是个当乡长的料。可老翟这一辈子，全毁在他那张嘴上了。

老翟原先是个城里人。20世纪60年代初缺老师，老翟初中毕业就考中了市里的速成师范班。哪承想，学成之后却被分配到了乡下。原以为在山旮旯这所偏僻的乡村小学干几天就能调回城，然而那时的老翟年轻稚嫩涉世不深，在人生的道路上就走错了一两步。从此，便在农村广阔的天地里生根发芽，最终沦为一个彻头彻尾的乡村穷教书先生。

村里上点年纪的人都知道，老翟刚来那阵儿可不像现在这样邋邋遢遢的让人瞧不起。小伙儿中等身材，长得标板儿溜直，自来卷的"列宁头"，鼻梁上架一副紫红色边框的眼镜，让人一搭眼就猜准是个文化人。那时候，乡下识文断字的人不多，肚子里有墨水，还是个教书先生，那还了得！

老翟初来乍到，说话总是文绉绉的，与人一见面，首先介绍：

"鄙人翟文斌，祖籍山东泰州，就叫我小翟吧。"乡下人不晓得泰州在哪，但都懂得师道尊严，都景仰有学问的人。于是忙不迭地说："咋好把先生称小，还是叫老翟吧！"如此一来二去，老翟这一称谓便不胫而走，村里无论老少妇孺，都喊二十二岁的翟文斌为老翟。

那时候，小学校里的老师轮流值宿护校，自打老翟一来可解放了大伙儿。老翟是外来人，只能吃住在学校。白天教书，晚上值宿，全包了。除了上边发的工资外，村里额外还给老翟记点工分，到秋后也能跟社员一起分点红。为此，老翟倒也心甘情愿。

还别说，老翟不愧是打城里来的高才生，确实多才多艺。老翟年纪轻，脑子灵，看问题颇有些独到见解。尤其是学校里的课程，无论语文、算术、常识，还是音乐、体育、美术……样样精通。不管让他教哪一科，他都拿得起来，全不在话下。

老翟刚来时随身带来一支笛子。那笛子尺把长短，紫竹的料子，被磨得锃亮，闪烁着紫光，想必是经历了一些岁月。据老翟讲，此笛是翟家传家之宝，是老翟曾祖在清廷当乐工时的御赐之物。此笛在翟家传了数代，愣是无一人吹出调来。直至到了老翟这一辈才真正派上用场。老翟能用笛子吹奏出好多曲子来，甚是好听。老翟说自己从未经任何人指点，全靠自悟。并炫耀说，这很有可能是曾祖的音乐基因不小心传承到自己的血液里。

星期天，学校里没了学生，也没了往日的喧嚣。老翟无所事事孤寂得很，就坐在学校门口的那棵大柳树下吹笛子。笛声悠扬，从老翟那摁不住的指缝间飘出来，传出很远很远，萦绕在小村的上空。惹得村里的大姑娘小媳妇都纷纷聚拢过来，观看老翟吹笛子的潇洒样，听罢一曲，便唏嘘不已，啧啧赞叹。老翟年轻气盛，见这么多人将自己围个水泄不通，便愈发摇头晃脑地吹奏起来。一首接一首好听的曲子明丽而欢畅，引来围观者经久不息的掌声。

说起来，你不得不服气，简直就是神了。学校里随着教科书发下来一本尽是洋字码的"样板戏"乐谱，无人能看得懂。可人家老翟照着谱子"梭梭啦啦"哼上两遍，然后拿笛子一吹，就跟电影和戏匣子里演的一模一样，毫无二致。就这样，老翟的笛声，也不知陶醉了村里多少怀春少女的心。

然而，人家老翟毕竟是城里人。况且又是当教书先生的，村里姑娘哪个敢不自量力去攀高枝？只不过在私底下暗动芳心而已。不过，村里还真就有胆子大的痴情女。此人就是后来成为老翟发妻的田家姑娘小芹。小芹敢爱敢恨，快人快语，人长得漂亮，又聪慧能干，敢于释放自己心中的爱慕之情。一个夏日的傍晚，小芹姑娘怀里揣着几个刚煮熟的鸡蛋，偷偷地来到学校后趟房的宿舍找老翟，见面的第一句话就是"我想嫁给你"。老翟木然地抚着扑在怀里的小芹姑娘，像是被电流击中了一样，霎时就崩溃了。

在小芹父母老谋深算的精心策划和小芹姑娘紧锣密鼓的攻势下，老翟身不由己坠入情网，终至不能自拔。经过整整一个夏天的海誓山盟和耳鬓厮磨，老翟居然意外地让小芹姑娘的肚子日渐鼓胀起来。想必，这也是小芹父母日夜盼望的最美好结果。

等到城里老翟的父母发现儿子连暑假都不肯回家的秘密时，已经是老翟同小芹谈婚论嫁的时节了。于是，翟文斌，这个从城里来的小伙儿，便入赘到田家，当了上门女婿。老天爷成就了一份好姻缘，老翟也度过了他人生中一段甜蜜而幸福的美妙时光。

老翟终于成为一个货真价实的乡下教书先生。

2

尽管如此，老翟最终未能回城的根本原因，却并非是爱情的勾引，而是老翟在这以后说了太大太多的大话。

当时，父母用尽办法想拆散这对"鸳鸯"无果后，便托人在城里给老翟小两口找好了工作单位，并办理了准调手续。只是那时老翟回城心切，所以工作上不但勤勉，政治上也追求上进，不甘人后。

每逢公社开教师大会，学校就安排年轻有为的老翟写发言稿上台发言。而每次发言，老翟稿子结尾的一句话总是千篇一律地写上"将乡村教育事业进行到底"云云。一句时代的套话的确冠冕堂皇，也拔得很高。当老翟拿着父母费尽周折弄来的调转手续找到公社教育组时，人家焉能理会，反倒说老翟同志开什么玩笑？你发言稿上白纸黑字言之凿凿，立志要把乡村教育事业进行到底，怎么半道上想溜？这哪成啊！再说你老翟是组织上重点培养点对象，你走了岂非教育事业一大损失？你是人才啊！此事毫无商量的余地，快回去上课吧！如此三番五次，均无结果。老翟在心里暗暗骂娘，但也没有办法，调转之事只好作罢。也难怪，当时乡下正缺教师，老翟又不会请客送礼拉关系走后门，一来二去，回城的事就这样耽搁了下来。

只可惜，老翟一句大话，就彻底葬送了自己的前程。

其实，说老翟天生就是个爱说大话的坏子也不现实。老翟勤奋好学，喜欢看书读报，加之天资聪颖，知道的事情就多一点，就比别人明白。比别人明白就喜欢发表自己的看法和观点，就喜欢多说几句话。其实所谓说大话，也只是介于耍小聪明和显摆自己之间的那一种类型而已。也是时代造就了老翟这个毛病。在那个滋生拔高语言的环境里，一个刚步入社会的年轻人，说两句过头话，本无可厚非。

要命的是，此时一个接一个的运动纷至沓来，并率先波及知识分子这个特殊群体。当时，学校成立了红色宣传队。教师们每天都要手持洋铁皮制成的喇叭筒，组织学生到村头的语录碑下搞宣传，朗诵语录和最高指示，高唱革命歌曲。这时候，老翟那支祖传的笛子发挥了无限的政治作用，吹得老翟口干舌燥，头昏脑涨。然而，老翟仍旧要摆出精神抖擞、斗志昂扬的姿态，让笛子发出阵阵振聋发聩的尖鸣声。此时的老翟，不无滑稽地展露着他从曾祖那儿遗传下来的音乐才能。

也就从那时起，村里人便开始称呼老翟为"吹笛子的老翟"了。

实际上，是老翟紧跟形势的坚定信念和他的音乐本能成就了这个称谓。这里面似乎蕴含了群众对那个特殊年代的不满以及对老翟行为本身的厌倦，更有许多挖苦与嘲讽的意味在里头。然而，此时还不到而立之年的老翟，也只能无可奈何地被动地接纳这个称谓。老翟隐约感觉到，"吹笛子的老翟"与"吹牛皮的老翟"只不过是同义词而已。老翟是多么聪明的一个人，可在那场运动中，他已别无选择。

那么，对于命运多舛的老翟来说，一切还远没有结束，磨难只是刚刚开始。

3

那一年冬天，全村组织的一次大集会。老翟挥舞着一端系着红线穗儿的笛子，情绪激昂地在台上讲演。结尾一句依旧是"把革命进行到底"之类的话。讲演结束，老翟挥舞着笛子当指挥棒，指挥全校学生合唱革命歌曲。由于用力过猛，笛子重重地刮到身后的宣传板上。老翟并未在意，继续指挥着大合唱。这时候，群众队伍里忽然有了一阵小小的骚动。接着，一个愣头青小伙儿跳上讲台，指着宣传板上副统帅的头说："看哪，老翟打坏了领导的脑袋！"众人的目光齐刷刷向老翟射来。老翟回首一看，不禁大惊失色。只见副统帅那瘦削的脸庞上，让老翟用笛子戳出了一个醒目的大口子，纸片在寒风中正瑟瑟发抖。

翌日晨，老翟拎着笛子刚一迈进校门口，就被一群"造反派"逮了个正着。"造反派"小头目神色严肃地宣布："吹笛子的老翟，棒打副统帅，骨子里有谋害中央领导之狼子野心！"说罢，一项用整条席子卷糊而成的大高帽便扣到老翟头上，一伙人揪着他开始游街。时值数九隆冬，"造反派"勒令老翟用双手扶着几十斤重的大高帽，连手闷子都不准戴，冻得他十指似猫咬般的疼。游斗过后，老翟被停课反省，到生产队刨了一个月的冻粪。

据说，那时老翟因"造反有理"，是最有希望接替老校长职位的人选。岂料，就因为一个小小的疏忽与纰漏，他的人生就发生了难以预测的逆转。从此，老翟成了一个在政治上有污点的人，他只能老老实实夹着尾巴做人。能让他回学校教书，就已经是祖上积八辈子德了。

从此，老翟就再也不能吹那支心爱的笛子了。

俗话说，屋漏偏遭连天雨。也就在这当口，刚过而立之年的老翟，又遭遇了他人生中的另一个大不幸。一向健壮如母牛的发妻小芹，突发急症，不消半月便撒手人寰，乘鹤西去。此时的老翟可谓叫天天不应，叫地地无门，拉扯着还未懂事的女儿相依为命，艰难度日。没有办法，在城里住的老父母见老翟当爹又当妈的确没法生活，就把小孙女接到城里照管。这时，运动已接近尾声。然而，老翟的鳏夫生涯，才从真正意义上开始了。

吃尽了运动苦头的老翟，此时此刻算是彻底想明白了。也许，自己这一生只能扔在乡下这一亩三分地上了。每次回城与父母和女儿团聚，老翟总要借酒浇愁，向二位老人倾吐人生的苦难，生活的艰辛以及自己的种种不幸和内心的委屈。此时的老翟，常说一些人生无常，生不逢时，怀才不遇之类的话。说自己如何多才多艺，聪明智慧，如何会吹笛子懂音乐，如今全他妈都白费了，等等。直说得一家人泪流满面，老翟这才一头扎到床上，长醉不醒。

4

日子就像山涧里的小溪，九曲回肠，一天紧似一天地流淌着。

转眼间，老翟已是不惑之年的人了。当年那个风流倜傥、潇洒翩翩的老翟不见了。如今，自来卷的"列宁头"也梳成了大背头。说来也怪，如今翟文斌虽然真正成了老翟，头发却格外地苗壮。因为懒得洗，头顶就蓬蓬糟糟的，一副不修边幅的样子。那副紫红色边框的眼镜也折了一条腿，索性用胶布缠了个结实，依旧架在鼻梁上。

大半人生，老翟早已看破红尘。他开始破罐子破摔了。他酗酒，赌博，说大话。教师年度考核，德识能绩责一共五项指标，他样样大稀松，无一项得满分。领导在大会上不点名批评，可老翟依然我行我素。领导拿他没办法，又从心底可怜他，就安排一些不考试的科目让他去教。

这些年来，人们很少听到老翟的笛声了。他把那支曾经令他无限荣耀的竹笛用破报纸卷了，塞进墙上的镜框后边，上面落满了尘土。此时，不吹笛子的老翟开始吹牛。老翟说话云山雾罩不着边际，说大话的毛病被他发挥到了极致。如果老翟说一个物件有篮球一般大，不用猜，那物件肯定比牛眼珠子大不了多少。

老翟每月都要抽暇回一趟城，去看望父母和女儿。回来后，就讲一些城里的新鲜事给同事们听。当时刚刚提拔了一个副市长，名字叫关杰。老翟在办公室跟同事们吹嘘，说关杰是自己家的老邻居，是从小一块儿长大的光屁股哥们。这次回城，关副市长还特意来看他，并请他下了顿饭店，同时将二人在酒桌上插科打诨的事亦讲得惟妙惟肖，让人听后心生艳羡。最后老翟叮嘱大伙儿，往后无论谁有事，只要他帮忙找关副市长，准能办成。

没几日，邮差送来当地报纸，同事们方从报纸上一睹关副市长的庐山真面目。什么光屁股娃娃铁哥们，原来关副市长是个五十来岁的老太婆。想起老翟数天前无影无踪的胡吹，同事们暗地里都窃窃私笑。但人们对老翟的话素来是打二八扣的，所以也就不愿意去揭他的老底，让他太过难堪。

老翟一生就这么点爱好，随他去吧。

老翟爱吹牛，十里八屯尽人皆知。老翟有一句名言："宁可吹瓣儿了，也不能让它慢撒气。"可谓家喻户晓，连三岁小孩都知道。渐渐地，老翟愈发被人瞧不起了。人们拿老翟当笑料，拿老翟的吹牛趣事来消愁解闷，开心一笑。此时，让人瞧不起的老翟，只要能让他吹牛，什么人格尊严，全都不在话下了。

然而吹归吹，老翟的确博闻强记，满腹经纶，可谓上知天文下晓地理，古今中外事没有他不知道的。也是，老翟除了会吹笛子外，一生无所不好。他懂文学，能即席填词赋诗，什么《西江月》《满江红》《踏莎行》……抑扬顿挫的，听来颇有些味道。他懂医学，能十分精准地计算出女人妊娠预产期，几乎屡试不爽。他还通晓《易经》，什么阴阳八卦，五行相生相克，选择黄道吉日，全不在话下。他懂法律，能代写状纸，替人当"辩护律师"。他会下一般人看都看不懂的围棋，对国际象棋也颇有研究。他会开汽车，会修理收音机，会垒厕所，能搭火炕。这些技艺，也不知老翟是什么时候学的。总之，老翟无所不能，世间事似乎没有他不懂的。只要有啥疑难事问到老翟，他总能头头是道、子午卯酉地讲上一通，叫你不得不心悦诚服。

5

老翟五十五岁那一年，教育上精简压编。领导跟老翟谈话，语气里透出让他"假退"的意思。老翟是多么聪明的一个人，二话不说，借坡下驴，表示完全同意。这也是老翟多年来求之不得的事情。在那年暑假还未到来的时候，老翟就迅速地办理了"假退"手续。

历经三十多年的坎坎坷坷，老翟终于了却了年轻时的夙愿。他终于可以回城，同年迈的父母亲人团聚了。

后来，每隔个把月，村里人偶尔还可以看见老翟回学校来开支。这时候的老翟，比在乡下时可精神多了。头发梳理得井井有条，似乎还喷了点发胶之类的东西。一身西服革履，居然还系了条乡下人难得一见的领带。每每回来，老翟总是乘坐一辆红色夏利车，煞是风光。人们见司机对老翟极为客气，口口声声称其为翟经理。其实大家都知道，老翟回城后在父母家楼下开了个小卖部，窄得连屁股都转不开。至于经理之头衔，那肯定是老翟跟人家吹出来的。

再后来，老翟突然不再亲自来开支了，而是打发姑娘或女婿来替领。有好事者向姑娘女婿打探老翟近况，却总是支支吾吾，闪烁其词，不肯透露半点信息。但是，有消息灵通人士还是通过其他渠道了解了详情。大抵是，老翟嫌小卖部生意不佳，就到南方某城市干起了传销。开始还挺顺利，居然发展了许多下线，着实捞了一笔。然而不久东窗事发，传销事败露，被当地警方取缔，老翟被收容审查。据说，经过处理后的老翟被遣返原籍，现被羁押在市里北郊的看守所里。

老翟的遭遇在村里人的嘴里咀嚼了好一阵子，最后只剩下几缕喟叹。命运是不可抗拒的，性格就是命运嘛。这早已是被验证了的真理，任何人无法逃脱，更何况是老翟这样的悲剧性人物。咳，都是那张破嘴惹的祸！

就在人们渐渐淡忘老翟的时候，村里传言说老翟上县里的电视了。据说那是一场由看守所举办的文娱会演的录像转播。老翟站在台中央，演奏了一曲笛子独奏，曲名叫什么看到的人说记不清了。老翟演奏得很成功，底下的观众一片掌声，经久不息。

不过，看到的人说，老翟脑袋上那一头乌发，可是看不见了。

离　别

◎王红旭

他，坐早班车走了。

淑云望着公交车渐渐驶出村口，心像飘飞的叶子一样萧索。淑云明知道，伤离别，不该是她这个年纪去做的事，可是眼泪还是爬过老年斑，流成一股细流。村街上遍布着黄叶，每片叶子都在做最后的告别，一如那人临上车时，回眸的目光里有海，有月光以及涛声。淑云咬紧牙关，攥紧冰凉的手，才勉强挤出一丝笑容，目送那人沉重的双脚，登上了公交车。

淑云与那人，早在五十年前剪断情缘。半个世纪的光阴，不管身在何方，短暂的婚姻生活还是在彼此心中烙下不可磨灭的印记。

淑云一步步向家走去，心情怎样也难以平复。此时，她怨那个人，过去这么多年了，为什么还要扰乱她的心情呢？推开大门，还没等走到房门，房门就从里面推开了。于老实，也就是淑云的老伴，手里拿着一封信递给走到门前的淑云："这是我在西屋枕头下找到的，是唐哥写给你的吧。"淑云很纳闷，住了三天，该唠的嗑都唠了，咋还留封信呢？

淑云接过信也没看，直接走进东屋。于老实看淑云没有打开信，不阴不阳地说："怎么不拆开看看呢，都这么大岁数了，还有啥见不

161

得人的事吗?"

淑云的老脸唰地就白了:"你说这话亏不亏心? 这几天你一直都在家,我们有私下待过吗? 啥话背着你说了?"于老实嘎巴嘎巴嘴,到口的伤人话还是咽了下去。明知道那人早已把淑云当成妹妹看待,他心里还是堵得慌,哪家男人能忍受自己老婆的前夫,来自己家里串门呢? 更何况,这两天村里的三姑六婆,背后不知道说了多少闲话。淑云把那封信放进衣柜的抽屉,换上干活穿的衣服,就挎着筐去稻地拾稻穗了。

于老实一个人在家,屋里屋外转来转去,抓心挠肝的,他很想知道唐宇轩在信里都写了些什么。中午淑云没有回来,于老实穿上衣服,刚想出门去地里看看,他的手机就响了,他掏出手机一看是个生号就没接,自从那次于老实被一个陌生的号码骗去一百多块假药钱,就不再接听陌生电话了,可是这个电话就像和他叫板似的,你不接我还打。几个回合,于老实拗不过就按了接听键。"喂,大兄弟是我。"

于老实一听对方说话的声音像唐宇轩,他就问:"喂,唐哥是你吗?"

"嗯,是我。"

"啊,唐哥你到家没?"

"嗯,我到家了。"唐宇轩有气无力地说,"大兄弟,老哥有句话一直想对你说,这些年,若因为老哥让你日子过得不舒心,请你原谅了!"

"老哥,你看你说的这叫啥话呢,虽然你来了几趟,但淑云啥人品不用我说你也清楚,她为我生儿育女的,和我过到今天我也没啥好怨的。"

"大兄弟,不管怎样我这句道歉话都该对你说,要不是我藕断丝连,淑云这一生也许会过得幸福些,怎么说都是我负了她,当初若不是我顾虑太多,也不会造成四个人的痛苦。"

于老实听他说这话心中豁然开朗了,怪不得那几年淑云去本溪一次,回来就会心绪不宁,大病一场,原来都是因为他啊!

唐宇轩等了一会儿，见于老实没说话，就说："大兄弟，我在西屋枕头下给你留了一封信，你别让淑云看见，你自己拆开看看，只希望你看过信后能够原谅我曾经给你造成的伤害。"说完他不等于老实回话，就挂断了电话。

　　于老实懊悔地拍了拍自己的脑袋，那封信上没有署名，他还以为是唐宇轩写给淑云的信呢，他拉开抽屉，拿出那封信，拆开来看：

　　　　大兄弟，见字如面，当你打开这封信的时候，我已经到家了，这次去看你们，也是我最后一次去看淑云了，医生早在两个月前就判了我的死刑，我是肺癌晚期，在医院做完化疗去看的你们。

　　于老实读到此，心咯噔一下，昨日还和自己下棋对弈的人，怎么就成了身患绝症的人？真是世事难料啊！于老实接着读了下去：

　　　　此次去，我看淑云身体瘦弱不堪，很是担心和牵挂她。这一生我最对不起的就是淑云了，当初我若不选择放弃她，也许她会得到她所应该得到的幸福。可是，是我的懦弱和家族责任感葬送了我们的幸福，也失去了我今生的最爱！淑云是个善良的好女人，那些年我是真想把她带回我的身边，可她为了你们的孩子，和我的两个孩子，最终放弃了和我破镜重圆。那几年我就像走火入魔了似的，三番五次地想带走她，给她的身心造成了巨大的折磨和痛苦，因为我的自私与自负，竟然觉得她和你在一起过得不会幸福。大兄弟，鸟之将死其鸣也哀，人之将死其言也善，我不想带着对你的愧疚离开这个人世，请你原谅我这个将死之人吧。
　　　　另外，我的病情请你千万不要告诉淑云，我给你写的这封信，你抽出来，我另外给淑云写了首诗，就当我给她留的念想吧。最后，愚兄祝你们俩身体安康！吉祥如意！

此致

兄：唐宇轩（绝笔）

于老实看完信，心里真是五味杂陈，七十多岁的人，虽然已经看淡了许多事，男女上的这些事，他知道自己还是没有看透悟透……

他翻过信纸，一首诗赫然入目——

无语凝噎

我的心里有冰，无火融化
我的眼里有泪，泪里有千般苦涩
哪般都是不可说

枫叶红了又落，斑驳了满头白发
小园深处匍匐着落寞
菊花依然盛放

多想有风的影子，为我停留
那样，总会有一件黄金甲
在深秋，为你撑起寂寥

于老实读完诗后，虽然有些没读懂，他还是遵从唐宇轩的请求把信抽了出来，又把那首诗放进信封，按记忆中淑云放的样子归位。他看着手中的信沉思好久，还是放下打火机把信纸折好……

淑云很晚才回来，听后院李小子媳妇儿说，下午她在老道沟口扒苞米，看见淑云从老道沟出来的，淑云的爹娘葬在那里……

变 形 记

◎宋睿洋

1

　　已然到了盛夏最热的日子，闷热的空气让躁动持续在上空发酵升腾，试图挤压着每个人逼仄的呼吸。已经是晚上七点半，夜幕早已低垂了下来，当日光消散，星辰点缀天际之时，城市中心上演的大型灯光秀正美轮美奂地展开，那些嵌入商业区墙体的无数细小光源组成了魔幻的矩阵，投影到黑暗的空间，变幻出神秘莫测的造型，仿佛在玩弄着光与影的奢华游戏。

　　街道两旁的奢侈品牌商铺彻夜开门，路上的行人如织，今宵的欢乐在人潮中持续涌动着，他们不知疲惫地往返穿梭于那些令人炫目的巢穴，试图用这种方式让自己离这座城市的心脏更近一些。

　　此时的刘培林正坐在一个文化商业中心的嘉宾席上，望着窗外的一切出神，主持人的声音将他的注意力从十里洋场之外拉了回来。

　　"我们都知道互联网改变了现代人类的生活方式，尤其是对于视听模式的改变，下面我们有请青年作家刘培林先生，为我们讲讲有关于互联网浪潮之下的审美困境与出路。"

台下一片掌声结束之后，刘培林简单地整理了一下衣领，然后收拾好情绪一步步地走上台前，主持人满面笑意地将话筒递给他。穹顶的白光打在他的脸上，今天是他第一次作为嘉宾参加这种格调很高的文化沙龙类活动，他所站的地方是这座城市首屈一指的文化中心，每天这里都会有无数来自国内外的各种文化名流，参加风格迥异的文化活动，和人们分享彼此的看法，知识交锋之后产生的火花总能恰如其分地挑动着一部分有狂热精神需求的年轻人。

刘培林接过话筒，偷偷舒展了一口气，然后重新让视线聚焦起来。他望着台下年轻人炽热的眼神和崇拜的表情，那一刻他只觉得自己的灵魂第一次如此满足地与身体融为一体，这种感觉让他舒缓了原本紧张的情绪，人生的意义也好像在这一瞬间得到了绝对的诠释。

由于长久浸淫在文字中的缘故，这让刘培林有了演讲时倚马千言的基础。当他进入状态之后，妙语连珠成为整场演讲的常态，时不时还会逗笑在场的观众，而且他也会在适当的时刻输出自己的情绪，阐明很多新鲜的观点。他很清楚那些随心所欲不逾矩的叛逆话术往往最能拿捏年轻观众的内心。整场演讲没过多久便结束了，台下再一次响起了雷鸣般的掌声，观众似乎对这样的新面孔很有好感。

那时的刘培林似乎也并没有想清楚这命运馈赠的礼物，到底标记着什么价格。

他走下台重新回到嘉宾席的座位上，突然注意到白色的灯光正照耀着一只翻倒的甲壳虫，虫子卖力地舞动着自己的肢体，似乎要逃离原有的位置。它丧失了飞翔的能力，降落在一个充满危险的地方，如果不赶紧逃离此地，死亡便时刻都伴随着它。

鸟叫声惊醒了陷入回忆的刘培林。一缕朝阳掠过窗幔的缝隙射了进来，此时的他才意识到已经到了早晨。昨夜他一宿没睡，也不敢打开窗帘,这已经是他独自窝在屋子里的第七天了,恐惧和绝望逐渐结合起来,仿佛正在汹涌成为一股能够吞没血肉的巨大浪潮。他被封锁在这水面之下动弹不得,胸口如同压着一块巨石,每一口呼吸都异常艰辛。

他打开手机连上网络,各个社交平台的消息开始爆炸性地涌入,细密的汗珠从他的身后不断冒出。他双手颤抖地关掉手机,然后把自己藏在被子里,在黑暗中等待时间慢慢消逝。

2

方欣然此时正在一家网红连锁书店,参加一个由知名文化女性论坛承办的图书分享活动,主要聊聊当代青年女性的恋爱与婚姻的话题。她作为一名具有先锋标签的独立女作家,时常在网上发表很多关于女性话题的言论,这些内容尤其吸引很多还在上学的年轻女生,因此她在青年女性的人群中具有不小的影响力。像现在这样的活动,今天已经是第五场了,明天还要继续。

"方老师,现如今很多女孩都深受一些社会潜在规训的困扰,她们面对生活和情感总会表现出巨大的焦虑,这既有历史原因,也有现代资本化浪潮催化后的因素,您是怎么看待这个问题的呢?"

"首先呢,女性权益的真正崛起其实是源于欧美二战时期协约国的总体战模式。当时的女性在轴心国的压力下是需要配合生产的,男人上前线打仗,大后方释放出来的很多职位也自然而然需要女性来承担,这其实改变了原本的家庭模式,影响极为深远,现如今配合资本流动,人们对于建立小家庭的需求越来越小,也因此前现代和后现代的伦理道德产生了不可调和的矛盾。我觉得很多人生的重大选择可以暂时搁置起来,对于我们年轻人而言,无论处于何种环境,也要守住自己脚下的生活,只有我们年轻女性把自己的事情做好了,才能避免成为任何人的附庸。"

方欣然话音刚落，坐在她身旁同为嘉宾的女策展人随即回应道："没错，个人的修身十分重要。"

　　伴随着一阵掌声，分享会的上半场刚刚结束，方欣然来到卫生间，先是从包包里掏出口红简单补了个妆，然后随手拿出一根女士细烟抽了起来。深吸了一口，一团白雾笼罩了她的表情。她迫不及待地打开一款新兴的交友软件，想看看刚在网上认识的内衣男模特给他发了什么消息。内衣男模特没有多说什么话，而是十分热情地给她发了几张照片，又用着十分娴熟的口吻约方欣然抽空出去一块吃饭喝酒。

　　方欣然点开照片，嘴角自然地上扬了起来，她甚至没有注意到女策展人走到了她的旁边。

　　"又在玩这种软件啊，你好歹也算是个不小的公众人物，多少也得注意一些啊，如果让人认出来，那麻烦还挺多的。"女策展人用眼睛瞄着照片，然后一脸坏笑地说。她是方欣然圈内为数不多的真闺密，像现在这种情况她见得多了。

　　方欣然这才回过神，然后举起自己的社交照片，一脸得意地说："没关系啊，我在这种社交软件上一般都不会露脸的。你放心吧，不管怎么说，也得聊一阵子才能见面，不能让他觉得很容易。"

　　女策展人突然伸出手臂环着方欣然的脖子，然后不怀好意地调侃道："哈哈哈，看来你还挺有经验的，总能全身而退，以后认识不错的型男，也给我介绍介绍，不要吃独食啊。"

　　说完话之后，两个人都哈哈大笑了起来，策展人提前离开，进行下半场活动的准备工作。此时方欣然刚想关掉手机，一条热搜新闻消息弹了出来，吸引了她的全部目光。她点开了新闻页面，看着那张久违的面孔，内心瞬间紧紧收缩了一下，紧接着便现出若有所思的冷笑，往活动会场回去的时候，很多过去的记忆开始在脑海里汹涌失控起来。

3

刘培林出生在一个十分凋敝的乡村，当自然的风光慢慢褪去，取而代之的是一片沉默。村里的人们脸上刻满了岁月的痕迹，这里仿佛变成了一个失落的世界，外界的一切繁华和破灭都与此地无关，在时间的洪流冲刷下，村民内心只有淡淡的遗憾，他们每天默默耕耘这片破败的土地，日复一日，周而复始。

他每次从县城学校放假回家，一个人呆坐在村口高高的山丘上，眺望着远方无尽的旷野，有时候一坐便是半个小时，仿佛那远处的未知蕴藏着无尽的希望，只有从这里出去才有前方的无尽可能。此时一阵微风拂过他的面颊，他静静闭上双眼，似乎在聆听远处亲切的召唤。那段寂寞的日子，马尔克斯笔下的马孔多成了他新的精神故乡，这也让他后来顺利地考上了文学专业，并借此机会成功来到了大城市。

来到大学之后，混文凭和不挂科从来都不是他最高标准，对于他而言，社会参与感似乎比什么都重要，无论是如饥似渴地阅读各类读物，还是积极参加各种线下读书类的活动，他都想在这样的参与中找到属于自己的位置和机会，那些软与硬的资源很快便将他重新武装了起来。过去他的眼神似乎总像是蒙上了一层薄薄的雾，如今他的眼眸中开始流转出前所未有的光芒。

他不再继续焦虑，而是十分冷静地知道自己接下来该做什么，该怎么做，原本一切杂乱无章的人和事物都变得饶有秩序，前方的道路在眼前无限延伸开来，他甚至不需要坐标，也知道如何行走。他也不知道自己能到达怎样的终点，现在的他觉得自己可以成为想成为的任何人。

如今闭门不出的刘培林再次回想起那段神清气爽的日子，只能感觉到当初对于无限未来的沉醉都恍如泡影，持续断网的这些天已经让他再也无法忍受了，人与外界隔离是有极限的，他决定对外界做出一些回应，可一旦做出了这个决定，也就意味着他再也无法被人原谅，他的文学生命也将从此完结。

他拿起手机放在架子上，点开视频录制。镜头里蓬头垢面的他再也没有往日指点江山的风采，眼睛里甚至还带有一些血丝，看不出任何光芒，浓密的胡须点缀着他憔悴的面容。

"大家好，我是刘培林，对于前一段时间关于我性骚扰的事情，我现在要做一个简单的自我陈述，一直以来由于私欲的膨胀，我可能伤害了很多女性，我在欲望中逐渐迷失了自我，也忘记了文学给予我应有的教育。这段时间我一直在检讨并面对自己虚伪阴暗的一面，我对不起大家原本给予我的所有期待，面对所有的追责，倘若情况属实，我会承担起相应的惩罚，从今天开始我也将无限期地退出所有社交媒体，我将用我接下来的时光好好忏悔，同时重新考虑做一个怎样的人。"

视频上传完毕之后，刘培林又果断地关闭了网络，以此来避免看到那成千上万的各色评论，他已经没有任何心力去应付这舆论的旋涡。

他把手机放在一旁，在镜子前望着自己的样子，突然感到周围的一切开始扭曲变形，然后视线里的一切变得越来越模糊，时间在他意识的边缘不断流逝。他仿佛又回到了那一无所有的日子，屋子里的温度和湿度刚好也和当时十分相似。

4

由于上一次以女性为主题的文化活动在网上的反响十分不错，这让方欣然有了更多的工作邀约，但方欣然以身心疲惫为由拒绝了这些邀请。长时间大量地见各种陌生人，总会让她觉得生活丧失平衡，平添一分不真实的感觉。她每隔一段时间都会隔绝外面大部分的杂音，然后选择独处，这样才算是重新把握了自己生命的方向盘。可是今天有些例外，方欣然准备出门参加一个文学比赛的监考工作，她也是前几天才接到组委会的通知。

方欣然作为从这个老牌文学比赛走出来的知名选手，无论是做监考老师，还是为这个比赛做网络宣传，她都是尽心尽力去帮忙的。如今是信息裂变的时代，人们已经被新兴媒介吸走了大部分时间，这个传统的老牌文学比赛仿佛变成了一种历史记忆，在群众中的影响力也已经日渐式微，再也捧不出像她这种具有社会影响力的作家了。

她之所以到了今天还任劳任怨地帮这个比赛做宣传和活动，主要是每当她回到考场望着那些年轻人的面庞，这一切总能让她想起自己当年那段纯粹的日子。那个时候文学还是很单纯的，类似原始社会部落的巫师在打猎之后为了跟自己对话，经常会在石壁上画图，这样的活动其实也恰恰是文娱艺术的起源。对于那时的她来说，文学并不是一种兑换社会资源的筹码。

当时方欣然刚上大学，偶然得知自己入围了这个比赛，假期要到外地参加复赛，兴高采烈的她满怀着期待来到这个陌生的城市。比赛的前一天晚上，主办方提前为所有选手安排了入住的酒店。

她下飞机时已是深夜，赶到酒店后，却发现一群年轻人聚集在大厅里全无睡意，这些人正三三两两地聚集起来攀谈着文学和时弊，交流着哲学和历史。她从人群中走过，能听到很多新奇的观点和名字，也能从他们的眼神中看到某种燃烧的火焰。

只不过多年以后，她无数次翻看过自己的内心，才意识到这火焰是希望也是毒药。有时候，人越是将自己暴露在阳光之下，那么阴影也会越大。

"嘿，你好啊，你也是选手吗？还早啊，现在就要上去睡觉了？跟大伙聊一会儿呗。"一个男生碰了一下她的肩膀。

她转过头，被突如其来的搭讪弄得有些不好意思，但又碍于面子要表现出镇定，于是淡定地说："还要复试呢，今天通宵，你们明天不怕睡在考场上？"

男生却一脸自信地说："没关系的，反正写文章讲究一个灵光一闪，要的就是偶然天成，明天三小时考的也是即兴能力，这跟你前一天晚上休息多少没多大关系，还不如提前头脑风暴一番，大家在一起聊会儿天多好啊，机会相当难得了。"

方欣然最终还是加入了聊天，跟大家一起谈天说地，共同在知识的交锋中重塑很多习以为常的观念，这样的节奏一直持续到下半夜两点多，每个人除了感觉到精神世界的满足，大家的眼皮也都开始打架了。男生等到大伙离开之后，特意跟方欣然要了联系方式，然后便都各自回房间睡觉了。

而这个男生在后来也成了方欣然的第一个男朋友。

如今方欣然时常回忆起那群人的样子，当时的很多选手也已经不再从事文化活动了，大多数人还是逐渐进入生活。如同向湖中投掷无数个小石子，它们掉在水中泛起的涟漪在阳光的照射下显得格外美丽，当湖面平静下来，小石子最终还是会沉入湖底，因为地球引力的缘故，它们仍然要回归到应有的位置上。

如今的比赛复试跟以前一样仍是三个小时，大多数年轻考生也已经交卷。很多人拿着方欣然的书管她要签名，等名字签完之后，选手们照例聚会吃饭喝酒唱歌，于是也拉着方欣然一起去了。方欣然被这样的盛情弄得说不出什么话，只是默默地看着这群年轻人攀谈的样子。她能感觉到现在的年轻人跟他们那个时候不太一样了，现在这些青年照比以前少了一分鲜衣怒马，反而多了一分世俗意义上的精明乖巧。

讯息传递方式的演变让他们的大脑足够丰富起来，可随着信息资源池的丰富，欲望之门也提前打开，她能从这样的氛围中嗅到一丝溃烂的味道，只不过那充满生命力的血与肉以理想之名掩盖了这一切。那些充满野心的年轻人堆着满面笑意在方欣然眼前一闪而过，这个画面好像触碰到了她埋藏在心底的某段记忆，而这些记忆的碎片正在不断刺激着她的迷走神经，让她感到阵阵反胃想吐。

方欣然很快离开了选手们的聚会，走在大街上吹风。这时候她的手机里来了一条短信："你最近过得怎么样，还好吗？"

她望着这熟悉的号码，深思了一会儿，然后冷笑着回复："还好，有时间可以出来一起吃个饭，如果你能出来的话。"

5

多年以后，每当刘培林回想起自己发迹的起点，总能想起那个名叫"飞鸟"的高格调书店，这家书店里总会第一时间上架国内外最前沿的文史哲等一系列书籍，因此这里也成为国内一线媒体人和文化知识分子聚集的重要场所之一。每天这里都会有文化行业来来往往的各色名流与从业者自由地交流，随机分享自己的阅读心得。

当时还在上大学的刘培林一直在网上关注一位青年文化空间的创始人，他发现这个创始人经常去飞鸟书店买书看书，这也是他第一次听说飞鸟书店这个地方。在导航上一查，学校离书店也并不远，于是他灵机一动，把创始人分享的书目通读一遍，然后到了周六周日便到书店蹲人，以此来制造偶遇的契机。后来刘培林真的成功了，并以对各类书籍的真知灼见，成功吸引了创始人的目光，也要来了创始人的联系方式。

原本这个文化空间起源于一群青年自发组建的分享类小型社区，这里的年轻人可以讲述自己的故事，也可以做读书沙龙、搞民谣分享、做独立电影的放映等等，在这个过程中他们都在以各种方式进行一种内向型的精神探索。这样的社区实验吸引了大批的学者、媒体人、青年教授等一系列高级知识分子入驻，后来随着分享会在全国场次的增加，为了便于推广，创始人决定把这个青年空间当成一个正规化的企业来进行运营。

刘培林之所以挖空心思接近创始人，并非想要毕业之后在这家公司谋个职位这么简单。这家公司内部基本入驻了全国最为顶尖的文化与媒体方向的资源，他看重的正是这些秘而不传的人脉资源。这些软资源让八面玲珑的他逐渐意识到写小说其实是一件很辛苦的事情，做一个游离于各色学者和作家之间的帮闲文人反而更加划算，用极其微小的个人产出，便可以得到成倍的社会回报。

那时他还在上学，却已经开始混迹在文化空间里打杂了。第二天如果没课，老板允许他前天晚上在公司的小格子间打地铺入睡。也正是那段时间，他接触了形形色色的圈内名流，他望着他们不同时刻的模样，认知结构也在不断重塑中被确定了下来。

每当他送走了所有人，回到那个属于自己的几平方米小空间之中，回忆起一天下来遇过的人和见识到的事情，这梦幻的一切总让他觉得自己如同《了不起的盖茨比》中那个旁观叙述者尼克。只不过，他并不想如同尼克那样看穿一切后回到自己的老家发霉。

他望着那些圈内成功人士每日起高楼宴宾客，所到之处皆是高朋满座，他再也不甘心成为这伟大饕餮盛宴的局外人，即便自己出卖灵魂跟弗朗西斯·培根笔下的德古拉魔鬼结缔契约，也要努力在活着的时候掠取一切，否则他永远也无法确认自己到底是谁。

人一旦迈过了某种意识决断的门槛，也便成了另一种人。

他突然走出格子间，对着卫生间的镜子，望着自己的样子，仿佛出现了某种幻觉，他如同卡夫卡《变形记》里的主人公，身体开始扭曲变形，然后长出蜿蜒的蛇身和锋利爪子，紧接着皮肤上逐渐布满了龙的鳞片，眼睛中闪烁着犀利的光芒，瞳孔里倒映着他那逐渐漆黑的灵魂。

如今刘培林从回忆中苏醒，突然觉得这一切恍如黄粱一梦，过去到手的一切也转瞬即逝地消失掉了，失去有时候要比从未得到来得更加痛苦。此刻他正戴着口罩，生怕别人认出他的样子，直到走到一家饭店才停下脚步。

6

金融专业毕业的方欣然，在金融街短暂混迹了三年。这期间她做了金融方向的各种工作，从投行、基金、股票再到财媒，只觉得这个圈子内部都有着极其鲜明的内部壁垒和门槛，想要进去获得利益必须要付出极大代价才行。

她游离在金融行业的底层，只觉得身心俱疲，辞职是早晚的事情。终于在某一天，她的负面情绪到达了一个顶峰，于是头也不回地离开了这个让人患得患失的行业。

那段时间她赋闲在家，将自己的大脑放空，再次捡起了文学，将自己混迹于金融街的这段经历写成了小说。后来这本小说参加了一个影视项目，并顺利售出了影视版权，也正以此为契机，她进入了文化行业工作，后来被一家公司挖走成了版权编辑。

一次项目会结束之后，方欣然被邀请参加一个饭局，刚坐下就发现几个圈内的前辈开始给她灌酒，她不好推辞只好硬着头皮喝下去。待到酒过三巡，其中一个人走到她的身边，开始对她动手动脚，她试图反抗却又觉得浑身乏力，根本使不出力气。

正在这个时候，方欣然的身后突然蹿出来一个男人，那是从另一个饭桌过来的，开始逐个去给方欣然这桌人敬酒，众人看到有人过来也不好推辞。方欣然见到有机会离开，于是便以身体不适连忙去了卫生间，用凉水连续冲自己的脸，好让自己尽快清醒起来，正当擦完脸出来的时候，她的身后出现了一个熟悉的身影。

方欣然没想到会在这里再次见到他："好久不见啊，谢谢你，刚才替我解了围。"

男人从兜里拿出一包面巾纸递给方欣然，紧接着说："自从我们上一次从文学比赛分别之后，也已经过了好几年了吧，其实从一进酒店我就发现你了，我一直在另一个饭桌看着你这边的情况，我看时机差不多，也就过来了。"

方欣然看着男人的表情，很清楚他的心思，然后故意说道："你上次要完我的联系方式之后，为什么从来都没找我说过话，你在等我跟你主动说话吗？那是不可能的，不要做梦。"

男人一边笑着，一边逐渐靠近她，最后又留了一个安全的距离，"今天我主动了，我觉得自己刚从梦中醒来。"

方欣然自然能听懂这句话的言外之意，但她将这一切都定义成为花言巧语，毕竟故人归来这件事令人高兴，她不想把很多事情搞得那么迅速，过去的她还是很享受那种缓慢而又妥帖的感觉。

"咱们出去挑个酒吧聊吧，这里不是说话的地方，如果被他们看到的话，对你我也都有影响。"方欣然看起来样子十分开心，对男人也没有任何忌惮的样子。

男人选了一家气氛很温馨的小酒吧，两个人没有叫代驾，而是一路步行过去。晚上的风十分凉爽，他们走在大街上，彼此交换着这些年经历过的事情，庖丁解牛式地分析那些复杂的心情和感觉，仿佛是在黑暗里用直觉确定位置。他们时而望着对方的眼睛愉悦地交谈，这个过程没有丝毫紧张，一切都是如此轻松自然，仿佛能从对方的瞳孔里望见自己的模样。无论是在路上，还是在酒吧，他们的身体一直都保持十分暧昧的距离，始终没有越雷池一步，可此时他们心的距离越来越近。

从交谈中方欣然得知男人在圈内已经初现锋芒，并获得了一些社会影响力。当恋爱的追逐游戏结束之后，两个人顺理成章谈起了恋爱，而方欣然也离开了原本的影视公司，经过男人的介绍，去了一家由男人参股的文化公司做商务运营，专门负责沟通和对接一些圈内上下游的资源。

7

刘培林走到这家酒店门口，突然想起了他跟女朋友分手时的情形。他们在经过许多天旷日持久的冷战之后，回忆了很多过去的事情，终于决定在这里吃上一次最后的分手晚餐。那天晚上，两个人食欲都很好，也没有多说什么话，因为对他们而言此刻的分手也只是精神生活中丧失了一块柔软而又真实的部分，紧接着还有触手可及的光明未来、远大前程正向他们不断招手。于是他们让心变得足够坚硬，然后不约而同地加入这场流动的盛宴。

"我们分手吧。"

女人跟刘培林分手的时候，只是冷冷地丢下这么一句。

一个星期前，当女人偶然间打开刘培林手机，一条社交消息引起了她的注意。她顺着这条消息索引，并在刘培林的各大社交软件中发现了他背地里出轨的无数女人。黑暗里手机屏幕的光将她的脸晃得甚是惨白，她面无表情地盯着那些对话文字一句话也说不出来。

当刘培林走出浴室的时候，望着面如死灰的女人，他不想狡辩和解释，只是心虚地坐在角落里，默默地等待着女人给他的审判，准备等待女人宣泄完情绪过后，再试着安抚一下，让这一切可以悄然过去。

可让刘培林十分惊讶的是，女人表现得十分冷静，只是格外理智地说了一段话："真没想到，你跟我恋爱时用的话，会用在不同人身上，真没想到现在的你会如此匮乏，其实你也知道，我跟大多数女人不同，我不会吃你的醋，但我很清楚，名利已经让现在的你彻底腐朽了，你也再也不会写出过去那样的小说，而色欲熏心也将抽走你的所有才华，我已经看到了你的结局，我并不生气，我只是可怜你而已，没想到当初那样一个才华横溢的人会落到这步田地。"

女人的诛心之论戳到了刘培林的痛处，于是他反击回应："我承认我出轨了，但你不要借此扯别的，你不要忘了，你现在的一切，是谁带给你的。"

女人听到这句话，更是觉得振聋发聩，突然情不自禁地大笑了起来："刘培林，其实你和当初那些在饭桌上骚扰我的男人，没有任何区别，过去的你只不过名气不够大，你腐朽得还不彻底。当你获得想获得的一切之后，你兴许会释放出比别人更想象不到的邪恶，这才是真实的你，所以你也不要继续在公众面前装作一副良心知识分子的模样了，你这样实在是太过精神分裂了。你根本成不了你想象中那样的人，实际上你也只是阴沟的污秽。"

刘培林在公众面前都是以心忧天下苍生的知识分子面孔示人的，他很多时候的一些表现也未必全部都是精致表演，也是在某些特定时刻他人格中的一部分。可悲的地方在于，当他卸下阳光的一面，在背地里回归自然状态面对其他人的时候，却站在了阳光的反面，如同三岁儿童举不起二百斤的重物一样，他也永远无法实现自己口中的正义。

刘培林被女人这些话弄得后背开始冒汗，他很清楚女人说的话有一定道理，但他为了继续舒服地活着，必须选择自欺欺人的方式继续这一切。女人的离开对他而言其实是很遗憾的，毕竟这是他唯一真心喜欢过的人，可如今被自己亲手弄得粉碎，这是作为一名社会型癔症患者的代价。和女人分开之后他开始更加肆无忌惮地猎艳，这种自我放飞的状态让他更加着迷。

直到有一天，包裹着他那光滑而又易破的外壳破裂开来，从里面流淌出来的腥臭污秽暴露在众人面前。他多次出轨以及性骚扰的事情被很多人在网上公开出来，一时间他的形象在公众视野中轰然崩塌，很多文化机构为了自保纷纷发出声明跟他解约。

此时的他再次走进这家酒店，仿佛又回到了当初一无所有的状态。

"你来了，培林。"方欣然看起来气色不错，从后面拍了一下他的肩膀。

刘培林摘下口罩，看到风采照人的方欣然，一时间有些说不出话，等菜陆续上齐，彼此沉默了好一会儿，他才开口说道："然然，你最近过得怎么样？"

方欣然看了一眼他的表情，然后淡淡地回答："还可以吧，之前一段时间参加了很多活动，现在感觉挺累的。你最近的事我听说了，我早就让你收敛一些，你也从来没听过。之后有什么打算？"

刘培林低下头："过去的事情，对不起，我希望你能原谅我。"

方欣然听出了刘培林的言外之意，明白刘培林其实是在暗示复合，她笑着说："培林，其实在我看穿你本质的那一刻，我就已经不恨你了，后来我也见到了很多人，他们也都呈现出来跟你相似的本质，这让我对人的理解更加深刻了。现在的你之所以想找我再续前缘，也只是你感觉到阶级地位的下降，你丧失了最后的安全感，你想找一个过去的人，让记忆再次回溯，找回那些熟悉的感觉，然后给此刻孤独的你一丝慰藉。在你的眼中，人与人之间的爱也只是次要的，你更在乎自己的感受，强势和弱势对你而言才重要，你爱的只是征服与追逐的快乐，写作者往往最容易在作品和自身暴露出那种人性底色之中的软弱和阴暗。"

刘培林整理了一下眼镜，然后冷笑地望着方欣然："难道你就活得足够纯粹吗？你能说得清你自己吗？"

方欣然面容冷漠，表现出前所未有的冷静，眼神开始空洞起来："你别忘了，是你把我拉到了这条路上，如今我也已经不能回头了，现在的我不想否定自己的欲望，我只想安静地当个骗子，这一切都是你教给我的。但有一点我很清楚，跟你不同，我知道自己早晚有一天也会在公众视野中灰飞烟灭，我已经有了这种心理准备，因此我也无所谓。"

刘培林瞥见了方欣然手机里交友软件中的大量消息，他突然长舒了一口气："我知道，我们都无法回头，也无法回归普通人的生活。"

方欣然点点头："没错，那就这样吧，之后你如果有什么需要我帮助的地方，可以联系我。如果你要是想再续前缘，那还是算了，没有意义，我劝你不要抱这个希望，现在的我不属于任何人。"

方欣然很快便离开了酒店，她打开手机微笑着回复着消息。黑夜里的一切只交给黑夜便可以了，白日里的她还是要维持自己应有的生活节奏和秩序，任何人也不能干扰她紧握自己的人生方向盘。当然她也十分清楚，自己在外面的逍遥生活一旦有一天被曝光在网络上，那么她平日里打造的先锋形象也会塌方，也会迎来身败名裂的下场，她知道无限的快乐背后往往潜藏着极其巨大的危险，过分的放纵会招致自我的毁灭。可她又转念一想，未来的事情并不重要，抓住眼前的一切凶狠地进行报复性享受，这才是当下最为关键的。

"身后有余忘缩手，眼前无路想回头。"

刘培林在酒店坐了一会儿，耳边一直盘旋着这句话。

他一个人漫无目的地在街上行走，呼啸而过的狂风似乎要将他的身体穿透。整座城市都在他的眼前延展开来，只见熙熙攘攘的人群和川流不息的车辆组成了一个流动而又欢腾的景观，他望着每个人的脸，脑海中突然浮现出当年尚未参加文学比赛时那个躁动而又单纯的夜晚，他在电脑里敲下了第一个字，写下了第一句话，完成了第一篇文章，第一次感受到荡涤灵魂的快乐。

远处的日光被云翳遮蔽了起来，无数云朵也都扭曲出千奇百怪的形状，恍如不断翻滚的洪水猛兽，那些纸醉金迷的记忆让他感觉到黯然神伤。他很清楚自己的事情终将被新的热点遗忘，可他并不确定自己是否可以真正重启人生，毕竟他终于明白，果实有时未必因为空气的氧化而腐烂，也许种子早在地下之时便已经开始逐渐溃败。

"牛驾辕"和"马拉套"

◎张 真

　　支书交给我一个任务，并特意嘱咐要保守秘密。我是个办事认真的人，但既然领了任务，就必须保证坚决完成。

　　"来子，把你要完成的任务重复一遍，我听听！"支书摸出一支烟，用舌头捋了一下，掏出火柴点着。

　　"晚饭后带五个男知青，晚上八点天黑后悄悄摸出村，在村头林子边上干河套里埋伏下来，具体行动时间不确定，要等马顺家房山头手电筒连续闪亮后带人迅速冲进屋，控制好屋里人，然后兵分两路，四个人把马顺直接押到大队部，另外两个人把那女的带回青年点，交给刘淑她们看管，明早由她们押到这儿。"

　　支书把烟屁股在鞋底拧了下，扔进炕边的灶坑里。

　　支书原是基建工程兵的一个连指导员，因为常年野外施工患了肺病，经过一段时间治疗，命是保住了，但已不适应继续在施工一线，只能离职休养。他选择了回到家乡佟峪屯。

　　一个正连级别、佩戴勋章的军官来到公社报到，不要工资只要工作，让公社书记为了难，马上把情况向县革委会汇报。县里立马派来一位副主任现场安排了这位离职不离岗军人的工作，任命他为公社党委委员兼佟峪屯大队党支部书记。至于佟峪屯原书记，协助当年同为军人的老领导工作。

慈眉善目的支书满意地拍了拍我的肩膀，转过身走到铁卷柜前，从里面取出一支"三八大盖"递给我。

"子弹呢？"

"你小子还要真打啊？吓唬吓唬就中了！另外，让他们五个也把那烧火棍都带上，像个基干民兵的样！"

啥时候成了基干民兵我不知道，支书说我是，那想必我就是了。

我挎着枪乐得屁颠屁颠走出大队部，头顶着明晃晃的太阳上了山。

入秋的山村，有难忘的景致，玉米进入了灌浆期，散发着甜甜的味道，蟋蟀在绿荫的庇护下抖动着羽翼唱着歌。

虽然是我插队的第二个年头，真正这样独自一人惬意溜达的时候还真不多。

想想我都干了什么？刚下乡那会儿，十几个刚出校门的青年男女坐了半天汽车小半天马车来到山沟沟里，坐在饲养棚的土炕上同老队长和饲养员一起吃了来到农村的第一顿饭，玉米面饼子，白菜土豆汤。大家是真饿了，女同学不再矜持，甩开腮帮子可劲造，我们几个男生就更别提了，手里攥着一块，嘴里堵着一块，吞咽不下去就抓起碗喝口汤。

我们这伙知青里最漂亮的女知青当数刘淑。

当初大家都在看着汽车门上的贴号找自己要去的青年点，我和她就不约而同盯着车门上的那个"6"，然后彼此目光相遇，她宛如清水的眸子不禁让我打了个激灵，之后一排齐刷刷的白牙如口吐莲花，那问候声，绝了。我蒙头转向把她的行李装上车，又跳下去把自己的行李扛上去，然后很幸福地把她拽上了车。

一路上我用余光几次瞄着她，然后若无其事地同其他人说长道短。

就是这个刘淑，此时吃也吃了，喝也喝了，一伸懒腰，竟然打了个饱嗝，顿时引起一片笑声。刘淑自己也是涨红了脸，手抹着眼角浸出的泪水挤出一句话："这汤真好喝，是哪个师傅做的啊？"老队长嘿嘿一笑，指了指饲养员。轮到饲养员不好意思了，赶忙下了炕，红着脸笨嘴拙舌道："做不好，我也就是个喂牲口的。"

别人不说，刘淑当场就笑岔了气。

我们当年就搬进了集体户，虽然新抹的墙皮还没干透，但毕竟有我们一砖一石的付出，总算在上冻前有了着落。这是多余的话，我还要完成支书交给我的工作。

这枪挎着背有点累。

如果边上时不时过个路人，或许会好些。望着山下目光可及的青年点，我想首先要告诉刘淑，至于具体细节不必赘述，她只要知道晚上她们女舍要看好一个女的就行，并在第二天由她负责押到大队部，至于我们男生有什么行动，就不告诉她了。

刘淑显然被吓到了，问抓的是谁？不知道！问为什么要抓？不知道！问是咋样看守？不知道！

"你咋一问三不知呢？"刘淑急得快哭了，手抓住我的袄袖子不放。我忽然觉得，我们俩这一出挺暧昧。

当断不断，反受其乱，我果断转过身进了屋，捅醒正在流着哈喇子、睡意正酣的带队干部，他一扑棱坐起来，用手抹了下嘴角上的口水。我示意他出来，把支书的指示如实道来。

带队干部姓牛，在部队干过侦察兵。他性格诡异，好出风头，个子虽矮却喜好蹦蹦跶跶，与他对视的同类常常会感到疲劳而放弃。他随我们一同插队来到佟峪屯，虽然说是来锻炼，其实就是镀金。

记得当时我在来佟峪屯的路上得知他已是县里一个局的政工科长时问了他一句："那么好的工作跟我们来干啥？"

他反问道："你来干啥？"

"我能干啥？我只有这一条路，我不走行吗？"虽然一直受家庭出身影响入团不到半年，临了毕业上山下乡，县"知青办"还给安了个点长头衔，有了这个"尚方宝剑"，我只能扎根农村干革命。

带队干部眨着眼睛深情望着我，一只手紧紧攥着车护栏，另一只重重按在我的肩头："马来，你一定要带好这个头，为革命的战车拉好套！"

我那会儿也是不知道从哪里冒出一股傻气："对，扎根农村干革命，你驾辕，我拉套！"很快，我就觉察到这是嘚瑟大了，带队干部姓牛我姓马，带队干部是管人的我是被管的，得意忘形的最大缺点就是不知道自己是谁！

"牛驾辕"显得很有涵养，手仍旧按在我的肩头，语重心长："你还年轻，不像我了，你是早晨八九点钟的太阳，希望寄托在你们身上了。"我刚想说你才哪儿到哪儿，连个女朋友还没混上，就混成老人儿了？话还没出口就忙着憋了回去。

"牛驾辕"诡异一笑："想说啥？"

他知道我狗嘴里吐不出象牙！

还没等我的汇报结束，"牛驾辕"小眼皮下已是目光炯炯："我去我去！"

我真巴不得他去。看他那副迫不及待的样子，我有种不祥的预感。

"这事吧……"

"这事啥啊，这是个政治任务！我告诉你马来，党考验我们的时候到了！我们没有理由退缩！""牛驾辕"说着扯下我肩上的枪，娴熟地那么咔咔两下，伸出手："子弹！"

"我哪有？支书只让我拎着这杆破枪。"我告诉他支书让我向他汇报，并没有让他参加行动。

他闷闷不乐。

天擦黑儿，我们六个坐在当院扯闲篇儿。"啥情况？"面对廖刚低声询问，我伸长了脖子，几乎同时，学文、一凡、古平、占宇都伸出脑袋，我神秘兮兮地说："到时候就知道了。"

廖刚咕咚一口水咽下去："嘿，跟没说一样！"扭身进了屋。

说起来也怪，那年头时不时就有敌情。下乡不到一年的时间，光抓"敌特"的活，我们就干了两票。

记得那天特别冷，带队干部回县知青办汇报工作没在点，我们八个男生酒足饭饱便早早钻进被窝，刚刚睡着不久就被一阵敲窗户的声音惊醒，就听老队长操着公鸭嗓："快抄家伙到前院集合！"

当我们陆陆续续赶到前院，隔着玻璃就看到老队长把公社地图摊在炕上，正提着煤油灯在那儿比比画画。见我进来就递过个手电筒说："你带两男两女马上顺着小路赶到果窖，在那设伏。廖刚你们四个男的抄近路上山，在果窖对面集结，注意先不要打手电，其他人都跟着我排成一横排，向山里搜索。"

说罢他转身从墙上摘下那杆从不离身的老洋炮率先出了门。

这时候月亮还躲在厚厚的云层后，我只能凭借着感觉一脚高一脚低往前走。

什么东西钩住了我的棉袄？回手一摸，是个铁钩子，再转过身细看，原来是刘淑紧随其后，她拿的家伙居然是捅炉子的玩意，由于紧张又怕掉队，她手里那家伙便时不时在我的后背挠来挠去。

果窖有些像坑道，但不是多出口，窖藏的苹果和梨等果蔬放到来年五月都不会坏。

为了防止秋后的果子被盗，果窖铁门的钥匙就时时刻刻拴在老队长的裤腰带上。有时点里的女生馋了，就去哄老爷子开心，又是装烟袋又是递火绳，把老爷子忙活得乐乐呵呵，然后跟在老爷子身后去果窖，一人美滋滋地装回仨瓜俩枣。老爷子有规矩，吃几个行，不能拿兜装。

此时，我们五个人就躲在果窖的门洞里，刘淑躲在我的身后，由于害怕和冷，不时挤对着我。

我们都屏住呼吸，听着老队长他们那队人的脚步声越来越近。静谧中就听老队长一声大吼："看见你了，快给我出来！"埋伏在两侧的我们也齐声呐喊。

结果是，两头散放的驴正在那儿卿卿我我，在众人的喧嚣和围剿中被吓着了，它们张牙舞爪，成功突围。

另一次嘛，是大队搞的演习。事先通知我们务必活捉来犯之敌，我们哪里知道那是演习，本来就是麻秆打狼两头怕的事，大家一听说有敌情，个个寻思着可手的家伙，镐头铁锨锄头，哪件不比练刺杀的木棍好使。那晚支书亲自坐镇，声称据公社传来消息，一名"敌特"已潜入我方小水库拦水坝一带，我们要兵分两路围追堵截。

"快看快看！"两个女知青几乎同一时间看到十几米外有个光亮在移动，支书被她们的惊叫也乱了方寸，脱口而出："追击！"

顷刻间，我们便像农民起义军一般挥舞着最原始的兵器，杀将而去。

我们男知青的身后是稀稀拉拉呜哇喊叫的女知青，她们似乎喊着："等——等——我们……"

显然，"敌特"比我们更慌张，面对一路狂奔的义勇军，他选择了往山上的丛林中逃窜。

也许是人多势众，我们定要活捉来犯之敌，眼看离"敌特"还有十几米，大家都感到一道刺眼光迎面而来。等视力恢复了，"敌特"早逃得无影无踪。

正追在兴头上的我们靠在树边短暂歇会儿，我们决定就在这个范围搜山，而占宇的一个意外发现，证明"敌特"并没有走远。他的脚踩到了一把短枪。

我们八个男生让陆陆续续赶上来的女生就围坐这棵树下，然后我们两人一组四下散开。就在我们紧张搜查时，树那边的女生忽然歇斯底里地喊叫起来，紧接着就是一阵噼里啪啦的拍打声。

我跑过去看，是支书的通信员，叫边松。

"你就是敌特？枪是你的？"他点点头。

书记身边竟然有这样的阶级敌人，我举起手里家伙，边松抱着头急忙喊着："假的，是场演习！"

才刚还哭哭啼啼的女生这会儿破涕为笑："哎呀妈呀边松，你倒是早说啊，早说了姐姐们哪忍心下那狠手！"

边松捂着头抽搭起来："本来告诉我八点半开始，以我发出信号弹为准，我看时间还早就卷了根烟寻思着解个大手，刚蹲下就听你们呜嗷喊叫冲上来了，吓得我边提裤子边跑，想起支书说要以信号弹为号，那会儿就慌慌张张朝你们开了一枪，之后就爬上树。忙乱中我也不知道枪掉了，几个姐又在树下坐着不走，我寻思我要把枪抢回来，然后到支书那儿，哪想人还吊在半空就被几个姐拿大铁锹给拍了一顿！"这孩子惊吓得不轻，说着说着委屈地号啕大哭起来。

我们把边松搀扶着下了山，把他交给了支书。听了汇报后，支书用棉袄袖子抹了下通信员的脸，爱怜地叹道："这事整的！"

所以啊，我们出个任务大家都习惯了，轮到谁，谁就多费点劲。

我在出门前又碰到刘淑，她还是惶恐不安的样子，面对求助的目光，我还是没有答案。

带队干部出来和我们道别，并丢过一句话：我去大队部。

我们六个进入埋伏地点，这是一条季节河的拐弯处，原来这里是一片庄稼地。经过几年夏秋洪水的洗劫，成了无毛可拔的干河床。

占宇问："啥时候行动？"我说以马顺家房山头边松的手电筒连续闪亮为号。

我说趁着时间还早，大家抓紧休息一会儿，我先负责观察。说这话会儿，星星稀稀拉拉挂在天空，躺在暖暖的沙滩上，仰望星空，简直就是享受。这哥几个也是白天搬石头砌墙太累了，不大一会儿便传出呼噜声。

我从兜里摸出烟荷包抖了抖，这荷包和蛤蟆头烟还是在老队长那顺来的。别看烟荷包是用半截旧袜子改的，好用，卷烟前抓住袜子腰儿抖几下，烟叶上的尘土就会顺着袜子脚后跟那处稀疏的地方落下去，然后再从荷包里摸出烟纸用两个指头捻出碎烟末卷好，唾沫一和叼在嘴里。

我几口就把那根又呛又臭的蛤蟆头抽完，把烟屁埋在沙子里，我想，马顺这会儿干啥呢？

按理说他是支书的叔伯妹夫，啥事让支书非要布置人抓他？想了半天也是一脑袋瓜子糨糊。

马顺家的灯终于灭了，我轻声唤醒同伙，一行人穿过河套摸进村子。躲在他家的石墙外，他的家没有狗，隔条街的狗却跳上墙狂吠了起来。管不了那么多了，我们只能等待信号。

房山墙边的手电筒刚亮了两下，我们便翻墙而入，占宇拨开门闩，我们迅速冲进西屋，按亮手电筒那一刻，马顺用手遮着眼睛嚷嚷："谁呀？大半夜的，滚蛋！"他刚要起身，一凡、古平的两条镐把已按在了他的胸前。

我用手电晃了一下自己的脸："对不起了马队长，支书让你随我们去大队部。"

说真的我这会儿挺尴尬，这是什么事呢？五天前的晚上还在他家外屋的热炕上同他喝了一斤多烧酒。

那天下午干活时他悄悄问我："兄弟，忌口不？"我说："啥？忌口？这年头一肚子高粱米，我啥都吃！"

"中！就这么说定了，晚上天擦黑来家，咱哥俩整两壶。我家那小猪崽子昨晚上掉井淹死了，埋了怪可惜了的，正好开荤。"

晚饭在青年点稍稍垫了点，我便在自己的箱子里拿出个滴流瓶子，揣在怀里去了马顺家。一进院便狠抽了两下鼻子，闻到了久违的肉香。

上炕盘腿落座，马顺媳妇儿端着一个中号瓦盆就上了桌，嘴里嘟嘟嚷嚷："这败家老爷们，连个死猪崽子也不放过，塞吧，挨千刀儿的！"说完一扭屁股挑帘去了外屋。

马顺烫的两壶酒，我们一替一盅很快就让它见了底。我拧开滴流瓶子的胶皮盖，顿时不一样的酒香四溢。我看见马顺的眼睛冒着光。他抢过瓶子仔细看了看，又放在鼻子前闻了闻："好酒啊！从哪淘腾来的？"

"哪来的？我妈用它擦藤椅的。我爸出差去南方，看到南方的藤椅漂亮就买回来了，没想到到了北方水土不服，裂不说了，坐上去还吱吱嘎嘎。我妈用水擦怕擦坏了，想到人家酒厂到化验室送检的几瓶样酒因为酒精度超高而没通过检测，就把样酒扔在了她班上。想想这酒可以当酒精用，就拿回家隔三岔五擦藤椅。"

听得马顺直咧嘴："可惜了了，可惜了了！酒是粮食精啊！咱贫下中农的劳动成果咋能这么祸祸呢？"

我一时语塞，是啊，没咋的，咋把自己家人整到纲上了？

马顺也觉得说秃了嘴，连忙着用手拍了拍脸。

不过擦藤椅的酒真是好酒，淹死了的小猪肉也真是好肉。

那天晚上，我俩喝得月牙弯弯，当我踩着软绵绵的土路往青年点走的时候，我还想着箱子里还有一瓶，等哪天马顺家的鸡再掉井里淹了，再来一顿。

现实太骨感。

马顺被从炕上拖下地的时候，还穿着厚厚的免裆裤。那是北方农村常见的几乎男女通用的裤型，一条长长的布带围着肥肥的裤腰绕上两圈，然后把布带头掖进腰带里层，赶上了尿急，扯下来搭在脖子上就行方便了，实惠。

他从炕的角落里掏出布带系好，蹬上解放鞋，然后任由着我的人把他双手从后面捆住，冲我嘟囔了一句："我舅哥疯了！"

我示意把马顺带到院子里，这么半天一直蒙着头的人是谁？

该不是他那一扭屁股的媳妇儿吧？

我把枪交给身边的廖刚，伸手去掀那脏兮兮的被。

倒是蒙面人不认生，半明半暗中竟探出头道："大兄弟，把俺也要交公啊？人家没穿衣服啊，不信你们看！"

随着几声怪笑，我感觉眼前白花花的，慌乱中廖刚手里的枪跌到地上。

"胡寡妇，快把衣服穿上跟我们走！"我和廖刚争先恐后挤出了屋。

岔路口，我们同廖刚、学文分道扬镳，他俩把胡寡妇带回青年点。我们押着马顺上了山，直奔大队部。

远远地，我就看到大队部门前有一盏马灯摇来摇去，那嘚瑟劲，肯定是"牛驾辕"闲着无聊在那儿练《红灯记》中的李玉和造型。

我把情况简单向支书做了汇报，就在我放枪这会儿，"牛驾辕"正打发一凡、古平、占宇他们先回去，我知道他好事，又怕走夜路，所以等着我。

支书看了一眼坐在他边上的带队干部，没吱声，从兜里摸出包迎春烟取了一支点着，似乎又想掏出一支很快又放了回去。

"来子，把他绳子解了。"

"说说吧，怎么回事？"

"我就是喝点酒，想找个人唠嗑，"

"唠嗑？唠嗑你找胡寡妇唠什么？唠嗑？唠嗑你关灯干什么？唠嗑？唠嗑还用脱了唠啊？"

"我没脱！"

"来子，把他那玩意给我掏出来！"

我急得直搓手，不知道如何是好。

"来，用这个！"带队干部笑着转身，随手撕下一块糊墙的报纸递给我。

我接过来，忽然感到愤愤不平，这叫什么事啊！

看着我呆若木鸡般杵在那，支书咧嘴一笑："来子，过来抽根烟！"带队干部也趁机凑上前，叼了一支。

"我告你马顺，你丢得起人，我还丢不起这张脸。你回去吧，好好想想咋和小秀儿解释。"支书说着，顺手把剩下的半盒烟丢给他。

马顺接过去，扭头走出了大队部。

回青年点的路上，我和带队干部并肩走着。这会儿有点凉，让我冷静不少。

"牛驾辕"此时依旧很兴奋，嘴里一会儿西皮一会儿二黄，把自己忙得不亦乐乎。

我说："晚上那阵儿大队部院子里举马灯的是你吧？"他表情凝重："我就是个扳道岔的！"而后围着我转了一圈，来了个造型。

"唉唉，我问你，我给你递了纸，你为啥不把马顺那个掏出来呢？"

"支书啥时候给过我烟？那烟一盒就顶我干一天的工分！"

他不吭声了。

回到青年点，我俩轻轻推开男舍的门，乖乖，大通炕上躺着的各位竟毫无睡意。简单寒暄几句，我钻进被窝，身边的廖刚侧过身子小声问："后来咋处理了？""放了！你这边呢？""带回来就交给了刘淑，两人一见面，又是抱又是啃，老亲了！然后那边门一关，也不知道都唠了些啥。反正折腾了大半夜，笑声不断。"

我突然想起来，刚来那会儿，青年点的房子还没盖好，刘淑和崔华她们暂时住在胡寡妇家有小半年。这下好了，要乱套！

"刘淑她们老早就押着胡寡妇去大队了。"崔华边刷锅边说。瞅着四下没人，她脸颊泛红，眼神迷离说道："你把胡姐咋的了？"

"胡姐？啊你说胡寡妇啊，我把她咋的了？我能把她咋的？"我急了，这货肯定又是在消遣我！

"啧啧！马来呀，瞧把你急的，没事就没事嘛，人家不是关心你吗？"

"谁关心？是她关心还是你关心？"

"不跟你说了，一说你就乱说！"崔华白净的脸上又泛起了红。

我真不是乱说，望着她推门躲进屋的背影，感觉真是要乱套。

该来的总是要来。

支书在昨天晚上我离开大队时就让我今天下午过去一趟。我走上山顶，迎面碰见的三个人就是一大早把胡寡妇押送到大队的刘淑、贾英和范贵敏。她们一见到我就表情各异，刘淑的笑有点冷，贾英的笑有点发傻，范贵敏的笑手捂着嘴，眼睛望着别处。

我断定胡寡妇人物虽小毒气大，我点的女生都中邪了。

"你俩先走，我同马来有话说！"刘淑说着拦住我。

我看她俩一步三回头，晃晃悠悠走远。

"你把胡姐咋的了？"

"我把胡寡妇咋的了？你们问话都像一个模子抠出来的？能不能换个问法？"

"哎，好看吗？我这样问法行吧？"刘淑语调轻柔，一脸奚落。

"好看！"我吧嗒着嘴，很无赖的样子，"你当我想看？要抓谁我都不知道。要不是我和廖刚在一起，我冲不清洗不净的！想想自己都恶心！"

我面前的刘淑表情很复杂，目光紧盯着我，忽然她伸出手摸着我的头："你这怎么了？有个包。"

我想起来了，昨晚上和廖刚慌慌张张往外跑时，撞到门框上了。

"哎呀妈呀，你能不能小心点，老让人家担心！"刘淑说着说着，眼圈竟有点发红。她忙着转过身。

我问刘淑胡寡妇怎么处理了，她说支书把胡寡妇骂了一顿，听得她们几个都跟着脸一阵红一阵白的。

支书让胡寡妇回家收拾行李到边家沟，那块正在搞秋季大会战，去挖种树的鱼鳞坑。

我问胡寡妇昨晚在她们屋怎么待着了，都说了啥（其实这是我最想知道的）。刘淑听后，莞尔一笑。

"你们男人啊，都是食肉动物，馋了饿了就找肉吃，酒足饭饱后倒头就睡。"

"怎么听着都是胡寡妇的腔调呢？"

"对啊，她就这么说的！"刘淑说完也觉得失言，捂着脸笑得上气不接下气，然后郑重地告诉我："回点千万别说啊！这是她和我在被窝里说的悄悄话，要让她们听到了，又该说我不正经了，求你了，这话我就和你说了。"

这会儿她柔情似水。我想我该赶快走，此时此地不是沦陷的时候。

我在她丰满又颤抖的肩膀上拍了拍，强忍着生理上的反应，仓促告别。

支书盘腿坐在队部的炕头摆弄着纸片，翻来覆去在那琢磨着什么事，我赶紧叩了叩门。

"牛师傅跟了你们有一年多了吧？"我说是。

"你们大家对他的印象怎么样啊？"我说挺好的。

"具体点说说，好在哪儿？"我说工作积极主动，尤其是抓思想政治工作非常认真。

"他在单位是哪个部门，具体做什么？"我说是政工科（股）长。

"你叫他什么来着？"我不好意思。

"对，'牛驾辕'，他喊你'马拉套'。"

"支书，都是我的错，不该给带队干部起外号。"我忙着检讨。

"哎，马来，别忙着纠错，你们的外号非常形象，贴近生活。不过火车跑得快，全靠车头带，这个车头要是慢了，车厢想快也快不了，你说是不是？"我不知所措。

我的眼睛不敢正视支书的目光，紧紧盯着支书手里翻来覆去的纸片，一面黑一面红。突然，我顿悟，那纸是带队干部昨晚随手从墙上撕下来的那片。

我的头有点大。

过了立秋，大地便进入了"预产期"，我的生活也随之很累但很充实。这是个不愿来但必须来的地方，这是个你想离开但又无法摆脱束缚的地方，心有所想，力不能及。

"牛驾辕"要走了，他已经对未来充满了期待。

入冬前一段日子，他时不时就在县城公社之间奔走，当然，也要去大队部支书那儿盘腿上炕同他唠唠家常。支书也是豁达，时不时就让通信员在小卖部搞点罐头啥的。边松那孩子也有眼力见儿，常常是知道支书要招待客人了，不是东家弄一块豆腐就是西家薅一把小葱，让支书喜上眉梢。

一天晚饭后，老队长把我叫到前屋，笑呵呵说："明天又要有油水了，你安排俩女的早饭后到前院帮饲养员做豆腐，其余的收拾宿舍、打扫庭院、帮厨。男的下午早收工，等候大队班子来一起喝酒，欢送小牛。"一边说一边翻着炕柜，一桶酒一瓢鸡蛋一捆粉条，然后趿拉着鞋到西屋取了一条子猪肉。

我望着一堆好东西眼睛发直，专业队是大队的直管队不错，啥时候藏着这么多好吃的？刚来那会儿清水白菜土豆汤，就让一个个撑得幸福得了不得！

看来，我们是借了"牛驾辕"的光。

老队长却说，这个小牛工作认真负责，很受支书赏识。

酒量平平的"牛驾辕"在酒桌上喜形于色，这场面让他想不到，大队的班子成员全到齐了，支书还是兼着公社的党委委员的角儿呢！想想回城后的日子，再向上挪一步不说，前途光明。在与众人推杯换盏中，他谈笑风生。

挨着身边坐着的支书，他压低语调轻声说："老首长，县里有什么事吱一声，我一定全力以赴。"支书点点头，说："小牛你是不是回去也该谈婚论嫁了？"

"我？我还年轻，才二十五，不忙，踏踏实实为局里发展多做点工作，再说了，等她将来……"

"噢？有了中意的，是谁呀？""牛驾辕"朝东屋女生宿舍努努嘴。

又喝了两盅后，支书提议班子成员到东屋敬杯酒。

"牛驾辕"忙着下炕，前面引路，率先进屋高声说道："大队领导来看望大家了，首先让我们热烈鼓掌！然后举杯祝领导们身体健康！"

支书显然被这场面感动了，左手擎着酒盅，右手挥舞着："大家都坐下，我们今天都是在欢送你们的带队干部，他明天就要奔赴新的工作岗位，开启新的征程。我提议，大家共同举杯，为你们的带队干部送行！"

西屋这边，我们几个男的从刚才带队干部同支书对话的只言片语中似乎也发现了什么，趁着这时候屋里没外人，交头接耳："这老牛要啃哪棵嫩草？"

随着东屋"我家的表叔数不清……"的调门响起，大家几乎异口同声："刘淑！"

驴车在去小火车站的山路上费劲地爬着坡，"牛驾辕"昨晚上喝高了，这会儿萎缩在晃晃荡荡的车板上闭着眼睛哼哼唧唧，一副痛不欲生的样子。

"看上刘淑了？"我随口一问。他骨碌一下坐起来："你咋知道的？"

"我咋知道？她那大嗓门的表叔一出口，男生就全猜到了，是你这个李玉和告诉大家的。"

"你看刘淑咋样？"

"好啊！唠了没？"

"唠啥？不用唠！她老爹和我是一个单位的，我提上副局长，一切不都是水到渠成的事。兄弟好好干，帮我多照顾下她，将来可是你嫂子。""牛驾辕"这会儿也不难受了。

送走了他以后，我常常觉得心里空落落的，也不知道是"牛驾辕"不驾辕，马不晓得怎么拉套了，还是因为刘淑有了主儿。

上冻前的一段日子，是专业队最忙的时候，苹果要在这个时间采摘下来并贮存好，沤好的粪肥要一堆堆运送到树下，以备来年给果树施肥。

而进了腊月，便到了想家的时候。

在大家大包小裹三三两两翻山越岭赶火车回家过年的时候，我在青年点留下来值守。等到他们过了正月十五陆陆续续回来的时候，我听到了有关"牛驾辕"的信息。

廖刚较为详细地介绍了带队干部回城后的工作安排。他说局里副局长的位置早已满了。老牛被分配到街里的一个新华书店上班，每天围着柜台搬图书卖图书。廖刚说他也是无意中进书店想买本《新华字典》，一抬头发现柜台后售货员竟是"牛驾辕"。

他神情凝重，毫无生机，眼角向下使着劲，绿色军帽下的鬓角一边露出一缕白发，成熟感沧桑感并存。

他们彼此短短的几句问候，有关青年点以及其他只字未提。

牛师傅怎么到这来了？

服从组织分配呗！

我想，"牛驾辕"的失落原因慢慢捋一捋，就会捋出点脉络。我当初隐隐约约想稍事提醒，但怕以小人之心度君子之腹。人们常常是不经意间露出破绽，有意者为谋略，失意则陷落。

春天悄然而至，几场微风拂过，地表便露出浅浅的绿色。这种不经意间的日子会让你顿悟的刹那感到走失的许多如覆水难收。

刘淑调到大队去了，当了妇女主任，很快入了党。不到年底又调到公社，在供销社当支部书记，成为我们青年点第一个挣工资的知青。

老牛此时肯定是不想她了，至于我，在"牛驾辕"露出风声的那一刻，就断了念想。

又一个正月来临，我回到城里的家同父母一起过年。自从下乡，便有了一种居无定所的感觉。回到家，虽然如同流浪汉有了个稳定的栖身地，但还是感到寄人篱下。

微薄的工分尚可饱腹，日用穿戴仍需家中资助。

一天，觍着脸在母亲那要了几块钱，说出去转转。我要去看看"牛驾辕"，一年多没见到他了，总觉得有些懊悔郁闷在胸。踏着被前人踩实的路面，侧耳倾听脚下的声响，感叹人生。

"牛驾辕"没认出来我，当我扯下厚厚的围巾，他的目光竟激情四射。

我说："一年多没见到你了！"

"可不咋的，没了'牛驾辕'，你'马拉套'有意思吗？快到柜台里面坐！"

"我听廖刚说，那会儿你精神老不好了，真担心你挺不住！"

"啥事啊？我挺不住。你坐那先喝点水，我先忙，下班咱俩整点。"他手比画着一仰脖。

落座，渍菜粉，花生米，两壶酒。小店很小，四张桌只有我们俩人。几盅下肚，我们彼此相视一笑。

"我现在想得很开，关键你那名字起得好，'牛驾辕'，现在我就是为自己的生活驾辕，去年上秋我成了家，媳妇儿还有四个月就要生了。一想想老婆孩子热炕头就美！"

"不是刘淑吧？"我打诨。

"想哪儿去了？活就活得现实点，咱老爷们活人不能让尿憋死！两条腿的蛤蟆不好找，人可有的是，哥们趁着局乒乓球队在县里打比赛的机会，在纺织厂划拉到一个，就这样你情我愿走到一起。"

小酒一闷，"牛驾辕"津津乐道。

现实真是那样，无欲则刚。

在一个做人的原则下我行我素，不巴结权力虽然很难，却做实了人格。

我几番欲言又止，"牛驾辕"端起酒盅，连喊走一个。

"嘿嘿，你小子狗嘴里还真吐不出象牙！告诉你吧，我回来上班后很快就知道了大队给我放在档案里的鉴定，其中说我是政治流氓，是最让我过不去的。我告诉领导我充其量不过是个政治盲流。我跟

197

着瞎拍、瞎忙、瞎咋呼！从今往后，我不会干为五斗米折腰的事。"

这点我赞同，人活一世，草木一秋。我们不可能总是左右逢源。逢山开路遇水搭桥，努力化险为夷。

老牛告诉我最初他感觉一切都毁了，走前是自己一个人的办公室，回来却是一个人的门市房，办公桌变成了柜台，那种失落几乎缠绕在周身，让他觉得周围的眼光都仿佛要杀人。

他不想就这么跌倒，他得重新站起来才能让周围的目光垂下去。

而站起来的过程正是重新审视过往的标尺。

我们在不知不觉中喝了不少的酒，看到小店要打烊了，才恋恋不舍彼此挎着胳膊迈出了门。

城区中灯光有些昏暗，落雪似乎毫无目标地飘着。老牛告诉我，明年可能是要恢复高考了，努把力，这是个唯一改变命运的机会。

我想也是，我们的扎根若是就停留在无聊的造型上，早晚也是逃兵。

问题是，我们该如何抚平青春期的伤口？

一种痛苦或许只陪伴你走过一程，或许就是一生……

2022年辽宁小说扫描

◎张维阳

2022年，"文学辽军"在小说创作方面取得了众多可喜的收获，在为辽宁文学赢得关注和荣誉的同时，也为中国文学提供了很多新鲜的经验。

这一年，深挖"六地"文化、讲好辽宁故事，得到了众多辽宁作家的认同。他们立足辽宁而关切全局，反思百年来中华民族遭遇的磨难与伤痛，重述新中国筚路蓝缕的创业历程，在通过文字重现民族艰难足迹的同时，也以文学的方式，讲述了辽宁这片土地在民族屈辱岁月中经历的苦难，以及在国家复兴之路上担负的重担。在这个方面，傅汝新的《一塘莲》和周建新的《香炉山》值得注意。

四战四平城、辽沈战役、土地改革运动……解放战争时期，东北大地上发生了一系列推动历史进程的重要事件。这些事件为革命历史题材小说创作，提供了丰富素材资源和广阔叙事空间。傅汝新的长篇小说《一塘莲》就取材于此，从战场、根据地、敌占区和乡土社会四个维度描写东北解放战争。小说中有激烈的战争场面，也有暗流涌动的敌后斗争；有根据地的欣欣向荣，也有乡土社会的民风民俗，呈现出一幅生动的革命历史画卷。创作革命历史题材小说，难在将具体人物的命运轨迹嵌进宏阔的历史背景，难在用人物的经历、行动、所思所想折射历史的逻辑和必然。《一塘莲》在此方面另辟蹊径，不以战场上的角色为主人公，而是通过小商贩卢四的三个女儿的不同人生选择和命运轨迹，表现战时的社会和人生，表现东北解放的大历史。卢氏三姐妹在思想情感、人生选择上的差异性，造就了曲折复杂的人生道路，在看似偶然的个人命运里呈现历史必然。老三卢云在东北民主联军高团长动员下，欣然前往部队担任文书。她为东北民主联军侦察敌情、送情报，多次遭遇敌军、土匪，历尽艰险，九死一生，逐渐成长为一个机智勇敢的战士。作者将沙岭战役、鞍海战役等辽南地区战事熔炼在卢云的故事中，以点带面反映革命历史。老二卢秋参加了当地妇女干部培训班，与田镇长结识，互生情愫。在田镇长组织下，卢秋和大家一起为部队赶制冬装，想方设法发展根据地经济，通过这些情节表现了根据地群众有力支援前线，为战争的胜利提供重要保障。爱情的甜蜜与根据地的稳定、充满朝气相得益彰，象征着根据地蓬勃的革命活力和良好的干群关系。

大姐卢芳的人生经历则为小说拓展出新的故事场景和叙事维度。卢芳为报答当地乡绅方七爷对自己一家的帮助，嫁给了方七爷，但封建家族的算计构陷让她厌倦。她逃离了深宅大院，在地下党组织安排下，潜入沈阳城收集传递情报，为战争胜利做出贡献。循着卢芳的足迹，小说打开了方七爷所代表的乡土社会和作为敌占区的沈阳城这两个叙事空间。方七爷仗义慷慨、交游甚广，为解救被土匪绑架的卢云，他只身前往土匪巢穴谈判；为救狱中的高团长，他与人共谋劫狱。通过这一人物，小说有了民间传奇色彩，拓宽了革命历史叙事的书写半径。相较于对乡土社会的充分描写，小说对敌占区沈阳城相关情节的叙述略显仓促，敌占区情报工作的惊心动魄还可以有更多表现。正如《一塘莲》所书写的，解放战争东北战场的一个重要特点，就是我们的对手除了国民党反动派，还有对人民群众安全造成威胁的土匪。作者不仅描写了打击土匪的故事，还审慎地对土匪群体进行区分：有的恶贯满盈、罪孽深重；有的怀有一定的家国情怀，有被改造的潜质。小说中不仅有对土匪的清剿，还有对土匪的感召与教育、动员与团结，历史的复杂性得以呈现。国共两党在东北的斗争不只是军事上的对抗，还是主义之争与民心之争。这是小说在主题开掘上可以继续深化的地方。在书写根据地建设生活的章节里，可以通过描写土改运动和基层干部对群众的帮助、教育、引领和动员，对比呈现国共两党的理念、作风以及对人民的不同态度，反映影响这场战争胜败的关键，给读者更深的历史教益。革命历史题材小说是中国当代文学的重要组成部分，不乏经典佳作。在新时代怎样跳出经典化后的模式化困局，是这一题材创作的重要课题。《一塘莲》以革命历史与乡土世情结合的创作手法让人眼前一亮，由卢氏三姐妹展开的故事丰富而不冗余，人物众多又各具特点，读来不失新意，体现了创作者对这一课题的积极探索。

周建新的《香炉山》是《锦西卫》的续篇，继续书写辽西英雄的抗日传奇。这部小说书写的是1932年抗日义勇军被国民政府抛弃之后的故事。没有了政府的支援，少帅回归的愿景破碎，东北的抗日活动更为艰难，原来声势浩大的义勇军分崩离析，辽西一带，只有辽西抗日义勇军第九师等为数不多的抗日力量在苦苦支撑，面对日军强大的武力，他们只能且战且退，进入香炉山，坚持游击作战。周建新在这部小说中，着重描写了辽西抗日义勇军第九师的抗日经历。这些义勇军的战士，不仅要面对敌人军事上的围堵，还要面对物资的匮乏和敌人经济上的封锁。周建新的小说不仅描写了他们与敌人在军事上的缠斗，也书写了他们在经济与生产等方面与敌人的周旋和斗争，立体地还原了辽西抗日义勇军的抗日活动，表现了东北人民在日军铁蹄下的不屈抗争。小说对于日本侵略者的描写也比较充分和立体，不仅写出了侵华日军在军事上的野心，也写出了其对占领区经济的封锁、资源的占领和文化的渗透，侵占领土的同时，是经济的掠夺和民族的奴化。通过这些描写，小说具体地呈现了抗日战争时期中华民族面临的深重危机。

同样是历史叙事，老藤的写法别具一格，他没有书写历史中的人，而是浓墨重彩地书写了历史中的羊，通过对野长城上辽西白山羊的描述，表现了戍边家族鲜为人知的功勋事迹。在《野长城羊事》中，老藤书写了小河口长城几代曹家戍边人所养的山羊公的事迹。他家的羊，当年修建长城时，做出了很大的贡献，驮砖运瓦、运输材料，发挥了很大的作用，也做出了巨大的牺牲，替人而死，得到了曹家人的尊重，尊称家养的公山羊为"山羊公"。长城建好后，曹家的羊成了野长城的守望山羊，巡视长城上的曹家楼，助力这段长城自明代建成起始终坚挺，从未破防。除此之外，曹家先祖在野长城遭遇野狼，山羊公撞狼救主，在村庄遭受泥石流席卷之际，又是山羊公提前报信，拯救了全村人的性命，他家的羊也被称为"义羊"。曹家人信赖山羊公，伪满时期，曹家人在对姻缘举足不定时，请山羊公前来定夺。山羊公当仁不让，一锤定音，促成了曹家人和八路军战士家属的美满姻缘，他家的羊又成了"媒羊"。"文革"期间，省里文物专家来野长城考察，肯定了曹家山羊对野长城的保护作用，县革委会特批曹家山羊享受警犬待遇，曹家山羊又成了有官方身份的"官羊"。小说中，老藤书写了曹家山羊六百年来的传奇，通过写羊的故事，事实上是写了曹家人六百年来扎根边关、矢志不渝的戍边恒心，也通过羊的故事，重述了中国近现代以来的复杂经历，把国家民族的大叙事置换成动物传奇的小叙事，突破了既有的历史叙事的模式，对历史叙事的变革做出了有益的探索。

老藤不仅通过小说积极摸索历史叙事的新模式，其对现实的社会问题，也给予了足够的关注，这让他的小说体现出一种积极的介入意识。在《众神之山》中，老藤讨论了发展经济和保护传统文化的关系问题。小说中，金鼎山上原来有座真武庙，庙中供奉着六仙，这六仙不是虚构的或者神话中的佛菩萨，是六个在历史上真实存在的人物，他们或是抗倭英雄，或是救死扶伤的大夫，或是成功种植稻米的农人，都造福一方，美名远扬，所以受百姓封神膜拜。也就是说，对六神的朝拜，不是对虚设偶像的崇拜，而是对祖先和英雄的祭奠。六神的事迹对当地的民风民俗，有着正向的引导。当年日本人破坏了这座庙，多年后，当地的文化人要重建这座庙，发扬六神的文化，但此时，金鼎山已经被纳入临港工业园区的建设方案，这是金鼎山周边发展经济的风口，这样，经济的发展与文化的传承就产生了矛盾。经过文化人团队的持续努力，当地政府领导答应了更改园区建设计划的要求，真武庙有望重建，六神的文化有望被发扬光大。在老藤看来，地区经济的发展固然重要，但传承优秀传统文化也同样重要，当下，在经济与文化命题并置的时候，取舍的答案不再具有唯一性。

通过小说表现对社会现实问题的关注与介入，张鲁镭同样在行，小说《梦蝶》和《浣花溪记》就是这样的作品。在《梦蝶》中，张鲁镭书写了一个名叫菜刀的特殊的画家形象，菜刀开货车出身，转行当上了画家，只画钟馗。人们相信钟馗能捉鬼，纷纷前来求购，买了他的画，确实灵验，很快诉求就有了回应，于是，菜刀画的钟馗越传越神，供不应求。他画的钟馗灵验，自有他的秘密，原来他暗地里拨打各种投诉或者维权电话，将客户的诉求通过正规渠道向上反映，大多矛盾的解决都是由于背后官方的出手，但来求画的人不懂这些，不了解正规的投诉途径，只能把解决问题的希望交给钟馗。然而，张鲁镭没有渲染菜刀这样的为民请命的"侠客"，菜刀把民间的信仰和暗地的投诉衔接在一起，把画钟馗做成了一门生意，然而把戏终有露馅的那一天，当一个犯了大事的事主找上门来，菜刀的钟馗失效了，连同他自己也陷入麻烦之中。通过小说，张鲁镭表现出行政管理的缺位、投诉途径的不畅，让群众将问题的解决寄托于民间的信仰。如果群众反映问题的渠道通畅，遇到的问题都有人关心和解决，人们也就不需要钟馗了。小说《浣花溪记》关注的是当下老年群体的生活问题，小说中，老杨的女朋友去日本带孙子，他退休后也去外地带孙子，脱离了自己熟悉的生活环境，为了避免无聊，应聘了一个公园保安的工作，每天巡逻执勤打发时间。为了带孙子，他几乎放弃了个人的生活，消耗着自己的生命。事实上，公园中和他一样的老人大有人在，在公园喂鱼、摆弄望远镜的老周头，住着别墅却去垃圾桶捡瓶子、开荒种菜的老山西……这些老人生活上都没有经济压力，但他们都要面对生活的空虚和无聊，这些足以将他们人生的末段蚕食和吞没。女真同样注意到了老年人的生活问题，在小说《擦肩而过》中，老妇人的孙女将自己养了多年的猫弄丢了，她特意从新民赶到沈阳，去找她的猫，在孙女看来，丢的只是一只猫，而对于老妇人来说，老伴去世之后，猫是她生活的伴侣，女儿已经两年没有回家看她了，只有猫守护在她的左右。女真写出了独居老人空寂孤独的感受，表现出他们对陪伴的渴望。

此外，关注社会现实问题的小说，王野的《满乡花信风》和周建新的《辽西以西》也值得注意。王野的《满乡花信风》关注的是乡村振兴的问题，小说通过讲述学子归乡建设美丽家园的经历，表达了对乡村振兴的信心和憧憬。小说中，佟晓格是环境艺术设计专业的研究生，学成归来，准备用自己的专业为家乡打造满族传统古村落，开发"满乡风情游"，将地方特色和国家战略相结合，为家乡设计一条发展的新路。如果说佟晓格在经济层面搞乡村振兴，她的好友蔡小兰则是在文化和风俗的方面推动乡村的进步。蔡小兰虽然没上过大学，却是村中的创业能手，搞现代农业，取得了一定的成就。她主动将结婚对象的彩礼退回，争当"无价新娘"，对天价彩礼这样的乡村恶习进行了彻底的颠覆。王野让我们看到，建设美丽乡村，一方面要为乡村找到发展经济的新路，另一方面，也要让乡村接受思想和文化上的洗礼。周建新的《辽西以西》，讲述的是驻村第一书记在脱贫攻坚工作中的一段经历。小说中，驻村的周书记想给村中痴傻的曾亮媳妇儿落户口，这样可以解决她的低保问题，让她的生活有保障，也可以想办法让她的三个孩子受教育。看似简单的问题，周书记做起来却困难重重，因为曾亮的傻媳妇儿是买来的，搞不清楚从哪儿买来的，就没法落户口。周书记借助公安干警的帮忙，找到了傻媳妇儿的家，其家长知道周书记的来意后却狮子大开口，让周书记提供巨额赔偿款才能配合工作。无奈，周书记只能换一个方案，让曾亮夫妻和三个孩子做亲子鉴定，这也可以证明他们的血缘关系，从而办户口。但曾亮的父亲曾三拒绝此事，因为儿媳痴傻，成天在外面游荡，他无法保证家里的三个孩子是痴傻的儿媳的孩子，如果检验结果出人意料，事情将更不可收拾。周建新通过小说，把基层工作的艰难和复杂展现得淋漓尽致。

这一年，虽然"文学辽军"对历史叙事和介入现实投入了足够的热情，但文学归根结底还是人学，这一年里，更多的作品还是在讨论人的情感和精神领域的命题。

梁甫的《扎鲁特兄弟》书写了一份弥足珍贵的兄弟情。当年巴特、巴图兄弟在越南并肩作战，巴图牺牲了自己，让巴特完成了任务。巴图临死时向巴特交代，让巴特替他回去和已有身孕的女友胡日乌斯完婚，巴图答应了巴特，从此，巴图就成了巴特，他抛弃了自己的爱人，替巴特去生活。直到胡日乌斯去世，巴特的孩子也长大成人，巴图才回归了自己的身份，重新去寻找昔日的爱人。巴图用自己的一生去践行对兄弟的承诺，让信义、忠诚这样的词汇再次焕发出迷人而坚实的力量，带给人久违的感动。

李铁的《笑厣》书写了大家庭中姊妹间复杂的情感纠葛。小说中的大家庭有五姐妹，五人分为两伙，为赡养老母亲明争暗斗。老二小时候为了救老四而惨遭小混混的蹂躏，老四对二姐的愧疚和感恩让她们形成了坚定的联盟，与之对立的是老大、老三和老五组成的联盟。这两个联盟各自看似铁板一块，实则暗藏玄机，老二的丈夫当年在照顾老四的时候，两人暗生情愫，而老三又对大姐夫又暗送秋波，老三又因为一次老五组织的旅游没有叫她，而对老五心怀不满……关于患病母亲的安置问题，两个阵营相互推诿扯皮，对于一些出工出力的细节针锋相对。后来，其他的姐妹都同意让分居已久的父母复婚，重新生活在一起，只有老二遵从母亲的想法，拒绝父母的复婚，在其他姐妹张罗复婚宴的时候，带着母亲逃走了。小说写出了大家族的温情与裂隙，亲人间的扶助与伤害，表现出了大家族内部细腻而复杂的情感关系。

姚宏越的《这一次我可能心软了》，抒发了中年男人对于足球的热爱。小说书写了一个叫刘放的出租车司机痴迷足球，却因球技欠佳，踢业余比赛也难得上场，甚至不能获批正式队员，但球队的比赛每场必到，精神可嘉。有一次球队的守门员和替补守门员都未能到场，队长准备给刘放机会，让其充当守门员，结果他却迟到了，导致了球队的落后，队长不满，队员不解。后来得知，刘放在来运动场的路上，车被剐蹭，耽误了时间，但他为了参加比赛，放弃了对方的赔偿。小说写出了一个普通的中年男人心中的炽热，生活重压下的期待，以及在球场上自由奔跑的渴望。

李伶伶的《有风筝的春天》讲述了一个有关救赎的故事。小说中，陈峰在初三的时候，对同学蓝青花恶作剧，导致蓝青花中考发挥失常，没有成功升学，回村务农。她时运不济，丈夫遭遇残疾，她只能在街边卖菜为生。陈峰一直在生活上默默帮助她，却引起了妻子的怀疑，陈峰向妻子坦白，得到了妻子的理解，妻子劝他向蓝青花坦白，争取蓝青花的谅解。陈峰照做，但陈峰的坦白让蓝青花非常震惊和愤怒，她一直不知道是谁用这种恶作剧的方式改变了自己的命运，对这个恶作剧的人深恶痛绝，如今得见，分外眼红。陈峰争取蓝青花的谅解经历了一个漫长的过程，通过帮助蓝青花女儿治病，逐渐得到了蓝青花的原谅。小说表现了少年时代无意的伤害带给受害者命运的转变，以及施害者长期的心灵折磨，真诚的悔罪和宽厚的谅解最终解放了两个被捆绑和禁锢的心灵。

苏兰朵的《金雪花的尘世浮生》书写了一个女人潜隐于内心深处的隐痛和温暖，以及绝境中对于爱的留恋与期待。小说的主人公金珠年轻时为了爱情，放弃了当小学教师的机会，与农民樊北荣结婚，结婚后受到婆婆和大姑子小姑子的规训和束缚。有一次因为金珠享受个人时光而耽误了做饭，婆婆和她的两个姑娘就对金珠施以重手，把她的腿都打断了。压抑与服从对于樊家的媳妇来说，似乎是天经地义的，她无法承受，选择了离婚。离婚后，她遇到了带着孩子生活的康老师，康家的生活氛围让她感到幸福和温暖，这让她义无反顾地和康老师生活在了一起。但灾难再一次降临到金珠的头上，一次车祸让她失去了康老师，康老师的女儿也成了植物人。金珠背着自己的孩子，把自己所有的积蓄都拿出来给康老师的女儿看病，甚至不惜与樊北荣复婚，用樊北荣的钱去治疗康老师的女儿。她经历过来自康老师的爱，这爱对她形成了持续的召唤，让她放弃一切，甚至包括自己，去唤醒爱人的女儿。这是一份对抗绝望的深情，是超越生死的对爱的眷恋。

安勇的《味道》，书写了一对情人承受的罪与罚。小说中，杨长海当年为了分房与妻子结婚，他有一个情人，两人好了很多年，杨长海的妻子患病卧床，他们在隔壁偷情，杨长海的妻子死了，他们都不知道。多日后，当他们发现杨长海的妻子去世时，死亡的气味已经开始弥漫。对他们来说，这个味道始终挥之不去，让他们难以再次结合，即使两人情投意合，却也难以长相厮守。那味道就像一道伤疤，久久不能愈合和消散。班宇的《漫长的季节》，写的也是有目的的爱情所引起的悲剧。小说中，母亲病重，希望离世前看到"我"的安稳，于是"我"为了母亲的愿望，与恋人分手，与毫无共同语言的闵晓河结婚，他的母亲在照顾"我"的母亲，与他在一起是一种功利性的选择，母亲最多还有三年的生命，而"我"为了她，在无爱的婚姻中苦熬。

此外，曾剑的《比远方更远》书写了农家子弟离家远行，在部队磨炼成长的过程，表现了战友间纯粹浓烈的情谊，以及干部对士兵无私的帮助和关怀；他的另一篇小说《鸿雁》，书写了战士在军营中对亲人的记挂，以及战友间亲密无间的兄弟情；邓刚的《波涛的支撑》写出了世俗社会的功利和复杂，以及与之对立的海碰子们的单纯与纯粹；老藤的《鸡架之城》书写了诗人之间明净的友谊，以及诗人或浓烈或澄澈的爱情；李海燕的《母亲的天空》书写了母爱的沉重与绵长；力歌的《幸福的冰糖葫芦》，书写了爱人之间的陪伴，以及故友之间的守候。

这一年里，还有一些小说，在题材上难以归类，但也同样值得记录。比如鲍尔吉·原野的《母鸡麦拉苏》，书写了女孩塔娜和会说话的神奇母鸡麦拉苏在草原上的传奇经历；于晓威的《圣火》，书写了岁月的轮转与命运的轮回；他的另一篇小说《缓慢降速器》表现了普通人的友善、卑微、苦涩和疼痛；闫秀丽的《晾台》，书写了超越私人恩怨和个人利害的职业精神；王立群的《醉鱼馆》，书写了醉鱼馆掌柜的抗日传奇；津子围的《遇见》书写了火车上机缘巧合的相遇或重逢；伊尔根的《成人礼》，通过书写少年与父亲去卖猪崽的经历，表现了稚嫩的少年与成人世界的遭遇；解良的《玛虎》，通过书写舅舅和外甥们在森林中狩猎的故事，表达了对大自然的热爱和敬畏。

还有的小说，具有鲜明的文体实验的色彩，充满了先锋的意识。比如班宇的《猎鹿人》，通篇是两个人的对话，他们曾是剧团的演员，在小说中谈当年的戏剧生涯、谈生活，也谈生死、谈爱情，作者似乎刻意在消解小说和戏剧的界限，进行文体的实验。牛健哲的《造物须臾》只写了夜半时分人从跌倒到爬起来的一瞬，但在这须臾之间，主人公的头脑中闪现了众多与此场景相适配的多种可能的生活境况，这些可能性重叠在一起，又彼此独立，与现实并置，通过这样的书写，作者似乎在思考什么是时间、什么是现实这样的终极问题。

2022 年，"文学辽军"在小说创作方面硕果累累，取得的成绩有目共睹，而在 2022 年的文学评奖中，"文学辽军"也斩获颇丰，其中，有代表性的有老藤的长篇小说《铜行里》，获中宣部第十六届全国精神文明建设"五个一工程"奖，班宇的短篇小说《逍遥游》入围第八届鲁迅文学奖提名作品，津子围的长篇小说《十月的土地》获湖南省第十五届精神文明建设"五个一工程"奖，张鲁镭的短篇小说《浣花溪记》获第二届曹雪芹华语文学大奖，老藤的长篇小说《北地》获第十二届丁玲文学奖，曾剑的长篇小说《向阳生长》获第二届方志敏文学奖。

期待"文学辽军"在写作的道路上再接再厉，持续耕耘，为广大的读者带来更多的艺术精品。

图书在版编目（CIP）数据

2023辽宁文学．小说卷/李海岩主编．—沈阳：
春风文艺出版社，2023.10（2024.8重印）
ISBN 978 - 7 - 5313 - 6544 - 0

Ⅰ．①2… Ⅱ．①李… Ⅲ．①中篇小说 — 小说集 — 中
国 — 当代 ②短篇小说 — 小说集 — 中国 — 当代 Ⅳ.
①I217.1

中国国家版本馆CIP数据核字（2023）第181819号

北方联合出版传媒（集团）股份有限公司
春风文艺出版社出版发行
沈阳市和平区十一纬路25号　邮编：110003
永清县晔盛亚胶印有限公司印刷

责任编辑：孟芳芳　　　　　　封面设计：雷　宇
责任校对：张华伟　　　　　　幅面尺寸：155mm × 230mm
字　　数：182千字　　　　　印　　张：13.5
版　　次：2023年10月第1版　印　　次：2024年8月第2次
书　　号：ISBN 978-7-5313-6544-0
定　　价：78.00元